Julius Zupitza

**Beowulf**

autotypes of the unique Cotton ms. Vitellius A XV in the British Museum

Julius Zupitza

**Beowulf**
*autotypes of the unique Cotton ms. Vitellius A XV in the British Museum*

ISBN/EAN: 9783337367893

Printed in Europe, USA, Canada, Australia, Japan

Cover: Foto ©Andreas Hilbeck / pixelio.de

More available books at **www.hansebooks.com**

# NOTICE FOR THE *BEOWULF* AUTOTYPES.

THIS book was meant to be of the uzual *demy 8vo* size of the Society's Texts, and the Autotypes were orderd of that size. But as they were printed with a wide margin, it seemd too cruel to cut them down. So the 8vo pages of type have been printed on larger Paper, to suit the Autotypes; and the cutting down of the book to range with the Society's other Texts is left for those Members to order, who like thus to spoil the look of their copies.

F. J. F.

*24 Nov. 1882.*

# Beowulf.

BERLIN :        ASHER & CO., 53 MOHRENSTRASSE.
NEW YORK:       C. SCRIBNER & CO.; LEYPOLDT & HOLT.
PHILADELPHIA : J. B. LIPPINCOTT & CO.

# Beowulf.

AUTOTYPES OF THE UNIQUE COTTON MS.
VITELLIUS A xv IN THE BRITISH MUSEUM,

WITH A

## TRANSLITERATION AND NOTES

BY

## JULIUS ZUPITZA, Ph.D.,

PROFESSOR OF THE ENGLISH LANGUAGE AND LITERATURE
IN THE UNIVERSITY OF BERLIN.

London:

PUBLISHED FOR THE EARLY ENGLISH TEXT SOCIETY,
BY N. TRÜBNER & CO., 57 & 59, LUDGATE HILL.

———

MDCCCLXXXII.

𝔒𝔯𝔦𝔤𝔦𝔫𝔲𝔩 𝔖𝔢𝔯𝔦𝔢𝔰,

77.

BUNGAY: CLAY AND TAYLOR, THE CHAUCER PRESS.

# PRELIMINARY NOTICE.

Mr. Furnivall, at p. 12 of the Eleventh Report of the Committee of the Early English Text Society (September, 1879), says as follows: "On Prof. Skeat's receiving, to the Committee's great pleasure, his well-earned and well-deserved reward of the Anglo-Saxon Professorship at Cambridge, he proposed that the Society should autotype the unique MS. of the great Anglo-Saxon epic of *Beowulf.* The Committee, relying on finding a translator and editor of the text, adopted Prof. Skeat's suggestion. The MS. was photographed by Mr. Praetorius; he has delivered some of the autotypes, and undertakes to hand in the whole early next year. Part I. of the book is now in hand, and will be issued for 1880 in 1881."

Before that Report was printed, I had promised Mr. Furnivall to act as editor. I collated the autotypes in the August and September of 1880, with the MS. as well as with the two transcripts of it, made nearly a hundred years ago—the one by, the other for, the first editor of the poem, G. J. Thorkelin—which now belong to the Large Royal Library at Copenhagen, but which, on our director's application, were kindly sent to the British Museum. After my return to Germany, however, having to perform the duties of Dean to the Philosophical Faculty of the University of Berlin for 1880-1881, I was unable to go on with the *Beowulf* before the long vacation of 1881. My transliteration of the MS. was in type by the end of August, 1882, and I read the proof-sheets of it with the MS. in the earlier part of the following month.

The transliteration contains more than can be read in the Facsimile or even in the MS., inasmuch as it has been my endeavour to give the text as far as possible in that condition in which it stood in the MS. a century ago. The MS. (Cotton MSS. Vitellius A. xv.) did not suffer so much from the fire of 1731 itself as from its consequences, which would, without doubt, have been avoided if the MS. had been at once rebound as carefully as it has been rebound in our days. Even when Thorkelin used it, the edges of a few pages only had crumbled off. But much more was gone by Kemble's time, and many letters and words which Kemble still saw are now no longer in existence.

Further losses have been put a stop to by the new binding; but, admirably as this was done, the binder could not help covering some letters or portions of letters in every back page with the edge of the paper which now surrounds every parchment leaf. I grudged no pains in trying to decipher as much of what is covered as possible. When, in my notes, I simply state that something is covered, I always mean to say that, by holding the leaf to the light, I was able to read it nevertheless. In case I could not make out what is covered distinctly, I always add a remark to that effect.

Both in the front pages and in the back pages transparent paper was employed by the binder, which, although it does not prevent the reader of the MS. from seeing what is under it, was yet very often the cause of some letters or parts of letters being reproduced in the Facsimile indistinctly or not at all. In such cases I have not thought it necessary to add notes.

When in passages which are defective now, Thorkelin's transcripts, or the statements of Wanley, Conybeare, Kemble, and others, seem to me to leave no ground for doubt as to the former reading of the MS., I have not marked in my transliteration what I have accepted on such secondary evidence, which the reader will find mentioned in the notes. In general, when the question is settled by Thorkelin's copies, I do not cite any later authority.

In passages which were illegible or defective as early as the time of Thorkelin, or even of Wanley, I employ as many colons as letters seem to have been lost. When it is impossible to know their

approximate number, I use three or more dots. In some instances of
the first kind I have adopted conjectural readings within square
brackets, which I have also used when correcting obvious faults in
both of Thorkelin's transcripts without the help of a later authority.
But the mistakes of the original scribes (cf. note to p. 89, l. 4) have
of course been left untouched, unless corrected by themselves or by a
contemporary hand, in which case the reader must refer to my notes.
I have also adhered to the punctuation of the MS., but I have
hyphened words or syllables belonging together; and, on the other
hand, I have separated by a vertical line two words wrongly written
as one. I must add, however, that it is often very difficult, if not
impossible, to decide whether the scribe intended one or more
words.

The Transliteration corresponds with the MS., and hence with
the FS. (Facsimile), page by page, and line by line, with the
exception of two leaves (fol. 179 and 198; cf. pp. 102-5 and 142-5),
which, on account of the great number of notes necessary, required
four pages each, so that the Transliteration has 144 pages to 140 of
the FS. To the numbers of the pages of the FS. I have added, in
the second headline of each page of the Transliteration, the numbers
of the folios of the MS., and of the corresponding lines in Grein's
edition. Most of the numbers of the folios are visible in the FS. in
the right-hand corner of the upper front page, but the numbers in
pp. 8 and 10 of the FS. are owing to the photographer only, who is
also responsible for the pp. 4, 12, 14, 16, 20, and 22 giving in the
FS. two folio numbers each.

My warmest thanks are due to the authorities both of the Large
Royal Library of Copenhagen, and of the British Museum, especially
to my friend Mr. E. Maunde Thompson, the Keeper of the MSS. in
the British Museum.

I subjoin a list of abbreviations made use of, and books referred
to, in my notes.

A] Poema anglosaxonicum de rebus gestis Danorum ex mem-
brana bibliothecae cottonianae . . . fecit exscribi Londini
A.D. MDCCLXXXVII. Grimus Johannis Thorkelin, LL.D.

B] Poema anglosaxonicum de Danorum rebus gestis . . . ex

membranaceo codice . . . in bibliotheca cottoniana . . . ex-
scripsit Grimus Johannis Thorkelin, LL.D.   Londini anno
MDCCLXXXVII.

C]  Illustrations of Anglo-Saxon Poetry.   By John Josias Cony-
beare, London, 1826, pp. 82-155.

Gt]  Beowulfes Beorh, ved Nik. Fred. Sev. Grundtvig.   Copen-
hagen, London, and Leipzig, 1861.

Holder]  Beowulf herausgegeben von Alfred Holder. I. Zweite
Auflage.   Freiburg i. B. und Tübingen, 1882.

K]  The Anglo-Saxon Poems of Beowulf, the Traveller's Song,
and the Battle of Finnesburh, ed. by John M. Kemble.
Second Edition.   London, 1835.

Kölbing]  Zur Beóvulf-handschrift.   Cf. Archiv für das Studium
der neueren Sprachen und Literaturen, herausgegeben von
L. Herrig.   56. Band.   Braunschweig, 1876, pp. 91-118.

Th]  The Anglo-Saxon Poems of Beowulf, etc., by Benjamin
Thorpe.   Oxford, 1855.

Thk]  De Danorum rebus gestis secul. iii. and iv. poema danicum
dialecto anglosaxonica . . . . edidit . . . . Grim. Johnson
Thorkelin, Havniae, 1815.

W]  Antiquae literaturae septentrionalis liber alter, seu Hum-
phredi Wanleii . . . catalogus historico-criticus . . . Oxoniae,
1705, p. 218.

Wülcker]  Bibliothek der angelsächsischen Poesie, begründet von
Christian W. M. Grein.   Neu bearbeitet von Richard Paul
Wülcker.   I. Band.—1. Hälfte.   Kassel, 1881.

J. ZUPITZA.

*Berlin, S. W., Kleinbeerenstrasse 7 ;*
*Nov. 18th, 1882.*

———————

A succeeding Volume, now in course of preparation, will contain
a Critical Text of the Poem by Prof. Zupitza, a Translation of that
by Prof. Napier, Dissertations on the Composition and on the Myth-
ological and Historical Elements in *Beowulf* by Prof. Müllenhoff, &c.

F. J. F.

# Beowulf.

BEOWULF.

p. 1 = fol. 129ʳ = ll. 1—21.

Hᴡᴀᴛ WE GARDE-
na. in|gear-dagum. þeod-cyninga
þrym ge-frunon hu|ða æþelingas ellen
fremedon.   Oft scyld scefing sceaþena

5   þreatum *monegum mægþum meodo-setla        5
of-teah egsode eorl syððan ærest wearð
fea-sceaft funden he þæs frofre gebad
weox under wolcnum weorð-myndum þah.
oð þæt him æghwylc þara ymb-sittendra

10  *ofer hron-rade hyran scolde gomban        10
gyldan þæt wæs god cyning. ðæm eafera wæs
æfter cenned geong in geardum þone god
sende folce to|frofre fyren-ðearfe on-
geat *þ hie ær drugon aldor-[le]ase. lange   15

15  hwile him þæs lif-frea wuldres wealdend
worold-are for-geaf. beowulf wæs breme
blæd wide sprang scyldes eafera scede-
landum in.   *Swa sceal [geong g]uma gode   20
ge-wyrcean fromum feoh-giftum. on fæder

¹ The upper part of *E* in *GARDE* gone ; *E A, e* (as well as the preceding *D*) with a different ink B, *e* W.
³ *ellen* ABW ; now the second stroke of *n* gone.
⁴ *sceaþena* W, *sceaþen* AB as well as the MS. now.
⁶ the blot over *f* in *of* recent ‖ *feared* over *egsode* in a 16th century hand ‖ *wearð* AW, *weard* B ; now the whole of ð all but gone, only the very top of it being left.
⁷ *gebad* (*d* added with a different ink B) ABW ; now *d* gone (no accent on the *a*).
¹⁰ a letter erased between *hron* and *rade*.
¹⁴ þ generally means *þæt*, but sometimes, it would seem, *þa ;* cf. Ælfric's Grammar, 38, 3 ; 121, 4 ; 291, 2. ‖ *aldor . . . ase* W, *aldor . . . . ase* (*r* altered from *n*, the second *a* altered from some other letter, and an erasure before it) A, *aldor . . . tue* B ; before the second *a* in MS. a stroke is still visible, such as generally connects an *e* with a following *a*.
¹⁵ the second *d* of *wealdend* cut through.
¹⁶ *m* in *breme* cut through between the second stroke and the third.
¹⁷ from six to seven letters illegible between *sceal* and *uma*, and even the *u* not quite perfect ; . . . . . . . . . . *ma* (*ma* added over the line) A, . . . . . . . *ma* B.
¹⁸, ¹⁹ *e* both in *gode* and *fæder* cut through.

# ƿÆT ƿE GARD

na ingeardagum þeodcyninga

þrym gefrunon huða æþelingas

ellen medon· oft scyld scefing sceaþe

þreatum monegū mægþum meodo setl

ofteah egsode eorl syððan ærest ƿe

feasceaft funden he þæs frofre gebad

weox under wolcnum weorð myndum þah

oð þ him æghwylc þara ymb sittendra

ofer hron rade hyran scolde gomban

gyldan þ wæs god cyning· ðæm eafera wæs

æfter cenned geong ingeardum þone god

sende folce tofrofre fyren ðearfe on

geat þ hie ær drugon aldor ̄ lange

hwile him þæs liffrea wuldres wealdend

worold are forgeaf beowulf wæs breme

blæd wide sprang scyldes eafera scede

landum in·

... þ hine ... ... gewat ... ...

... þonne wig cume leode gelæsten
... ædum sceal in mægþa gehwære man ge-
þeon. him ða scyld gewat to gescæp hwile
fela hror feran on frean wære hi hyne
þa ætbæron to brimes faroðe swæse gesiþas
swa he selfa bæd þenden wordum weold
wine scyldinga leof land fruma lange
ahte þær æt hyðe stod hringed stefna isig
ond utfus æþelinges fær aledon þa leofne
þeoden beaga bryttan on bearm scipes
mærne be mæste þær wæs madma fela
of feor wegum frætwa geleded Ne hyrde
ic cymlicor ceol gegyrwan hilde wæpnum
ond heaðo wædum billum ond byrnum him on bearm
me læg madma mænigo þa him mid scol-
don on flodes æht feor gewitan Nalæs
... hine læssan lacum teodan þeod gestreo
num þon þa dydon þe hine æt frum sceafte
forð onsendon ænne ofer yðe umbor we-

p. 2 = fol. 129ᵛ = ll. 21—46.

:: rme þæt hine on ylde eft ge-wunigen wil-
gesiþas þonne wig cume. leode ge-læsten
lof-dædum ˙sceal *in mægþa gehwære man ge-　　　25
þeon. him ða scyld ge-wat to ge-scæp-hwile
5　fela-hror feran on|frean wære hi hyne
þa ætbæron to brimes faroðe swæse gesiþas
swa he selfa bæd *þenden wordum weold　　　30
wine scyldinga leof land-fruma lange
ahte þær æt hyðe stod hringed-stefna isig
10　*ond* ût-fus æþelinges fær. aledon þa leofne
þeoden *beaga bryttan on bearm scipes　　　35
mær-ne be mæste þær wæs madma fela
of feor-wegum frætwa gelæded. Ne hyrde
ic cymlicor ceol ge-gyrwan hilde-wæp-num
15　*ond* heaðo-wædum *billum *ond* byrnum him on bear-　　　40
me læg madma mænigo þa him mid scol-
don on|flodes æht feor ge-witan. Nalæs
hi hine læssan lacum teodan þeod-gestreo-
num þon þa dydon *þe hine æt frum-sceafte　　　45
20　forð onsendon ænne ofer yðe umbor-we-

---

¹ *rme* C K Th; *rine* with another ink, as it seems, and certainly in smaller characters, after a blank A; *rine* written likewise with a different ink and by a mistake given as the last word of the front page, afterwards altered to þine B; *ine* Gt. What in the FS. looks like part of a letter before *ne* is owing to a small hole in the MS., but there is really before the *n*, just above the þ of *gesiþas*, a stroke left, which, however, is covered as well as another stroke under the line above the first *s* of *gesiþas*; the upper part of *n* in *ne* is also covered ‖ the parchment is torn between *ge* and *wunigen* ‖ *wil* AB; now part of *w*, almost the whole of *i*, and what little there is left of the lower part of *l* covered.

² the *g* in *gesiþas* all but perfect, although covered.

³ *l* and a small part of *o* in *lof* covered.　　⁴ þ in *þeon* covered.

⁵ *f* and part of *e* in *fela* covered.　　⁶ part of þ in *þa* covered.

⁷ *s* and part of *w* in *swa* covered.　　⁸ *w* in *wine* covered.

¹⁷ *æ* in *Nalæs* is a little clearer in the MS. than in the FS.; *Nalæs* A, *Na læs* B.

¹⁹ þon ...... þa *dydon* A, þon þa *dy-don* (the hyphen with another ink) B; now only indistinct traces of the lower part of þ in þa left, and *y* in *dydon* all but illegible, but the rest is pretty clear. Kölbing reads þ̄ōn in the MS., mistaking, I think, a bit of paper pasted over the word for a mark of abbreviation.

p. 3 = fol. 130ʳ = ll. 46—68.

sende þa|gyt hie him asetton segen g[yl]-
denne heah ofer heafod leton holm beran
geafon on gar-secg him wæs geomor sefa
\*murnende mod men ne cunnon. secgan to                    50
5  soðe sele-rædenne hæleð under heofenum
hwa þæm hlæste on-feng.

.I.

Ꝺ A wæs on burgum beowulf scyl-dinga leof
     leod-cyning longe þrage \*folcum gefræ-              55
10  ge fæder ellor hwearf aldor of ear-de
oþ *þæt* him eft on-woc heah healf-dene heold
þenden lifde gamol *ond* guð-reouw glæde scyl-
dingas ðæm feower bearn forð gerimed \*in           60
worold wocun weoro-da ræswa heoro-gar. *ond*
15  hroð-gar *ond* halga til hyrde ic *þæt* elan cwen.
heaðo-scilfingas heals-gebedda þa wæs hroð-
gare here-sped gyfen \*wiges weorð-mynd. *þæt*      65
him his wine-magas georne hyrdon oðð *þæt*
seo geo-goð geweox mago-driht micel him
20  on mod be-arn *þæt* heal-reced hatan wolde.

¹ *sende* AB ; now the upper part of *s* gone ‖ *gyl*] now only the lower part
of *g* left ; *ge* AB (but *e* with another ink and hand A, with another ink B).
   ² *beran* A, *bera* B ; now *n* and part of *a* gone.
   ⁴ *to* AB ; now the second part of *o* gone.
   ⁵ *heofenu*m A, *heofenum* B ; now the second stroke of *u* and the abbrevia-
tion for *m*, although not quite gone, yet very indistinct.
   ⁸ *leof* ABW ; now the greater part of *f* gone.
   ⁹ *gefræ* ABW ; *æ* now torn asunder and part of it gone.
   ¹⁶ *hroð* MS., not *hrod :* the stroke through the *d* is clearer in the MS. than
in the FS.
   ¹⁸ *þæt*] the stroke through the *þ* is now a little indistinct.

... þære hi ...... wị x c vii ....

...... heah ofer heafod læton ......

...... onþ... secg him þæg geomuf .....

murnende mod men ne cunnon secgan

soðe sele rædenne hæleð under ....

hwa þam hlæste onfeng.

·1

ÐA wæs on burgum beowulf scyldinga leof

leodcyning longe þrage folcum gefræge

·ge fæder ellor hwearf aldor of earde ·

oþ þ him eft onwoc heah healf dene heold

þenden lifde gamol ⁊ guð reouw glæde scyl

dingas ðæm feower bearn forð gerimed in

worold wocun weoroda ræswa heoro gar ⁊

hroð gar ⁊ halga til hyrde ic þ elan cwen

...... scilfingas healf gebedda þa wæs hroð

gar... here sped gyfen wiges weorð mynd ...

him his wine magas georne hyrdon oðð ......

se geogoð gewe... micel .......

. . .ᵽoɳɛ ɍ. . .

. . . ᵹe ᵽɳumon þæᵹ on ɪnnan eaɫɫ

. . . ᵹeonᵹum ⁊ealꝺum ſƿylc hɪm ᵹoꝺ

. . . er buton ᵱolc ſcaɍe ⁊ᵱeoᵱum ᵹumena

. . . ᵽɪꝺe ᵹeᵱɍæᵹn ᵱeoᵱc ᵹebannan manɪᵹɳe

. . . ᵹeonꝺ þɪſ . . . mɪꝺꝺan ᵹeaɍꝺ ᵱolc ſte

. . . ᵱɪᵽᵱan huſ onƿᵣᵣſce ᵹeꝛomᵱ æꝺɍe

. . . ꝺum . þ hɪꞇ ᵱeɍᵹeꝺ eal ᵹeᵣᵣo heal æꝼ. . .

. . . ſcopꝺum heoꝛꞇ namᵹn ſeþe hɪſ

. . . ᵹeᵱeulꝺ ᵽɪꝺe hæꝼꝺe . heoɫꞇ ne

. . . beɍᵹaſ ꝺælꝺe ſɪnc æꞇ ſymle ſele

. . . hɫɪᵱa ꝺe heah ⁊hoɍn ᵹeaᵱ hæꝺo ᵽylma

. . . baꝺ laꝺan lɪᵹeſ neᵱæſ hɪꞇ lonᵹe þaᵹen

. . . ᵽɪſe ſæᵹ heꞇe aᵱum ſƿeɍian æꝼꞇeɍ ᵽæl nɪ

. . . ꝺe ᵱᵣꝛanan ſcolꝺe . ꝺa ſe ellen ᵹæſꞇ eaᵱ

. . . ꝛoꝺlɪce þꞃaᵹe ᵹeþolode ſeþe ɪn þᵣſꞇꝛ

. . . ᵽ he ꝺoᵹoꝛa ᵹehᵽam ꝺꞃeam ᵹehᵣꝛ

. . . hluꝺne ɪn healle þæᵳ ᵽæſ heaᵳᵱan

. . . ᵹeſ ſƿuꞇol ſanᵹ ſcoᵱeſ ſæᵹꝺe ſeþe c. . .

. . . ᵱꞃum ſceaᵱꞇe eᵣᵣ ᵱeoᵱᵱan ᵣᵣcanꞇ. . .

p. 4 = fol. 130ʳ = ll. 69—91.

medo-ærn micel men gewyrcean *þone yldo                    70
bearn æfre ge-frunon. *ond* þær on innan eall
ge-dælan geongum *ond* ealdum swylc him god
sealde buton folc-scare *ond* feorum gumena.

5  ða ic wide ge-frægn weorc ge-bannan *manigre        75
mægþe geond þis-ne middan-geard folc-ste-
de frætwan him on fyrste ge-lomp ædre
mid yldum. *þæt* hit wearð eal gearo heal-ær-
na mæst scop him heort naman seþe his

10  wordes geweald wide hæfde. *He beot ne                80
aleh beagas dælde sinc æt symle selc
hlifa-de. heah *ond* horn-geap heaðo-wylma
bad laðan liges ne wæs hit lenge þa'gen
*þæt* se secg hete aþum swerian *æfter wæl-ni-             85

15  ðe wæcnan scolde. ða se ellen-gæst ear-
foðlice þrage geþolode seþe in þystrum
bad *þæt* he dogora ge-hwam dream gehyr-
de. hludne in healle þær wæs hearpan
sweg *swutol sang scopes sægde seþe cuþe               90

20  frum-sceaft fira feorran reccan · ·ʼ

---

¹ *medo ærn* (originally . . . . . . *ærn*; *medo* with a different iuk B) BW,⁻
*ærn* . . . . with F with another ink before it A ; now *medo* quite gone, and
part of *æ* covered ‖ *yldo* ABW ; it seems still entire, although part of *ld* and
the whole of *o* covered.

² *bearn* (in smaller characters A) ABW ; now *be* and part of *a* gone, or, at
least, invisible under the paper pasted over it.

³ *ge-dælan* A, *gedælan* BW ; now *g* gone, and part of *e* covered.

⁴ *sealde* ABW ; now the greatest part of *s* gone, and what is left of it as
well as the first *e* covered.

⁵ *ða* AB ; now only part of the horizontal stroke of *ð* left, and part of *a*
covered.

⁶ the first two strokes of *m* in *mægþe* covered.

⁷ *de* entire, although *d* and part of *e* covered.

⁸ the first stroke of *m* in *mid* covered.

¹⁰ the dot under *t* of *beot* seems accidental.

¹⁹ a blot under *co* in *scopes* ‖ *sæde* originally, but *g* inserted in the same hand.

p. 5 = fol. 132ʳ = ll. 92—113.

cwæð þæt se ælmihtiga eorðan worh[te]

wlite-beorhtne wang swa wæter be-

bugeð gesette sige-hreþig sunnan

*ond* monan *lcoman to leohte land-buen-        95

5   dum *ond* ge-frætwade foldan sceatas

leomum *ond* leafum lif eac gesceop cyn-

na ge-hwylcum þara ðe cwice hwyrfaþ[.]

Swa|ða driht-guman dreamum lifdon

*eadig-lice oððæt ân ongan fyrene fre[m]-        100

10   man feond on helle wæs se|grim-ma gæst

grendel haten mære mearc-stapa

se þe moras heold fen *ond* fæsten fifel-cyn-

nes eard *won-sæli wer weardode hwile        105

siþðan him scyppend for-scrifen hæfde

15   in caines cynne þone cwealm ge-wræc

ece drihten þæs þe he abel slog. Ne|ge-

feah he þære fæhðe ac he hine feor

for-wræc *metod for þy mane mancynne        110

fram þanon untydras ealle onwocon

20   eotenas *ond* ylfe *ond* orcneas swylce gi-

fol. 131 after fol. 146.   ¹ *cwæð* A, *cwæd* (*d* changed to ð with another ink) B ; now none of the letters unhurt, although *w* is all but entire ; ð might equally well be *d*, *æ* is torn, *c* has suffered most ‖ *æ* in *ælmihtiga* torn asunder ‖ *eorðan*] a tear between *eor* and *ðan* ‖ *worh* with several dots after it (with a different ink in B, *orh* with a different ink on dots A) AB ; now only nearly the whole of *w* and the beginning of *o* left.

² *be* (at the end of the line) AB ; now part of the *e* gone, but what is left of it is enough to show that the last letter was not *i*.

³ *sunnan* AB ; now *an* gone.

⁴ *buen* AB ; how *en* and the upper part of the second stroke of *u* gone, the *u* being furthermore torn.

⁵ *sceatas* AB ; now the upper part of the last *s* gone.

⁶ *cyn* AB ; now *n* gone.

⁷ *hwyrfaþ* AB ; now þ gone, and the *a* before it not quite distinct.

⁸ *lifdon* AB ; now the greatest part of *o* and the whole of *n* gone, and *d* torn asunder : at the end of the line there is a large part of an *s*, which I suppose originally belonged to *symble*, on the back of the leaf (l. 8), but having crumbled off there, got into this line.

⁹ *fre* AB ; now also part of *e* gone.

¹⁰ *gæst* AB ; *st* not quite perfect now.

¹⁴ *scyppenᵈ :* the correction in another hand.

¹⁵ *caines* altered from *cames*.

...plice beopht ne p...
buzeð zeſette ſize ...
⁊monan leoman ...
dum ⁊ſe frætpade foldan ſceat...
leomum ⁊leaþum lif eac zeſceop
⁊a ze hpylcum þaua ðe cpice hpyr
ſpaða ðrihe zuman dreamum li...
eadiz lice oððæ an onzan fyrene f...
man feond on helle pæſ ſeþim ma ...
zrendel haten mære mearc ſtapu
ſeþe moraſ heold fen ⁊ræſten fifel
ner eard pon ſæli per peaniſðo þ...
ſiþðan him ſcyppend fon ſcrifen ...
in caineſ cynne þone cpealm zefru...
æe ðrihten þæſ þehe abel ſloz ...
ʒealh lie þære pæhðe ⁊he hine þe...
fon plus metod fon hymmne on...
ʒian þþon in eydruſ eulle ...
eorenaſ ⁊ylfe ⁊orcneaſ ſpyl...
⁊ʒi...

gantas þa wið gode wunnon lange þrage

he him ðæs lean for-geald.


### .II.

*Gewat ða neosian syþðan niht becom       115

5   hean huses hu hit hring-dene æfter

beor-þege gebun hæfdon.   Fand þa|ðær

inne æþelinga ge-driht swefan æfter

symble sorge ne cuðon *wonsceaft wera       120

wiht un-hælo grim *ond* grædig gearo sona

10  wæs reoc *ond* reþe *ond* on ræste genam þritig

þegna þanon eft gewât huðe hremig

to ham faran *mid þære wæl-fylle wica       125

neosan. ða|wæs on|uhtan mid ær-dæge

grendles guð-cræft gumum undyrne

15  þa wæs æfter wiste wôp up ahafen micel

morgen-sweg mære þeoden *æþeling ærgod       130

un-bliðe sæt þolode ðryð-swyð þegn-sorge

dreah syð-þan hie þæs laðan last scea-

wedon wergan gastes wæs *þæt* ge-win to

20  strang lað *ond* long-sum næs hit lengra

---

¹ *o ntas* originally, but altered to *gantas* with another ink (and in another hand, too?) A ; *ntas*, altered to *gantas* with a different ink B (on the front page) ; now entirely gone, for what looks like the remains of a letter in the FS. is owing only to a tear in the MS. ∥ *wið* torn ∥ the upper part of *d* in *gode* covered ∥ the last *n* of *wunnon* was covered when the photograph was taken, but is visible now ∥ the tops of *l, g,* and *e* in *lange* covered ∥ *þrage* AB ; now *e* and the tops of *þ* and *g* gone, *a* and part of *þ* and *g* covered.

² *he* AB ; now gone ∥ part of *h* in *him* covered.

⁴ *Geweat* A, *Gewat* B ; *Ge* now gone.

⁵ the first stroke of *h* in *hean* all but entirely covered.

⁶ *beor* AB ; now *b* gone, and part of *e* covered.     ⁷ *i* of *inne* covered.

⁸ *symble* AB ; now *sy* only partially preserved (for *s,* cf. the note to l. 8 of the front page).

⁹ *w* in *wiht* covered.     ¹¹ *þ* in *þegna* torn and partially covered.

p. 7 = fol. 133ʳ = ll. 134—158.

fyrst *ac ymb ane niht eft gefremede      135

morð-beala mare *ond* no mearn fore

fæhðe *ond* fyrene wæs to fæst on þam þa

wæs eað-fynde þe him elles hwær gerum-

5   licor ræste *bed æfter burum ða him      140

ge-beacnod wæs gesægd soð-lice sweoto-

lan tacne heal-ðegnes hete heold hy-

ne syð-þan fyr *ond* fæstor se þæm feonde

æt-wand.   Swa rixode *ond* wið rihte wan

10   *ana wið eallum oð *þæt* idel stod husa selest      145

wæs seo hwil micel .xii. wintra tid torn ge-

þolode wine scyldenda weana ge-hwelcne

sidra sorga forðam wearð *ylda bearnum      150

undyrne cuð gyddum geomore þætte gren-

15   del wan hwile wið hroþ-gar hete-niðas

wræg fyrene *ond* fæhðe fela missera singa-

le sæce sibbe ne wolde *wið manna hwone      155

mægenes deniga feorh-bealo feorran

fea þingian ne þær nænig witena wenan

20   þorfte beorhtre bote to banū folmum.

---

¹ *fyrst* AB; now no more of it visible in the MS. than in the FS., only *t* being entire ǁ *ymb* AB; now *b* almost entirely gone ǁ *eft* AB; now *t* and part of *f* gone ǁ *gefremede* AB; now gone.

² *fore* AB; now part of *e* gone.     ³ *þa* AB; now part of *a* gone.

⁴ *gerum* AB; now the last stroke of *m* gone.

⁵ *him* AB; now the last stroke of *m* gone.

⁶ *sweoto* .... A, *sweoto* B; now *to* gone.

⁷ *hy* AB; now only *h* and the lowest part of *y* left.

⁸ *feonde* AB; now part of the last *e* gone, and *nd* torn.

¹⁰ *selest* AB; now *t* not entirely preserved.

²⁰ *beorʰ,tre:* the correction in another hand ǁ *b* in *bote* altered from some other letter (*t* ?) in the same hand.

morð beala mare ⁊ no mearn fore
fæhðe ⁊ fyrene wæs to fæst on þam
wæs eað fynde þe him elles hwær gerum
licor ræste bed æfter burum ða hi
ge beacnod wæs gesægd soð lice swe
lan tacne heal ðegnes hete heold
ne syð þan fyr ⁊ fæstor se þæm feon
æt wand. Swa rixode ⁊ wið rihte wan
ana wið eallum oð þæt idel stod husa sele
wæs seo hwil micel .xii. wintra tid torn ge
þol ode wine scyl dinga weana gehwelcne
sidra sorga forðam wearð ylda bearnum
undyrne cuð gyddum geomore þætte gre
del wan hwile wið hroþgar hete niðas
wæg fyrene ⁊ fæhðe fela missera sin
le sæce sibbe ne wolde wið manna hwon
mægenes deniga feorh bealo feorran
fea þingian ne þær nænig witena wenan
þorfte beorhtre bote to banū folm

...þe seo mæ..e ... fyfe ...
... moras men ne
... helrunan hwyrftum...
... swa fela fyrena feond mancyn
...ol ungen=ea oft gefremede
...hynða heoro eardode sinc
ge sel spearc tum nih cum no he þone
...col þrean moste maþðum for metod
ge ne his myne wisse þ þæs wræc micel
...te scyl dinga modes breða monig oft
...æte þuce to rune ræd eahtedon hwæt
...hidum selest wære wið færspyru
...to gefrem manne . Hwilum hie gehe
con æt hrærgic trafum wig weorþunga
bordum bædon þ him gast bona geoce
gefreme de wið þeod þreaum swylc wæs
þeaw hyra . hæþenra hyht helle gemun
don in moð sefan metod hie ne cuþon
dæda demend ne wiston hie drihten god .

p. 8 = fol. 133ᵛ = 159—181.

   : : : : æglœca ehtende wæs \*deorc deaþ-scua        160
   duguþe *ond* geogoþe seomade *ond* syrede
   sin-nihte heold mistige moras men ne
   cunnon hwyder hel-runan hwyrftum
5  scriþaᵹ swa fela fyrena feond mancyn-
   nes \*atol angengea oft gefremede.          165
   heardra hynᵹa heorot eardode sinc-
   fage sel sweartum nihtum no he þone
   gif-stol gretan moste maþᵹum for meto-
10 de ne his myne wisse \*þæt wæs wræc micel    170
   wine scyldinga modes brecᵹa monig oft
   gesæt rice to rune ræd eahtedon hwæt
   swiᵹ-ferhᵹum selest wære wiᵹ fær-gryrum
   to ge-fremmanne.  \*Hwilum hie gehe-      175
15 ton æt hrærg-trafum wig-weorþunga
   wordum bædon þæt him gast-bona geoce
   gefreme-de. wiᵹ þeod-þreaum swylc wæs
   þeaw hyra. hæþenra hyht helle gemun-
   don \*in mod-sefan metod hie ne cuþon     180
20 dæda demend ne wiston hie drihten god.

---

¹ . . . (blank space A) *æglæca ehtende* AB ; now *æglæca* as well as the
first letter of *ehtende* quite gone, but the lower part of *h* and the following
letters preserved, although what is left of *h* and the top of *te*, being covered,
do not appear in the FS. ‖ *deorc* AB ; now *de* no longer entire, and what is left
of the two letters in part covered ‖ *deaþ* still entire, but in part covered ‖ *scua*
AB ; now *ua* gone and part of *sc* covered.

² *duguþe* (*du* with a different ink in the place of some dots B) AB ; now
only *iguþe* left, and *ı* and the upper part of *þ* covered ‖ the abbreviation for
the first *ond* and the following *g* partially covered.

³ *sinnihte* A, *sin nihte* B ; now *s* gone, and the first *i* and the first stroke
of the first *n* covered.

⁴ *cunnon* A, *curnon* with *nnon* written with a different ink over *rnon* B ;
now only *ınnon* legible.

⁵ *s* and part of *c* in *scriþaᵹ* covered.

⁶ *nes* AB ; now only *s* (which, however, is torn) legible ; but a letter or two
may be covered.

⁷ *heardra* AB ; now the greater part of *h* gone and what is left of it covered.

⁸ *fage* AB ; now *fa* all but quite gone (what little remains of these letters
is covered), and *g* not entire.

⁹ *gif*] *g* covered, *f* torn.

¹⁰, ¹¹, ¹², ¹⁵ the first letters of these lines are entire, but partially covered.

p. 9 = fol. 134ᵃ = ll. 182—203.

ne hie huru heofena helm herian ne

cuþon wuldres waldend wa biÐ þæm Ðe

sceal þurh sliÐne niÐ sawle bescufan

*in|fyres fæþm frofre ne|wenan wihte ge-        185

5   wendan wel biÐ þæm þe mot æfter deaÐ-

dæge drihten secean. *ond* to fæder fæþmum

freoÐo wilnian.


.III.

S wa|Ða mæl-cearo maga healfdenes *singa-        190

10   la seaÐ ne mihte snotor hæleÐ wean on-

wendan wæs *þæt* ge-win to swyÐ laþ *ond* long-sum þe

on|Ða leode becom nyd-wracu niþ-grim niht-

bealwa mæst *þæt* fram ham ge-frægn higela-

ces þegn *god mid geatum grendles dæda        195

15   se wæs moncynnes mægenes strengest on

þæm dæge þysses lifes æþele *ond* eacen het

him yÐ-lidan godne gegyrwan cwæÐ he guÐ-

cyning *ofer swan-rade secean wol-de mær-        200

ne þeoden þa him wæs manna þearf Ðone

20   siÐ-fæt him snotere ceorlas lyt-hwon logon.


¹ *ne hie* AB; now gone ‖ *huru* AB; now the upper part of the first stroke of *h* gone ‖ *heofena* AB; now *h, n, a* in part gone ‖ *helm* still pretty distinct in MS., although the tops of *h* and *l* are gone ‖ *ne* AB; now gone.

³ *bescufan* AB; now *n* gone.        ⁴ *ge* AB; now the *e* indistinct.

⁵ *wendan* altered from *wenan* in the same hand (*an* having been changed to *da* and *n* added).

⁶ Ð in *deaÐ* has shrunk together.

⁹ *healfdes* altered to *healfdenes* in the same hand.

¹⁰ *a* in *þearf* altered from *r*.

... þone god þæs weald wuldres waldend þa b...
sceal þurh slidne nið saule bescu[fan]
in fyres fæþm frofre ne wenan þihte
wendan wel bið þæm þe mot æfter deað
dæge drihten secean ond to fæder fæþmum
freoðo wilnian.

·III·

Spa ða mæl ceare maga healfdenes singa
la seað ne mihte snotor hæle þean on
wendan þæs þe gewin to spyð lað ⁊ long sum þe
on ða leode becom nyd wracu niþ grim nihr
bealwa mæst þ from ham gefrægn higela
ces þegn god mid geatum grendles dæda
se wæs moncynnes mægenes strengest on
þæm dæge þysses lifes æþele ⁊ eacen het
him yð lidan godne gegyrwan cpæð he guð
cyning ofer span rade secean wolde deð mæ
ne þeoden þa him wæs manna þearf ðone
sið þæt him snotere ceorlas lyt hwon lo...

[illegible] se goda geata lea
[illegible] cempan gecorone þara þe he cenoste
findan mihte XV sum sund ƿudu sohte
secg ƿisade lagu cræftig mon land gemyr
cu. fyrst forð geƿat. flota ƿæs on yðum.
bat under beorge beornas gearƿe on
stefn stigon streamas ƿundon sund ƿið san
de. secgas bæron on bearm nacan beorhte
frætpe guð searo geatolic guman ut scu
fon ƿeras on ƿil sið ƿudu bundenne. geƿat
þa ofer ƿæg holm ƿinde gefysed flota fa
mi heals fugle gelicost oð ymb an tid
oþres dogores ƿunden stefna geƿaden hæfde
þ ða liðende land gesaƿon brim clifu blican
beorgas steape side sæ næssas þa ƿæs sund
liden eoletes æt ende þanon up hraðe ƿe
dera leode on ƿang stigon sæ ƿudu sældon
syrcan hrysedon guð geƿædo gode þan
cedon þæs þe him yþlade eaðe ƿurdon.

p. 10 = fol. 134ʳ = ll. 203—228.

þeah he him leof wære hwetton hige-[r]ofne

hæl sceawedon *hæfde se goda geata leoda    205

cem-pan gecorone þara þe he cenoste

findan mihte. x̄v̄. sum sund-wudu sohte

5  secg wisade lagu-cræftig mon land-gemyr-

cu *fyrst forð gewât flota wæs on ýðum.    210

bât under beorge beornas gearwe on

stefn stigon streamas wundon sund wið san-

de secgas bæron on bearm nacan beorhte

10  frætwe *guð-searo geatolic guman ut scu-    215

fon weras on wil-sið wudu bundenne. gewat

þa ofer wæg-holm winde gefysed flota fa-

mi-heals fugle gelicost oð þæt ymb an-tid

oþres dogores *wunden-stefna gewaden hæfde    220

15  þæt ða liðende land gesawon brim-clifu blican

beorgas steape. side sæ-næssas þa|wæs sund

liden eoletes æt ende þanon up hraðe *we-    225

dera leode on wang stigon. sæ-wudu sældon

syrcan hrysedon. guð-gewædo gode þan-

20  cedon þæs þe him yþlade eaðe wur-don.

---

¹ *þeah* AB ; now nothing left but some traces of the lower part of *h* ‖ the
upper part of *h* in *he* covered ‖ *leof* AB ; now the upper part of *l* gone ‖ *wære*
*hwetton* all but entire, although partially covered (cf. FS.) ‖ *hige* AB ; now
the tops of *h* and *e* gone ‖ *rofne*] *þofne* A, *forne* B ; now only the lower part
of the first letter left, which may have been *r*, *þ*, *f*, *s*, or *w*.

² *hæl* AB ; now *h* gone, and the first half of *æ* covered ‖ *od* in *leoda*
partially covered, the *d* being furthermore torn.

³ *cempan* AB ; now *c* gone and *e* covered.

⁴ *f* in *findan* partially covered.

p. 11 = fol. 135ʳ = ll. 229—252.

þa of wealle geseah weard scildinga *se þe holm-　　　　230
clifu healdan scolde beran ofer bolcan
beorhte raudas fyrd-searu fus-licu hine
fyrwyt bræc mod-ge-hygdum hwæt þa men
5　wæron.　Gewat him þa¦to waroðe wicge ridan
　  *þegn hroð-gares þrymmum cwehte mægen-　　　　235
wudu mundum meþel-wordum frægn. hwæt
syndon ge searo-hæbbendra byrnum were-
de þe þus brontne ceol ofer lagu-stræte
10　lædan cwomon *hider ofer holmas le wæs　　　　240
ende-sæta æg-wearde heold þe on land dena
laðra nænig mid scip-herge sceðþan ne
meahte no her cuðlicor cuman on-gunnon.
*lind-hæbbende ne|ge-leafnes-word guð-　　　　245
15　fremmendra gearwe ne|wisson maga ge-
medu næfre ic maran geseah eorla ofer
eorþan ðonne is eower sum secg on scarwum
nis þæt seld-guma *wæpnum geweorðad næfre　　　　250
him his wlite leoge æn-lic ansyn nu
20　ic eower sceal frum-cyn witan ær|ge fyr

¹ þa AB; now gone ‖ the top of h in *geseah* gone ‖ þe AB; now the
larger part of e gone ‖ *holm* AB; now gone, but written under the line in a
modern hand.
⁵ *ridan* AB; now *an* and part of d gone.
⁸ *were* AB; now the last e gone.
¹⁰ *le*, no doubt, not *Ic;* cf. the FS. and *Ic*, fol. 160ʳ, l. 15.
¹⁹ the beginning of the line left blank on account of a defect in the
parchment (cf. fol. 135ᵛ, l. 19).

beophte peandaſ fynd ſæʒe... liʒe

fyſ ryʒ bræc mod ʒe hyʒ ...

paſion · Gepæt him þæ to paſiode ...

þeʒn hpod ʒapeſ þrym mum epehʒe ...

pudu mundum meþel poſdum fracʒn ...

ſyndon ʒe ſeapo hæbbendra byrnum ...

de þe þuſ bronʒne ceol ofer laʒu ...

lædan epomon hider ofer holmaſ ...

ende ſæta æʒ peande heold þe oſ Luſ...

ladþa næniʒ ind ſeip heʒe ...

mealiʒe noher cuðlicor cuma...

lind hæbbende neʒe leafnſ poſd ...

ſran men dþa ʒeappe nepſon ...

medu næppe ic maſian ʒeſeah corl...

corþan ðonne iſ eorer ſum ſeʒon...

niſ þ ſela ʒuma papnum ʒe...

... hilde plæʒ leoʒe ...

ic eorer ſeeal þrum eyn piʒan arʒo ...

p. 12 = fol. 135ᵛ = ll. 252—273.

heonan leas scea-weras on land dena
furþur feran nu ge feor-buend *mere-     255
liᵹende mine gehyraᵹ an-fealdne ge-
þoht ofost is selest to¦ge-cyᵹanne
5 hwanan cowre cyme syndon.

### .IIII.

Him se yldesta *and*swarode werodes wisa
word-hord onleac *we¦synt gum-cynnes     260
geata leode *ond* hige-laces heorᵹ-ge-neatas.
10 wæs min fæder folcum ge-cyþed æþcle
ord-fruma ecgþeow haten. gebâd wintra
worn ær¦he on weg hwurfe. *gamol of gear-     265
dum hine gear-we geman witena wel-
hwylc wide geond eorþan. we þurh holdne
15 hige hlaford þinne sunu healf-
denes secean cwomon leod-ge-byrgean
wes þu¦us lare-na god. *habbaᵹ we to þæm     270
mæran micel æren-de deniga frean. ne
sceal þær dyrne sum wesan þæs ic
20 wene þu¦wast gif hit is swa we.soþlice

---

¹ *heonan* A, *heonon* B; now *heo* and part of the first *n* gone, and what is left of that *n* covered; but *heonan* (*h* covered) written under the line in a modern hand ‖ the tops of *s* in *weras* and of *l* and *d* in *land* covered ‖ *dena* A, *Dena* B; now *a* gone, and *n* entirely, *de* in part covered.
² *furþur* AB; now the upper part of *f* gone, and what remains of it as well as the first stroke of the first *u* covered.
³ *l* in *liᵹende* in part covered.
⁴ *þoht* AB; now the lower part of *þ* gone.     ⁵ *hwanan* AB; now *h* gone.
⁷ *Him* AB; now the first part of *H* gone, but there is a little more of it preserved than is reproduced in the FS.
¹¹ originally *ec þeow, g* being added in the same hand.
¹⁶ *g* in *hige* altered from *n* in the same hand ‖ *hlaford* crossed out after *hlaford* in MS.
¹⁹ *ic* covered with transparent paper; the end of the line blank (cf. note to fol. 135ʳ, l. 19).
²⁰ the stop is inserted to divide *we* from *soþlice;* cf. fol. 164ᵛ, l. 9.

p. 13 = fol. 136ʳ = ll. 273—297.

secgan hyrdon þæt mid scyldingum scea<mark>ð</mark>ona

ic nat hwylc. \*deogol dæd-hata deorcum                                        275

nihtum eawe<mark>ð</mark> þurh egsan un-cu<mark>ð</mark>ne ni<mark>ð</mark>

hyn<mark>ð</mark>u *ond* hra-fyl ic þæs hro<mark>ð</mark>-gar mæg þurh

5   rumne se<mark>l</mark>an ræd gelæran. hu he frod. *ond*

god f<mark>·</mark>ond ofer-swy<mark>ð</mark>eþ \*gyf him edwendan                              280

æfre scol-de. bealuwa bisigu bot eft

cuman *ond* þa cear-wylmas colran wur<mark>ð</mark>aþ

o<mark>ðð</mark>e a|syþ<mark>ð</mark>an earfo<mark>ð</mark>-þrage þrea-nyd

10   þola<mark>ð</mark> þen-den þær wuna<mark>ð</mark> \*on heah-stede                            285

     usa selest. weard maþelode <mark>ð</mark>ær on wicge

sæt ombeht unforht æg-hwæþres sceal

scearp scyld-wiga gescad witan worda

*ond* worca seþe wel þence<mark>ð</mark> \*ic þæt ge-hyre þæt                          290

15   þis is hold weorod frean scyldinga gewitaþ

for<mark>ð</mark> beran wæpen *ond* gewædu ic eow wisige

swylce ic magu-þegnas mine hate wi<mark>ð</mark>

feonda ge-hwone flotan eowerne \*niw-                                          295

tyrwydne nacan on sande arum heal-

20   dan oþ<mark>ð</mark>æt eft byre<mark>ð</mark> ofer lagu-strea-

---

¹ *secgan* AB ; now the greatest part of *s* gone (cf. FS.) ‖ *scea<mark>ð</mark>ona* A, *scea<mark>ð</mark>o*
(<mark>ð</mark> altered from *d* with another ink) B ; now only *scea* left (but *e* and *a* are
not entire).

  ² *deorcum* AB ; now the two last strokes of *m* gone.

  ³ *ni<mark>ð</mark>* AB ; now the upper part of <mark>ð</mark> gone.     ⁴ *þurh* AB ; now *h* gone.

  ⁵ *frod. 7* A, *frod. and* B ; now a small part of *o*, the lower part of *d*, and
the abbreviation for *ond* gone.

  ⁶ *edwendan* AB ; now *an* gone.     ¹⁵ þ in *gewitaþ* torn.

... þ ...hyndon· þ...
...isenaþ hpylc ............ ðeop...
niht um earpeð ................... cudne
hynd·u ⁊hra fyl ic h... .......... m...
þumne sečan þæd seǽnan· hu he þ...
god feond ofqi spyðeþ gyf him eðþeri...
æpre scol de bealupa bisigu bot ef...
cuman ⁊þa ceap pylmas colpan þurða...
odðe asyþdan earpod þruge þrea r...
þolid þen den þæi punað on heaþ sæ de
husa se lest· peapd maþelode ðæi on þ...
sæ ombehc unforht æþ hpæ þpæs sceal...
sceapp scyld piga gescad þia... pon ðæ...
⁊þon ca seþe pel þenceð ic þge hyne þæ...
þis if hold þeopod frean scyld inga gepica...
forð beran þæþer ⁊gepædu ic eop pisige...
spylce ic magu þegnas mine hate pi...
feonda .... ⁊hpone ...............
...gyr .þ ne .na...
...dan ofðæ ef cobyl...

iceþe in innan... ...... .......

weden mearce god frean meandia

...lenin gifehþ bid þ þone hilde wer

...ð gediged· gewiton him wærwan ploza

ille hid feomode onfole fið wæþ med

ꝥ on aneuie wært eowor lic fcio non

ꝥ hleor beran ge hwro ðen golde fah

fyrwet hwyld fwih wewi ðe heold guþmod

gwininwon guman onetton figon æt

fomne oþ þ hy ælinn hjed· geatolic ꝥ

gold fah onzyton mihton· þ wæf wope

mawoft fold hwenðum wereða undewi

wodewum onþam fewica bað· lixte fe

leoma ofer landa fela· hwn þa hilde

...lof modigwa tohte getæhte þæt

...hwin to mihton geðnum gangan

...da fwin wieg ge wenðe woſd

...mælif mefto wewæ......

...ðeð feoð eowi......

...... Rull...

p. 14 = fol. 136ᵛ = ll. 297—319.

mas leofne mannan wudu wunden-hals

to weder-mearce god-frem-mendra

swylcum gifeþe bið \*þæt þone hilde-ræs 300

hâl gedigeð. gewiton him þa|feran flota

5 stille bâd seomode on|sole sidfæþmed

scip on ancre fæst eofor-lic scionon

ofer hleor beran ge-hroden golde \*fah 305

*ond* fyr-heard ferh wearde heold guþmod

grummon guman onetton sigon æt-

10 somne oþ þæt hy æltimbred. geatolic *ond*

gold-fah ongyton mihton. þæt wæs fore-

mærost fold-buendum \*receda under 310

roderum on þæm se rica bad. lixte se

leoma ofer landa fela. him þa hilde-

15 deor of modigra torht ge-tæhte þæt

hie him to mihton gegnum gangan

guð-beorna sum \*wicg ge-wende word 315

æfter cwæð. mæl is me to feran fæder

alwalda mid ar-stafum eow-ic|ge-heal-

20 de. siða gesunde ic to sæ wille wið

---

¹ *mas* AB ; now gone ‖ *l* in *leofne* partially covered ‖ *hals* AB ; now the tops of all the letters except *a* gone, and part of what remains of them, as well as part of *a*, covered.

² *to* AB ; now *t* gone, and *o* covered.

³ *sw* in *swylcum* partially covered.    ⁴ *h* and part of *â* in *hâl* covered.

⁵ *stille* AB ; now *s* gone, and *t* covered.

⁶ *scip* AB ; now *sc* gone (there can be no doubt that the vowel of that word was *i*, not *y*; if what is left in the MS. before *p* were the remains of *y* it would be quite differently formed) ‖ *fæst* altered from *fæft*.

⁷ *ofer* AB ; now the first part of *o* gone, the second covered.

⁸ 7 A, *and* B ; I think I still see the 7 under the paper nearly entire ‖ part of *f* in *fyr* covered.

p. 15 = fol. 137ʳ = ll. 319—339.

wraᴆ werod wearde healdan.


.V.

\*S|træt wæs stan-fah stig wisode gumum          320
æt-gædere guᴆ-byrne scan heard

5  hond-locen hring-iren scir song in sear-
wum þa hie to|sele furᴆum in hyra gry-
re-geat-wum gangan cwo-mon \*setton          325
sæmeþe side scyldas rondas regn-hearde
wiᴆ þæs recedes weal. bugon þa¦to bence

10  byrnan hring-don guᴆ-searo gumena
garas stodon sæ-manna searo samod
æt-gædere \*æsc-holt ufan græg wæs¦se          330
iren-þreat wæpnum ge-wur-þad þa|ᴆær
wlonc hæleᴆ oret-mecgas æfter hæle-

15  þum frægn. hwanon ferigeaᴆ ge fæt-
te scyldas græge syrcan *ond* grim-helmas
\*here-sceafta heap ic eom hroᴆ-gares          335
âr *ond* om-biht. ne seah ic elþeodige þus
manige men modiglicran. wen ic *þæt* ge|for

20  wlenco nalles for wræc-siᴆum. ac for hige-

---

¹ *wraᴆ* AB; now *w* entirely gone, and of *raᴆ* no more visible than is
reproduced in the FS.
⁸ only very little of the second *e* of *hearde* gone.
¹⁴ *nc* in *wlonc* on an erasure.
¹⁹ the dot after *þæt* seems accidental.

Stræt wæs stan fah stig wisode
gumum ætgædere guðbyrne scan heard
hond locen hring iren scir song in searwum
þa hie to sele furðum in hyra gry
re geatwum gangan cwomon setton
sæmeþe side scyldas rondas regnhearde
wið þæs recedes weal bugon þa to bence
byrnan hringdon guðsearo gumena
garas stodon sæmanna searo samod
ætgædere æsc holt ufan græg wæs se
iren þreat wæpnum gewurþad þa ðær
wlonc hæleð oretmecgas æfter hæleþum
frægn hwanon ferigeað ge fætte
ge scyldas græge syrcan ond grim helmas
herie sceafta heap ic eom hroðgares
ar ond ombiht ne seah ic elþeodige þus
manige men modiglicran wen ic þæt ge for
wlenco nalles for wræcsiðum ac for higeþ

ofer . . . . . . . . . . . . . hine . . . . .
. . . and sciþode plamc peðena lead . popd
. . . . . sciþe hearð unden helme peſhyt
. . . . . . . bad zementaſ. beopulf iſ
. . . . . nama pille ic aſeczan ſunu healf
denes . . . . þeodne min æren de . . .
ilðpe þinum zif heuſ ze unnan pile
. . . pe hine ſpa zodne zpetan motou
pulfzau maþelode þþaſ pendla lead
þaſ hiſ mod ſeþa manezum zecyðeð.
piz 7piſ dom ic þeſ pine deniza fpean
ſeld . . za fpinan pille beaza bpyt
tan . ſpa hu be na . eapt þeoden mæp
. . . 7inb þinne ſið . 7þe þa 7ſpape
. . . . . . ze cyðan ſcme ſe zoda. azipan
penicede. hpeapiſ þa hpæð lice þaʊ hpoð
zaʊ ſæt eald 7un haʊ mid hiſ eopla.
ze ðʊht. eode ellen. poʊ þheʊon eaʊ
hʊu zeſtod deniza fpean cuþe he
ʊʊzuðe þeaʊ. pulfzaʊ maðelode-

p. 16 = fol. 137ᵛ = ll. 339—360.

þrymmum hroð-gar sohton. *him þa ellen-    340

rof and-swarode wlanc wedera leod. word

æfter spræc heard under helme we|synt

hige-laces beod-geneatas beowulf is

5  min nama wille ic asecgan sunu healf-

denes *mærum þeodne min ærende.    345

aldre þinum gif he us geunnan wile

þæt we hine swa godne gretan moton.

wulfgar maþelode þæt wæs wendla leod

10  wæs his mod-sefa manegum gecyðed.

*wig *ond* wis-dom ic þæs wine deniga frean    3ɔ0

scildinga frinan wille beaga bryt-

tan swa þu bena eart þeoden mær-

ne ymb þinne sið. *ond* þe þa *and*sware

15  ædre ge-cyðan *ðe|me se goda agifan    355

penceð. hwearf þa hræd-lice þær hroð-

gar sæt eald *ond* un-hâr mid his eorla

ge-driht. eode ellen-rof þæt he for eax-

lum gestod deniga frean cuþe he

20  duguðe þeaw. *wulfgar maðelode    360

---

¹ *þrymmum* with another ink A, *ym mum* altered to *þrymmum* with
another ink B; now *þry* gone, and part of the first *m* covered ‖ the tops of *s*
and *h* in *sohton* covered ‖ the upper part of *þa* covered ‖ *ellen* AB; now *n*
entirely and *lle* partially gone.

² *r* in *rof* partially covered.

⁵ *min* AB; now part of the second stroke of *m* gone, and the first stroke
of it covered.

⁶ part of *d* in *denss* covered.    ⁷ part of *a* in *aldre* covered (*aldre* AB).

.p. 17 == fol. 138ʳ == ll. 360—37ᵇ,

to his wine-driht-ne her syndon gefere-
de feorran cumene ofer geofenes be-
gang geata leode þone yldestan oret-
mecgas. beowulf nemnaᵈ hy benan

5 synt *þæt hie þeoden min wiᵈ þe moton                    365
wordum wrixlan no|ᵈu him wearne
ge-teoh ᵈinra gegn-cwida glædman
hroᵈ-gar hy on wig-ge-tawum wyrᵈe
þinceaᵈ. eorla ge-æhtlan huru se

10 aldor deah *se þæm heaᵈo-rincum                         370
hider wisade.

### .VI.

Hroᵈ-gar maþelode helm scyldinga
ic hine cuᵈe cniht-wesende wæs his
15 ealdfæder ecg-þeo haten ᵈæm to ham
for-geaf hreþel geata *angan dohtor                        375
is his eaforan nu heard her cumen
sohte holdne wine. ᵈonne sægdon þæt
sæliþende þaᵈe gif-sceattas geata
20 fyre-don þyder to þance þæt he .XXX

---

¹ *his* B, *is* (*tho is* instead of *to his*) A ; now the upper part of *h* and of *s*
gone ‖ *gefere* AB; now only *ge* and part of *f* left.
² *be* AB; now only partially preserved.
³ *oret* AB; now part of *e* and the whole of *t* gone.
⁷ *glædman* (altered to *glædnian* with another ink B) AB; I think the
whole word is still in the MS., only *n* has much shrunk together (I do not
doubt that the MS. has *m*, not *ni*).
¹⁶ *dohtor* AB; now the second part of *r* gone.
¹⁷ *h* in *his* altered from *þ* in the same hand.
¹⁸ *n* in *holdne* altered from *r*.

...æt... cumene...

...anig geata leode...

nezaſ· beopulf...

ſynt þ hie... min... þe mo...

popidum... nodu him...

ge zeoh ſinra gegn...

hpod gaſ hy onpig ge...

pineaſ... eopla ge æ...

al dor... hæm heado...

hidep piſade·

·VI·

hpod gaſ maþelode· helm ſcylding...

ic hine cuðe cniht peſende... þ...

ealdfæder ecg þeo haten... to hã...

fop geaf hiæþel geata angan dohto...

... earrian nu heapd hep cumen...

ſohte holdne pine· ðonne ſægdon þ...

ſæliþende... ſceattaſ· geata...

fyl...

...ic þen...

...godan sceal...

...mas beodan beodu on...

...ngan seon sibbe gedriht samod...

...dere gesegan... eac populum...

...sinc... leodum...

...heodbead. eop hæt secgan...

...mid aldor east dena þ heðwe...

...car him syndon ofer sæ...

...and hicgende hider...

p. 18 = fol. 138ᵛ = ll. 379—401.

    tiges *manna mægen-cræft on his mund-        380
gripe heaþo-rof hæbbe hine halig god
for ar-stafum us on-sende to west-denum
þæs ic wen hæbbe. wið grendles gryre
5 ic þæm godan sceal *for his mod-þræ-ce       385
madmas beodan beo|ðu on˙ofeste hât
in|gân seon sibbe ge-driht samod æt-
gædere. gesaga him eac wordum þæt hie
sint wilcuman deniga leodum *word in-      390
10 ne abead. eow het secgan sige-drihten
min aldor east-dena þæt he eower æþelu
can ond ge him syndon ofer sæ-wylmas
heard-hicgende hider wilcuman *nu|ge      395
moton gangan in eowrum guð-geata-
15 wum under here-griman hroð-gar ge-
seon lætað hilde-bord her on-bidan
wudu wæl-sceaftas worda geþinges.
aras þa se rica ymb hine rinc ma-
nig *þryð-lic þegna heap sume þær        400
20 bidon heaðo-reaf heoldon swa him se

¹ *tiges* AB; now *tig* gone, and *e* and part of *s* covered ‖ the lower part of the second stroke of the second *n* in *manna* faded ‖ the tops of some letters in *cræft* and *his* covered (cf. FS.) ‖ *mund* AB; now only indistinct traces of the word left.
² *gripe* AB; now the upper part of *g* gone, and the rest of it as well as part of *r* covered.
³ part of *f* in *for* covered.
⁴ *þæs* AB; now part of *þ* gone, and what remains of it covered.
⁵ *ic* AB; now gone ‖ *þæm* K Gt Th] *þæim* (on an original blank in Thorkelin's hand A) AB; now illegible except *m.*
⁶ *madmas* AB; now of the first *m* only a small part of the last stroke left.
⁷ *in* AB; now of *i* only a part left, and that covered.
¹³ part of *w* covered.
¹⁶ a very small part of *s* covered ‖ I think the scribe originally wrote *bidman* (certainly not *bidiean*), and did not quite succeed in erasing *m* afterwards.
²⁰ originally *rof*, altered to *reaf* in a different hand by adding *e* over the line (the dot under the line shows where it is to be inserted), and changing *o* into *a.*

p. 19 = fol. 139ʳ = ll. 401—423.

hearda be-bead. snyredon æt-somne þa

secg wisode un-der heorotes hrof heard

under helme *þæt* he on heoðe gestod. \*beo-         405

wulf maðelode on him byrne scan searo-

5   net seowed smiþes orþancum wæŝ þu hroð-

gar hal ic eom hige-laces mæg *ond* mago-

ðegn. hæbbe ic mærða fela ongunnen

on geogoþe me wearð grendles þing. \*on        410

minre eþel-tyrf undyrne cuð secgað

10   sæliðend *þæt* þæs sele stande reced selesta

rinca ge-hwylcum idel *ond* un-nyt siððan

æfen-leoht under heofenes hador be-

holen weorþeð. \*þa me *þæt* gelærdon leode       415

mine þa|selestan snotere ceorlas. þeo-

15   den hroð-gar *þæt* ic þe sohte for-þan hie

mægenes cræft mine cuþon. selfe ofer-

sawon ða ic of searwum cwom. \*fah from       420

feondum þær ic fife geband yðde eo-

tena cyn *ond* on yðum slog. niceras

20   nihtes nearo-þearfe dreah wræc.

---

¹ *hearda* AB; now *he* entirely and the first *a* and *d* partially gone ‖ *snyredon* AB; now the top of *s* gone ‖ *somne* AB; now *e* and part of *n* gone ‖ *þa* (*a* added with another ink B) AB; now gone.

² *heard* B (² *heorotes*—³ *on* omitted in A); now *rd* gone, and *he* torn.

⁴ *searo* B, *seawo* A; now *ro* gone, and *a* not quite distinct.

⁵ a letter erased between *wæs* and *þu* ‖ *hroð* A, *hrod* B; now ð and part of *o* gone.

⁹ *secyað* AB; now the stroke through the *d* rather indistinct.

undeſ helme[...]

puſt maðelode [...] byſſuſ ſcan ſe

[...] ſeoþed. ſnuþeſ oſ þancum þæſ· þuſ[...]

ᵹaſ hal. ic eom luᵹe laceſ mæᵹ-þinᵹe[...]

ðeᵹn. hæbbe ic mæᵹða þela onᵹuñen

onᵹeoᵹoþe me þeaᵹð ſpendleſ þinᵹ[...]

winſe eþel tyſiſ undyſſne· cuð ſecᵹað

ſæliðend þ þær ſele ſtande þeeð ſeliſ[...]

þınca ᵹe hþyſi cum idel ᵹñ nyſ ſiððan

æſeſ leoht undeſ heoſeneſ hadoſ be[...]

holen peoþþeð· þa me þ ᵹelæſidon leoðe

mine þaſ eleſtan ſnoteſe ceoþlaſ þeo

den hſod ᵹaſ þ ic heſohte ſoſ þan luᵹe

macᵹeneſ cſaſt mine cuþon·ſelſe oſᵹu

ſuþon·ðaſ ic oſ ſeaſſum cþom· þaſ ſſoſñ

ſcauðiñu· þæme ſiſe ᵹeband ydde co

cena cyſi ᵹoſi yduñ ſloᵹ· me ᵹiaſ[...]

nihteſ· neaſio þeaſſe oſ eah· þſaſe[...]

... ...ung þð hyrse·
... hyrsto beorht sona biddan wille
... edinga aldie bene · þ du me
... ne ... sþa hleo freoþne
... sþ þeo...nan com· hie mote
... eopla...ge sþyht· þes heap
... ...scir ...elsian hæbbe iceac
... ...la...a fo...his þon hydum
... ne...ces ced· re þ þonne fo...hicge
... higelac sie min mon sþihten
... blide· þic sþeo...d be...e oþe sidne
... ...olo ...and to gu...þe·.. ic ic nud
... sceal fo...n ...id f...on de· qymb
... ...uca... lad sþð laþu... dagu gely
... sþyhtiq· dome· ...eþe hine
... ...med· þen ic þ he wille gif he
... dan miot mþa... gud se...e...
... ...oþ...· enn mmoþ...

p. 20 = fol. 139ʳ = ll. 423—444.

wedera niᵹ wean ahsodon for-grand gra-

mum *ond* nu wiᵹ gren-del sceal *wiᵹ þam                    425

aglæcan ana ge-hegan. ᵹing wiᵹ þyrse

ic þe|nuᵹa brego beorht-dena biddan wille

5    eodor scyl-dinga anre bene. þæt|ᵹu me

ne forwyrne wigendra hleo *freowine                    430

folca nu ic þus feor-ran com. þæt ic moto

ana minra eorla gedryht. *ond* þes hear-

da heap heorot fælsian hæbbe ic eac

10   geahsod þæt se æglæca for his won-hydum

wæpna ne|recceᵹ. *ic þæt þonne for-hicge                    435

swa me higelac sie min mon-drihten

modes bliᵹe. þæt ic sweord bere oþᵹc sidne

scyld geolo-rand to guþe. ac ic mid

15   grape sceal fon wiᵹ feonde *ond* ymb

feorh sacan *laᵹ wiᵹ laþum ᵹær gely-                    440

fan sceal dryhtnes dome seþe hine

deaᵹ nimeᵹ. wen ic þæt he wille gif he

wealdan môt in þæm guᵹ-sele geo-

20   tena leode etan unforhte swa he

---

¹ *wedra* A, *.edera* altered to *wedera* with another ink B; now only *a* and the second stroke of *r* left, but part of *a* and what remains of *r* covered ‖ *ahsodon* AB; now the top of *d* gone ‖ the upper part of *nd* in *grand* covered ‖ *gra* AB; now *a* and part of *gr* gone, and all that remains of *r* and the greatest part of what is left of *g* covered.

² *mum* AB; now the first two strokes of the first *m* gone, and the last stroke of it partially covered ‖ two letters erased after *sceal?*

³ part of the first *a* in *aglæcan* covered.

⁴ *ic* AB; now gone ‖ *þe* AB; now part of *þ* gone, and what remains of it covered.

⁵ *eodor* AB; now *eo* gone.

⁶ *ne* left entire, but nearly the whole of *n* covered.

⁷ *folca* AB; now only very indistinct traces of *f* left before *olca*.

¹³ *dn* in *sidne* altered from other letters.    ¹⁹ *geo*, not *gea*; cf. FS.

p. 21 = fol. 140ʳ = ll. 444—464.

oft dyde *mægen hreð-manna na þu                          445

min-ne þearft hafalan hydan. ac he

me habban wile deore fahne gif mec

deað nimeð. byreð blodig wæl byrgean

5   þenceð eteð ângenga un-murnlice

*mearcað mor-hopu no¦ðu ymb mines                        450

ne þearft lices feorme leng sorgi-

an.   On-send higelace gif mec hild

nime beadu-scruda betst þæt mine breost

10   wereð hrægla selest þæt is hrædlan laf

*welandes ge-weorc gæð a¦wyrd swa hio scel.              455

### .VII.

H roð-gar maþelode helm scyldinga
    fere fyhtum þu¦wine min beo-wulf. *ond*

15   for ar-stafum us-ic¦sohtest ge-sloh

þin fæder fæhðe mæste. *wearþ he                         460

hea-þo-lafe to hand-bonan mid wilfingum

ða hine gara cyn for here-brogan

habban ne¦mihte. þanon he¦ge-sohte

20   suð-dena folc ofer yða ge-wealc ar-

---

¹ þu AB ; now gone.        ² *he* distinct in the MS.

³ *mec* AB ; now part of *c* gone.

⁴ *byrgean* AB ; now the second stroke of *n* gone.

⁶ *mines* AB ; now *s* torn and part of it gone.

⁹ *breost* B, *breose* A ; now a small part of *s* gone (there is not the least
doubt about the last letter being *t*).

...... mægen hyað ...... ...
min ne þearft hwalan hydan ꝼc
me habban pile deope ꝼaþne giꝼ ..
sæd mined· byþeð blodig pæl byꝼig ..
þorceð eceð an ꝼorʒa unmurnlice·
meaꝼcað mor hopu nodu ymb mine.
ne þearft licer þeoꝼme lengg forg .
an· Onsend higelace gif mec hilð
nime· beadu scruda betst þmine breor
ꝼgeð hꝛægla selegt þir hꝛædlan laꝼ
pelander ge þeoꝛc ʒeð aꝼyꝛid spulno seel .

· VII ·

Þod gaꝛ maþelode· helm scyldinga
ꝼere ꝼyhtum þuꝛine min beopulꝼ þ
fol aꝛ staꝼum ꝛe ꝛefolꝛcet ge sloh
þin ꝛedeꝛ þelde maꝛce· peaꝛþ he
lter þo laꝼe· tó hand bonan midpiꝛꝛingu
dalmne· gaꝛu cyn for heꝛe broꝛac
abban nemihte· þanon hege solcte
dena ꝼolc oꝛꝛ yda ge þealc a ..

... geo ... þioll. gþin inláquæ
... hælep ... heȝie ȝaþ
... ydþia ... wilfiȝende beþin
... þæs betepia ðon ic siððan
... feo þinȝode · sende ic þylþinȝū
... pæceȝ ... ealde maðmaf he
ne aþaf spoþi · Soþh ifmeto fecȝanne
toufcþan minuin ȝume na ænȝum hþæt
me ȝpendeþ hapað · hynðo on heoþote
mid hif hete þancum fæþ níða ȝeþïemed
ifmin fleþ pqiod þïȝ hæþp ȝepanóð hie
þýïd foþ speoþ onȝpendlẽ; ȝþýpie ȝod
eiþe mæȝ þone dol · fcîdûn daeda ȝe
cþæþan · fuil üþeȝ ȝebẽotedon beoþe
dþunc ne · ofeqi ealo paȝe oþuæ metȝaf
þhie inbeoþ fele hidan pol don ȝþend
leȝ · ȝuþe mid ȝþýþum eeȝa · ðon þaȝ
þeof meðo · hẽil on moþȝan æd ...
... leȝ ·þeoþ faþ þõn dæȝ lýette ...

p. 22 = fol. 140ᵛ = ll. 464—486.

scyldinga *ᵭa ic furþum weold folce de-                    465
ninga *ond* on geo-goᵭe heold gim me rice
hord-burh hæleþa. ᵭa|wæs here-gar
dead min yldra mæg unlifigende bearn
5 healfdenes se|wæs betera ᵭonne ic *siᵭᵭan         470
þa fæhᵭe feo þingode. sende ic wylfingum
ofer wæteres hrycg ealde madmas he
me aþas swor.   Sorh is me to secganne
on|sefan minum gumena ængum hwæt
10 me grendel hafaᵭ. *hynᵭo on heorote            475
mid his hete-þancum fær-niᵭa gefremed
is min flet-werod wig-heap gewanod hie
wyrd for-sweop on grendles gryre god
eaþe mæg þone dol-sceaᵭan dæda ge-
15 twæfan.   *Ful oft gebeotedon beore            480
druncne ofer ealo-wæge oret-mecgas
þæt hie in beorsele bidan woldon grend-
les guþe mid gryrum ecga. ᵭonne wæs
þeos medo-heal on morgen-tid *driht-             485
20 sele dreor-fah þonne dæg lixte. eal

---

¹ *scyldinga* A, *Scyldinga* B; now *scyl* gone, and part of *d* covered ‖ *weold* MS., not *weald :* the *o* looks like *a* in the FS. in consequence of an accidental dot under it ‖ *de* entirely preserved, but partially covered.

² *ninga* MS., but almost the whole of the first *n* covered.

⁵ *healf* A, *Healf* B; now *h* gone, except a small part, which is covered; part of *e* is likewise covered.

⁶ *þa* AB (but ⁵ *siᵭᵭan*—⁶ *sende* added in A by Thorkelin); now the greatest part of *þ* gone.

⁸ the first stroke of *m* in the first *me* almost entirely covered.

¹⁴ *sc aᵭan* MS., the correction in another hand.

¹⁹ there is an erasure of about three letters between *medo* and *heal.*

p. 23 = fol. 141ʳ = ll. 486—504.

benc-þelu blode bestymed heall heoru-

dreore ahte ic holdra þy læs deorre

duguðe þe þa deað fornam site nu to

symle *ond* on sæl meoto \*sige-hreð secgum                    490

5  swa þin sefa hwette. þa|wæs geat-

mæcgum geador ætsom-ne on beor-

sele benc gerymed þær swið-ferhþe

sittan eodon þryðum dealle þegn

nytte be-heold \*seþe on handa bær                    495

10  hroden ealo-wæge scencte scir wered

scop hwilum sang hador on heorote

þær wæs hæleða dream duguð un-lytel

dena *ond* wedera.


.VIII.

15  **H**VN-ferð maþelode ecglafes be-

arn \*þe æt fotum sæt frean scyldi-                    500

nga. on-band beadu-rune wæs him

beo-wulfes sið modges mere-faran

micel æfþunca. for-þon þe he ne

20  uþe þæt ænig oðer man æfre

---

¹ *benc* B, *bene* A; now the top of *b* gone ‖ *heoru* (*u* altered from *n* with another ink A) AB; now *u* gone.

³ *to* AB; now *o* gone, and the right part of the cross-stroke of *t* almost quite faded.

⁴ I see *secgum* quite distinctly in the MS.

²⁰ between *man* and *æfre* there is an erasure of from four to five letters.

...ned heall
...þylic deop
dugude þe þa... nam site noſ
symle ⁊on ſæl meoto ſize hweð iſ
ſpa þin ſeſſ hweðeſ... þagat zeaſ
mæzum zeadoſ æſomne on beoſ
ſele benc ze pymed þæſ ſpið feſheſ
ſiſtan eodon þſyſtum dealle þætſ
nyſte beheold ſeþe on handa baſ
hwoden calo pæze ſcencte ſciſ peſeſ
ſcop hwilum ſang hadoſ on heoſiſteſ
þaſ piſ hæleða dſeam duzuð unlyſe
ſeaſ ⁊pedeſa.

                VIIII

ⱂ VN feſð maþelode ecglaſeſ beſ
aſn þeæt foſum ſæ fſeæn ſcyldſ
nza on baſd beadu ſune pæſ him
beoþulſeſ ſið modzeſ meſe faſaſ
micel æfþunca foſ þon þehe ne
uþe þæniz oðeſ mah... ... æſſe

... ꝧon hea[...]
... reþe ƿið brecan
... on siðne ... ymb sund flit[...]
... for plence þada cunne don
... dol ᵹ̇ilpe on deop pæꞇ aldþu
... don ne inc ænig mon ne leof
... lað betean mihte soþ h fulne
... þaᵹꞇ on cƿið[...]ƿean · þær ᵹiꞇ ea
ᵹoꞃ streamum eaꞃmum þehton mæ
... con meꞃe streꞇa mundum bꞃuᵹ
... don ᵹ̇li don ofeꞃ ᵹaꞃ sæᵹ ᵹeoꞃon yþu·
... ƿeal ƿinꞇꞃys ƿylm ᵹiꞇ on þæꞇꞃ[...]es æht
... ᵹeoꞃon niht sƿuncon heþe æꞇ sunde
... haꞃde mæꞃe in æᵹen þu
... ꞇid on heꞃ þo naꞃes ·
... on heᵹe fohꞇe
... dum Lond[...]
... ꞃeꞇᵹ̇eꞃ[...]
... 7 beꞃᵹ[...]

p. 24 = fol. 141ᵛ = ll. 504—523.

mærða þon ma middan-geardes. \*ge-                  505

hedde under heofenum þonne he sylfa

eart þu se beo-wulf se þe wið brecan

wunne on|sidne sǽ ymb sund flite

5  ðær git for wlence wada cunnedon

*ond* for dol-gilpe on deop wæter \*aldrum          510

neþdon né inc ænig mon ne leof

ne lað be-lean mihte sorh-fullne

sið þa git on sund reon. þær git ea-

10  gor-stream earmum þehton mæ-

ton mere-stræ-ta mundum brug-

don \*glidon ofer gar-secg geofon yþum          51ɔ

weol wintrys wylm git on wæteres æht

seofon niht swuncon he þe æt sunde

15  ofer-flat. hæfde mare mægen þa

hine on morgen-tid on heaþoræmes

holm up æt-bær. \*ðonon he|ge-sohte          520

swæsne. *eðel*. leof his leodum lond

brondinga freoðo-burh fægere

20  þær he folc ahte burh *ond* beagas.

---

¹ *mærða* A, *mærda* B ; now *m*, which seems to be still all but entire, covered except small portions of its two last strokes ‖ the top of the *s* in *geardes* covered ‖ the top of *e* in *ge* covered.

² the first stroke of *h* in *hedde* covered.

³ *ðær* AB ; now the lower part of *ð* gone.

⁴ the tops of the abbreviation for *ond* and of *f* in *for* covered.

⁵ the first stroke of *n* in *ne* covered.

⁶ *git—reon* a little indistinct in consequence of moisture.

p. 25 = fol. 142ᵛ = ll. 523—544.

beot eal|wiᵹ þe sunu beanstanes soᵹe

gelæste. *ᵹonne wene ic to þe wyrsan ge-         525

þingea ᵹeah þu heaᵹo-ræsa ge-hwær

dohte grimre guᵹe gif þu grendles

5  dearst niht-longne fyrst nean bidan

beo-wulf maþelode bearn ecg-þeowes

*hwæt þu worn fela wine min hun-ferᵹ         530

beore druncen ymb brecan spræce

sægdest from his siᵹe soᵹ ic talige

10  þæt ic mere-strengo maran ahte ear-

feþo on yþum ᵹonne ænig oþer man.

*wit þæt ge-cwædon cniht-wesende *ond* ge-     535

beo-tedon wæron begen þa|git on|geogoᵹ-

feore þæt wit on gârsecg ut aldrum

15  neᵹ-don *ond* þæt ge-æfndon swa. hæfdon swurd

nacod þa|wit on|sund reon *heard on         540

handa wit unc wiᵹ hron-fixas werian

þohton. no he wiht fram me flod-yþum

feor fleotan meahte hraþor on hol-

20  me no ic fram him wolde. ᵹa wit æt-

---

¹ *soᵹe* altered from *sode* with another ink B, *sode* A ; now only *so* and very little of the lower part of ᵹ left.

² *ge* (at the end of the line) AB ; now gone.

³ *r* in *gehwær* torn.    ⁴ *grendles* AB ; now *es* gone.

⁵ *bidan* AB ; now *dan* gone.

⁷ *hun ferᵹ* A, *Hunferd* B ; now part of ᵹ gone.

¹³ *oⁿ :* the correction in a different hand.

...ær ðu þe sunu bearntames·
gelæste· ðon þene ic to þe wyrsa
þingen ðeah þu heaðo ræsa ge hwæs
dohte grimme guðe gif þu grendles
dearst niht longne fyrst neun b.
beowulf maþelode bearn ecgþeowes
hwæt þu worn fela wine min hunfer
beore druncen ymb brecan spræce
sægdest from his siðe soð ic talige·
þic mægen strengo maran ahte on
feþo on yþum ðonne ænig oþer man·
wit þæt ge cwædon cnihtwesende ge
beotedon wæron begen þagit on geogoð
feore þrit on garsecg utaldrum
nedon þ ge æfndon spa· hæfdon
nacod þærit onsund þeon hæfde on
handa wit unc wið hron fixas· wer an
þohton· no he wiht fram me flod
yþum feor fleotan mehte hra
ne· no ic fram him wolde· ðap

ræ onsæ peron fifnihta fyrſt
þanc flod to ðſæſ þaðo þeall onde
þa ceal doſc niþende niht Ᵹnoþþan
⁊ heaðo ꝥim ⁊hþeaſſ hꝛeo paſion
þa þæſ meſe ſixa mod on hꝛeþed. þær
me pið laðum lic ſyſce min heaꝛd hond
locen helpe Ᵹeſꝛeme de beado hꝛæꝭl
hꝛoden on bꝛeoſcum læꝽ Ᵹolde Ᵹe Ᵹyſ
ꝼeð mecꝛ Ᵹꝛunde. reah þah feondſcaðu
faſce hæſde. Ᵹꝛ⁊mꝛꝽꝛaꝼe ·:·
hꝛæþþe me Ᵹyſeþe þeaꝛð ꝥ ic aꝽlæcan
onde Ᵹequhte hilde bille heaþo þeſ
foꝛ nam mihtiꝽ meꝛe deoþ þuꝛh mine
· viin · ꝭ hand

me Ᵹe lome lað Ᵹe reðnan þreaꝛe
ðon þeaꝛle ic him þeno de deoꝛan ſpeoꝛ
de ſpahiꝛ Ᵹe deꝛe þaꝛ næſ hie ðaꝛe
ꝼylle Ᵹeꝼeaꝛ hæꝛdon maꝛn foꝛ ðæðlan
þue me þeꝽon ſymbel ymbſæcon ſæ
Ᵹꝛunde neah. ac on meꝛ Ᵹeꝛꝼ ne mecꝛ

p. 26 = fol. 142ʳ = ll. 544—565.

somne on sǽ wǽron *fif nihta fyrst                        545

oþ þæt unc flod to-draf wado weallende

wedera cealdost nipende niht. *ond norþan*

wind heaðo-grim *ond* hwearf hreo wǽron

5   yþa wæs mere-fixa mod on-hrered. *þær        550

me wið laðum lic-syrce min heard hond-

locen helpe ge-fremede beado-hrægl

broden on breostum læg golde ge-gyr-

wed me|to grunde. teah fah feondscaða

10   fæste hæfde. *grim on grape                        555

hwæþre me gyfeþe wearð þæt ic aglæcan

orde geræhte hilde-bille heaþo-ræs

for-nam mihtig mere-deor þurh mine

.VIIII.          [hand

15   S wa mec ge-lome lað-ge-teonan *þreate-    560

don þearle ic him þenode deoran sweor-

de swa hit ge-defe wæs næs hic ðære

fylle ge-fean hæfdon man-for-dædlan

þæt hie me þegon symbol ymb-sæton sǽ-

20   grunde neah. *ac on mergen-ne mecum        565

---

¹ *somne* AB; now *s* gone, and *o* and the first stroke of *m* covered ‖ the
greatest part of the accent over *sæ* covered.

² *oþ* AB; now the first part of *o* gone, and the second covered.

³ *wedera* AB; now part of *w* gone.

⁴ *wind* AB; now *w* gone, and *i* covered.        ⁵ *yþa* AB; now *y* gone.

⁸ the *b* of *brogden* torn.

¹⁰ after *grape* from seven to eight letters (*hwæþere?*) erased.

¹⁵ the big *S* all but entire, although partially covered.

p. 27 = fol. 143ᵛ = ll. 565—588.

wunde be yð-lafe uppe lægon sweo[r]·lum .

aswefede þæt syð-þan na ymb bront-ne

ford brim-liðende lade ne|let-ton leoht

eastan com \*beorht beacen godes brimu     570

5 swaþredon þæt|ic sæ-næssas ge-seon mihte

windige weallas wyrd oft nereð unfægne

eorl þonne his ellen deah. hwæþere me|ge-

sælde þæt ic mid sweorde of-sloh \*niceras   575

nigene no ic on niht gefrægn under heo-

10 fones hwealf heardran feohtan ne on eg-

streamum earmran mannon. hwaþere

ic fara feng feore gedigde siþes werig

ða|mec sǽ oþ-bær \*flod æfter faroðe on   580

fin-na land. wudu weallendu no ic wiht fram

15 þe swylcra searo-niða secgan hyrde

billa brogan breca næfre git æt heaðo-

lace. ne|ge-hwæþer incer \*swa deorlice   585

dæd gefremede fagum sweordum no|ic

þæs gylpe þeah ðu þinum broð-rum to

20 banan wurde heafod-mægum þæs þu|in

---

[1] *sweodu*m A, *swe* . . B, *swe*[*ordu*m] K ; now only *swe* and the beginning
of *o* left.

[2] *bront ne* A, *bront* ⁚⁚ (*ne* with a different ink) B ; now after *bront* only a
very thin piece of the first stroke of *n* left.

[3] *leoht* A, ⁚⁚⁚ with another ink B ; now nothing left but the very lowest
part of *le*.

[14] *wudu*, not *wadu*, without the least doubt; an *a* open at the top does not
occur so late in English MSS.

alpepede þ (y)d þair ... ymb...
popd þrim lidende tale ...
eastan com beorht beacen ...
spaþredon þic sæ næssas ge seon ...
pindige peallas pyrd oft nereð unfæg...
eopl þonne his ellen deah · hpæþere me...
sælde þic mid speopde ofsloh niceras
nigene no ic on niht gefrægn undeƿ heo
fones hpealf heapdran feohtan ne on...
streamum eapmpan mannon · hpaþere...
ic fara feng feore gedigde siþes perig...
ða mec sæ oþbær flod æfter faroðe on
finna land · þudu peallendu no ic piht...
þe spylcra searo niða secgan hyrde
billa brogan breca næfne git æt hea...
lace · nege hpæþer incer spa deoplice
ƿed gefremede fagum speopdum noie
þæs gylpe þeah ðu þinum broðrum to
banan purde heafod mægum þæs þu...

...rege ... þæo sode guđu eac
...finæppe ... spa pela gryppa
...de arol æglæca eal dpe
... hyndo on heopore gif þin hige
... sypa spa seipo grum spa þu self
...last ac he hapad on punden þ he
þa pclide nebeapp arole eac hpæce
opep leode spide onpeizan sige
...yl dinga nymed nyd hade næ negū
...iad leode deniga ac he lusc pized
...ed ond sendeþ secce ne peneþ
...gap denum ac ichim geara sceal
...et gellen ungeapa nu guþe ge
beddan gap epsepe moc romedo
...dig sippan monzen leoht opep
...drapin oppef dogopes sunne
...qued suþan pomed papep
...n smad hpæta ti gemæl
...nop epe ge...pi

p. 28 = fol. 143ᵛ = ll. 588—608.

helle scealt werh⸗o dreogan þeah þin

wit duge. *secge ic þe|to so⸗e sunu ecg-       590

lafes þæt næfre gre-del swa fela gryra

gefremede atol æglæca ealdre

5   þinum. hyn⸗o on heorote gif þin hige

wære sefa swa searo-grim swa þu self

talast. *ac he hafa⸗ on-funden þæt he       595

þa fæh⸗e ne þearf atole ecg-þræce

eower leode swi⸗e onsittan sige-

10  scyldinga nyme⸗ nyd-bade næ-negum

ara⸗. leode deniga ac he lust wige⸗.

*swefe⸗ ond sendeþ. secce ne weneþ       600

to gar-denum ac ic him geata sceal

eafo⸗ ond ellen un-geara nu guþe ge-

15  beodan gæþ eft seþe môt. to medo

modig siþþan morgen-leoht *ofer       605

ylda bearn oþres dogores sunne

swegl-wered suþan scine⸗. þa wæs

on salum sinces brytta gamol-

20  feax ond gu⸗-rof geoce gelyfde

---

¹ *helle* (on an original blank in another ink B) AB ; now only the last *e* left, and that covered ‖ *þeah þin* entire, although partially covered.

² *wit dug :* (a letter erased) A, . . . *nigt* B ; now *wit* and the greater part of *d* gone, *e* in *duge* altered from another letter (*u?*).

³ *lafes* A, *þeoves* B (B sometimes has *v* for *w*) ; now only *es* and the lowest part of *f* left.

⁵ the perpendicular stroke of þ in *þinum* covered.

⁶ a small part of *w* in *wære* covered.

¹⁵ *cf.* : the correction in the same hand.

p. 29 = fol. 144ʳ = ll. 609—629.

brego beorht-dena gehyrde on beo-

wulfe \*folces hyrde fæst-rædne                               610

ge-þoht ðær wæs hæleþa hleahtor

hlyn swynsode word wæron wynsume

5   eode wealh-þeow forð cwen hroð-gares

cynna gemyndig grette gold-hro-

den guman on healle. \**ond* þa freolic                       615

wif ful ge-sealde ærest east-dena

eþel-wearde bæd hine bliðne æt þære

10   beor-þege leodum leofne he on lust

ge-þeah symbel *ond* sele-ful sige-rof

kyning \*ymb-eode þa ides helminga                            620

dugu-þe *ond* geogoþe dæl æghwylcne

sinc-fato sealde oþ *þæt* sæl alamp *þæt*

15   hio beowulfe beag-hroden cwen mode

ge-þungen medo-ful æt-bær. \*grette                           625

geata leod gode þancode wis-fæst

wordum þæs ðe hire se willa gelamp

*þæt* heo on ænigne eorl gelyfde fyrena

20   frofre he *þæt* ful ge-þeah wæl-reow wiga

---

¹ *brego* AB; now part of *bre* gone (cf. FS.) ‖ *beorht* AB; now the top of *b* gone ‖ *beo* A, *Beo* B; now gone.

² *heleahtar* A, *hleahtan* B, *hleahtor* C K Gt; there can even now be no doubt that the MS. reads *hleahtor*, although the lower part of the first stroke of *r* is gone, so that it may be mistaken for *n* (the *o* is quite distinct).

⁸ *þeoͫ:* corrected in the same hand.

⁹ *þære* AB; now *e* almost entirely gone.

hlyn swynsode

eode wealh þeow forð cwen hro...

cynna gemyndig spræc...

den guman on healle · þa freolic

wif ful ge sealde ærest east dena...

eþel wearde bæd hine bliðne æt

beor þege leodum leofne he on lu...

geþeah symbel ⁊sele ful sige...

kyning ymb eode þa ides helminga

dugu þe ⁊geogoþe dæl æghwylcne

sinc fato sealde oþ þ sæl alamp...

hio beowulfe beag...

geþungen mode...

geat... leod code...

...þæs ðe hire...

... þagyodode supe ...
... aþelode beapin ... þeopes · ic þæt
... haic on holm gestah · se bat ge
... minnpa secga gedpuht þic anunga
... leoda pillan · gepophte oþðe onpæl
... ... sceapum fæst ic ge fpæm
... ... he ellen oþðe ende dæg on
... ... heaþe minne gebiðan · ðam pife
... poþd pel lieodon · gilp cpiðe geazes eo de
... hmoðen · þpeo licū polc cpen to hipe
... cuezan · þapes ept spa ... inne on
... hpuþd poþd ... ðeod on scel um size
... ... ... minga ... healf deneþ
... ... cpen ... ... ... ahlacan
... head fole hilde ge hinz ... siððan hie
... ... ... oþðe ni
... ... ... helma ge
... ... polcnū
... ... oþepne
... ... quicquer

p. 30 = fol. 144ᵛ = ll. 629—654.

    æt wealhþeon. \**ond* þa gyddode guþe gefysed          630
beowulf maþelode bearn ecg-þeowes. ic þæt
hogode þa|ic on holm gestah. sæbat ge-
sæt mid minra secga ge-driht þæt ic anunga
5    eowra leoda \*willan geworhte oþðe on wæl      635
crunge. feond-grapum fæst ic|ge-fremm-
man sceal eorlic ellen oþðe ende-dæg on
þisse meodu-healle minne ge-bidan. ðam wife
þa word wel licodon \*gilp-cwide geates eode     640
10   gold-hroden. freo-licu folc-cwen to hire
frean sittan.   þa|wæs eft swa ær in-ne on
healle þryð-word sprecen ðeod on sælum sige-
folca sweg oþ þæt sem-ninga \*sunu healf-denes   645
secean wolde æfen-ræste. wiste þæm ahlæcan
15   to|þæm heah-sele hilde ge-þinged. siððan hie
sunnan leoht ge-seon meahton oþðe ni-
pende niht ofer ealle \*scadu-helma ge-      650
sceapu scriðan cwoman wan under wolcnum
werod eall aras. grette þa guma oþerne
20   hroð-gar beowulf *ond* him hæl abead. win-ærnes

---

  ¹ *æt* AB ; now gone ‖ *wealhþeon* B, *wealhweon* A ; now *w* and part of the
first *e* gone ‖ þ in *þa* torn and partially covered ‖ *gyddode* AB ; now the top
of the first *d* gone ‖ the top of *uþe* in *guþe* covered ‖ *gefysed* AB ; *gef* is still
entire, although partially covered, but of *ysed* very little is left and that so
covered that only traces of *y* and *s* appear in the FS.
  ² *beowulf* A, *Beowulf* B ; now the upper part of *b* gone, and almost all
that remains of *b* covered (cf. the FS).
  ³ part of *h* in *hogode* covered.      ⁴ *s* in *sæt* covered.
  ⁵ *e* in *eowra* covered.      ⁶ *c* in *crunge* covered.
  ⁷ the first stroke of *m* in *man* covered.
  ¹¹ *frean* B, *ean* with a blank before it A ; now only *ean* and the second
part of *r* distinct, less distinct is the first part of *r*, and *f* is so faded that
only indistinct traces of it are left.

p. 31 = fol. 145ʳ = ll. 654—676.

geweald *ond* þæt word acwæð.   \*Næfre ic ænegu*m*       655

men ær alyfde siþðan ic hond *ond* rond heb-

ban mihte ðryþ-ærn dena buton þe nuða

hafa nu *ond* ge-heald husa selest ge-myne

5   mærþo mægen-ellen cyð \*waca wið wraþum.       660

ne bið þe wilna gâd gif þu *þæt* ellen-weorc aldre

.X.               [ge-digest

Ð A him hroþ-gar gewat mid his hæ-
     leþa gedryht eodur scyldinga ut

10   of healle wolde wig-fruma wealh-þeo se-

can \*cwen to|ge-beddan hæfde ky*n*ing       665

wuldor grendle to-geanes swa|guman

ge-frungon sele-weard aseted sundor-nyt-

te be-heold ymb aldor dena eoton-weard

15   abead huru geata leod georne truwode

\*modgan mægnes metodes hyldo. ða ʼhe|hi*m*       670

of dyde isern-byrnan helm of hafelan

sealde his hyrsted sweord irena cyst om-

biht-þegne *ond* ge-heal-dan het hilde-geatwe

20   \*ge-spræc þa|se goda gylp-worda sum. beowulf       675

---

¹ the first line is perfectly distinct in the MS.     ² *b* in *heb* torn.

ïïïqïïïïïïpïï ïïïqïï
ríxen æ̵ alyf·de· ſiþðan ic hona iïpeaïï ïeïï
ban mihte ðþyþ æ̵n dena buton þeaïïïï
haþa·nu ̵ge heald huſa ſeleſt· ̵ge my̵ïïïï
maþþo mæ̵gen ellen cyð· þaca þið þraþuïïïï
ne bið þe þilna ̵gad ̵gif þuþ ellen þeoþc alaïïïï

·X·                           ̵ge ðïïeïï

D̵A him hroþ̵gaþ ̵geþæx mið hiſ hæïï
   leþa ̵geðþyhx· eoduþ ſcyldin̵ga ux
oþ healle þolde þiſ þþuma þealh þeïïï
can cþen to̵gebeddan hæfde ̵kyninï̵gïï
þuldoþ ̵gþæðle· to ̵gæureſ þa̵guman
̵geþþun̵goþ ſeleþeaþð aſexeð ſundoþ næïï
xe beheold ymb aldoþ dena eoxon þeaïïï
abeað hiþuïʒæixa leod ̵geoþune· ̵quïþïïï
mod̵gan mæ̵gneſ mexedeſ hyldo· ða·heïï
oþïyde iſeþi byþnan helm oþ hafelan
ſealïïïu hiſ hïïʒeð ſþeoþð iþena cyïïïï
bïbï þeʒmeʒ ̵goïïïïïïïïïïïïïïïïïïï

ſeaþ . cwico on þeſ ſæge . no ic me an
here parmun hnagran talige . guþ ge
weorca . þonne grendel hine . forþan ic
hine ſweorde ſwebban nelle . aldre be neo
tan þeah ic eal mæge . nat he þara goda
þ he me ongean ſlea rand geheawe þeah
ðe he rof ſie nıþ geweorca . ac wit on niht
ſculon . ſecge ofer ſıttan gif he geſe
ſecean dear . wıg ofer wæpen . 7ſıþðan wıtıg
god onſwa hwæþere hond . halıg dryhten mær
ðo deme . ſwa him gemet þince . hylde
hine þa heaþo deor hleor bolſter on
feng eorl eſ and plıtan 7hine ymb monıg
ſnellıc ſæ rınc ſele reſte gebeah . nænıg
heora þohte . þ he þanon ſcolde eft eard
lufan æfre geſecean folc oþþe freo burh
þær he afeded wæſ . ac hie hæfdon gefrunen
þ hie ær to fela mıcleſ . inþæm wın ſele .
ſ ueal deað fornam denıgea leode . ac him
dryhten forgeaf wıg ſpeda gewıofu .

p. 32 = fol. 145ᵛ = ll. 676—697.

geata ær|he on bed stige no ic me an

here-wæsmun hnagran talige guþ-ge-

weorca þon-ne grendel hine for-þan ic

hine sweorde swebban nelle \*aldre beneo-          680

5   tan þeah ic eal mæge nât he þara goda

þæt he me ongean slea rand geheawe þeah

ðe he rof sie niþ-ge-weorca ac|wit on niht

sculon. secge ofer-sittan gif het ge-

secean dear. \*wig ofer wæpen *ond* siþðan witig          685

10   god on|swa hwæþere|hond halig dryhten mær-

ðo deme swa him ge-met þince. hylde

hine þa heaþo-deor hleor-bolster on-

feng eorles and-wlitan *ond* hine ymb monig

\*snellic sǽ-rinc sele-reste gebeah. nænig          690

15   heora þohte þæt he þanon scolde eft eard

lufan æfre gesecean folc oþðe freo-burh

þær he afeded wæs. ac hie hæfdon gefrunen

þæt hie ær|to fela micles \*in þæm win-sele          695

wæl-deað fornam denigea leode ac him

20   dryhten for-geaf wig-speda ge-wiofu.

---

¹ the top of *b* in *bed* covered, *d* torn.

BEOWULF.                                                        D

p. 33 = fol. 146ʳ = ll. 697—718.

wedera leodum frofor *ond* fultum þæt hie
feond heora ðurh anes cræft ealle
ofer-comon *selfes mihtum soð is gecy-                    700
þod þæt mihtig god manna cynnes weold [w]ide-
5 ferhð com on wanre niht scriðan scea-
du-genga sceotend swæfon þa þæt horn-
reced healdan scoldon. *ealle buton anum           705
þæt wæs yldum cuþ þæt hie ne moste þa metod
nolde. se syn-scaþa under sceadu breg-
10 dan. ac he wæccende wraþum on andan
bad bolgen-mod beadwa geþinges.


.XI.

*Ða com of more under mist-hleoþum gre-                  710
ndel gongan godes yrre bær mynte
15 se man-scaða manna cynnes sumne be-
syrwan in|sele þam hean wod under wolc-
num to þæs þe he win-reced *gold-sele gume-        715
na gearwost wisse. fæt-tum fahne ne
wæs þæt forma sið þæt he hroþgares ham
20 gesohte. næfre he on aldor-dagum ær

---

¹ *fultum* (*um* with another ink B) AB ; now *fu* still entire, but the top of
*l* gone, and of *tum* only some traces left ‖ þ *hie* A, *that hie* with another ink
B ; now nothing left but the lower part of the perpendicular stroke of þ.
⁴ *wide*] *ride* (with another ink B) AB ; now nothing left but part of the
perpendicular stroke of the first letter : it may have belonged to *w, r,* þ, *f,* or *s.*
⁵ *scea* (*cea* with another ink B) AB ; now only the lower part of *so* left.
⁷ *anum* A, *anum* B ; now the abbreviation for *m* and the second stroke
of *u* gone.
⁸ *metod* AB ; now *d* almost entirely gone.      ¹⁵ *be* AB ; now *e* gone.
¹⁶ *wolc* with a different ink B, *wole* A ; now only part of the perpendicular
stroke of *w* left.
¹⁷ *gume* AB ; now *e* gone.
¹⁸ *fahne* looks in the FS. just as in the MS., owing, it seems, to an accidental
blot or dash.

þeod þ·mikels · gar mana cynnes · þ
reþeð · com on þære · mhc gepdum
dan gengan · sceotend spæron · þa
piceð · heal þan scoldon · ealle buton an
þaf · yldum cuþ · þ line · nemosce · þanne
nolde se syn scaþa · under sceadu brī
dan · ac he pæccende þ raþum · onfundan
hað bolgen med · beadpa gefunzes

. xii .

Ða com of more under mist hleoþum
del gongan godes yrre bær
se man scaða mania cynnes · sumne
syþþan in sele þam hean · þod under
num · toþæs þe he pın pæced · gold sele gum
na · gæṃpose · þ se · þæt rum pahne
þær þæt fop ... · þ he ... hæþ
ge ...

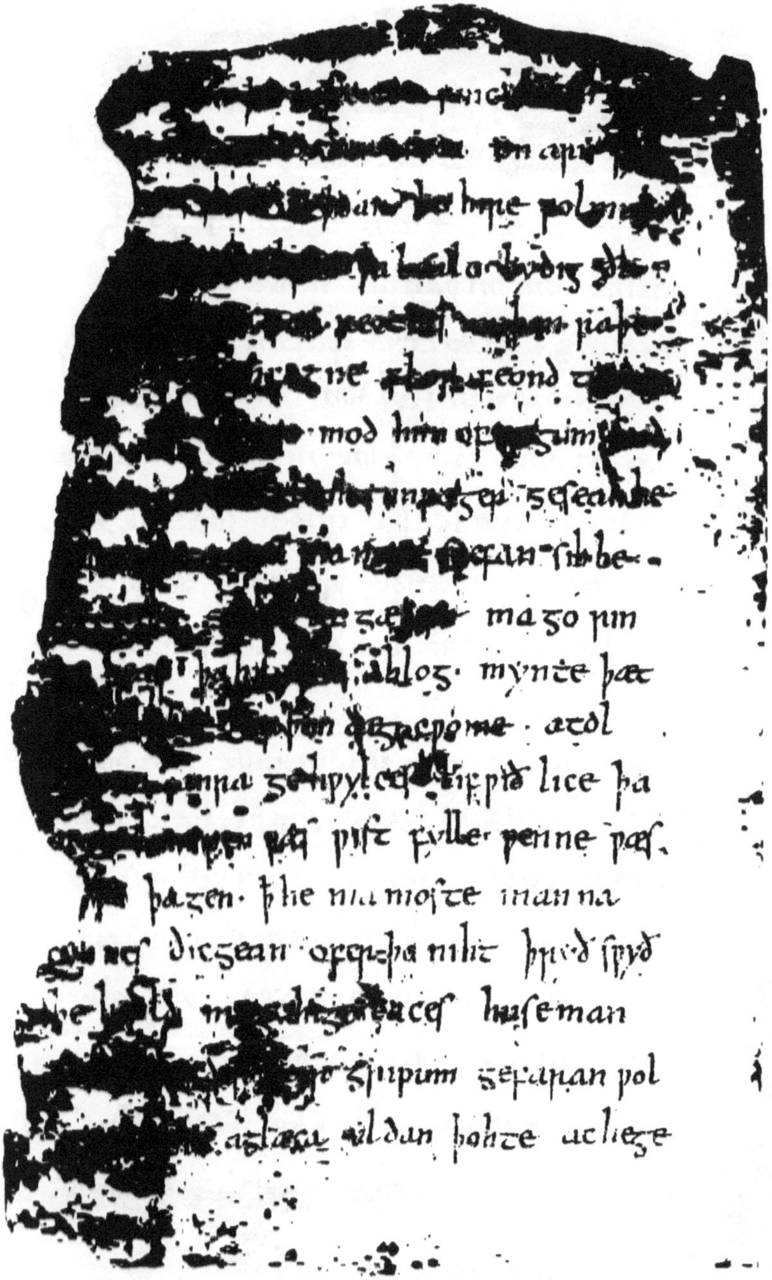
[illegible] wunc [illegible]
[illegible] un carr [illegible]
[illegible] wan he hine wol [illegible]
[illegible] þa hæl or dryhtig [illegible]
[illegible] weccan [illegible] wæs [illegible]
[illegible] ne [illegible] geond [illegible]
[illegible] mod him of [illegible]
[illegible] unwe [illegible] geseah he
[illegible] swefan sibbe
[illegible] mago win
[illegible] hlog · mynte þæt
[illegible] þon dæg cwome · atol
[illegible] anra gehwylces lif wið lice þa
[illegible] wen · wæs wist fylle wenne wæs
[illegible] þa gen · þ he ma moste manna
[illegible] ðicgean ofer þa niht · þryð swyð
[illegible] mæg higelaces hu se man
[illegible] gripum gefaran wol
[illegible] aglæca yldan þohte ac hege

p. 34 = fol. 146ᵛ = ll. 718—740.

ne sip�516an heardran hæle heal-ᵭegnas
fand *com þa to'recede rinc siᵭian drea-       720
mum bedæled duru sona on-arn fyr-
bendum fæst sypᵭau he hire folmum
  5  [ge-hr]an. On-bræd þa bealo-hydig ᵭa
[he ge-]bolgen wæs recedes muþan raþe
æfter þon *on|fagne flor feond tred-       725
dode eode yrre-mod him of eagum stod
ligge gelicost leoht unfæger. geseah he
10  in|recede rinca manige swefan sibbe
ge-driht samod æt-gædere *mago-rinca      730
ca heap þa his mod ahlog. mynte þæt
he|ge-dælde ærþon dæg cwome. atol
aglæca anra gehwylces lif wiᵭ lice þa
15  him alum-pen wæs wist-fylle wen|ne wæs
þæt wyrd þa|gen. *þæt he ma moste manna      735
cynnes ᵭicgean ofer þa niht þryᵭ-swyᵭ
be-heold mæg hige-laces hu|se'man-
scaᵭa under fær-gripum gefaran wol-
20  de. ne þæt se aglæca yldan þohte *ac he|ge-      740

¹ *nes ibᵭan* A, *sipᵭan* (without *ne*) with another ink B; now *ne* and the
tops of *s*, p and ᵭ gone, and a considerable part of what is left of *sipᵭan*
covered ‖ part of *he* in *heardran* covered ‖ *heal ᵭegnas* entire, but partially
covered, cf. the FS.
² *f* in *fand* covered.
³ the first *m* in *mum* almost entirely covered ‖ *o* in *on* altered from *s*.
⁴ *bendum* A, . . . *dum* altered to *bendum* with a different ink B; now *ben*
gone, and part of *d* covered.
⁵ *gehran*] a blank A, . . . *an* B; now *an* (altered from *am*, it seems) still
visible, and what precedes *an* may be *r* with the lower part of the first stroke
gone; but I am not so positive about the preceding letter being *h* as Kölbing
and Wülcker are.
⁶ *he gebolgen*] . . . . . . . *bolgen* A, . . . . . . *bolgen* B, [*he*] *abolgen* K;
now *bolgen* is still distinct, and before it I think I see traces of two letters of
which the first seems to have been *g*; but what preceded this is entirely faded.
⁷·⁸·⁹ only very small portions of the first letters (*æ, d, l*) covered.
¹⁵ *him* AB; the word is still almost entire, only the very lowest part of
the first stroke of *h* having been lost.
¹⁶ þ *wyrd* A, .*yrd* altered to *wyrᵭ* with another ink B; now only *rd*
entire, of *y* the greater part left, and before it a very slight trace of *w* covered,
þ, for which there was room enough at the beginning of the line, entirely gone.

p. 35 = fol. 131ʳ = ll. 740—762.

feng hraðe forman siðe slæpendne
rinc slat unwearnum bât ban-locan blod
edrum dranc syn-snædum swealh sona
hæfde un-lyfigendes eal|gefcormod. \*fet                745

5  *ond* folma forð near ætstop nam þa mid han-
da hige-þihtigne rinc on|ræste
ræhte on-gean feond mid folme he on-
feng hraþe inwit-þancu*m* *ond* wið earm ge-
sæt \*sona þæt onfunde fyrena hyrde þæt he            750

10  ne mette middan-geardes. eorþan sceat-
ta on elran men mund-gripe maran
hé on mode wearð forht on|ferhðe no þy
ær fram meahte \*hyge wæs him hin-fus            755
wolde on heolster fleon secan deofla

15  ge-dræg ne wæs his drohtoð þær swylce
he on ealder-dagum ær gemette. ge-
munde þa|se goda mæg hige-laces æfen-
spræce up-lang astôd \**ond* him fæste wið-       760
feng fingras burston eoten wæs ut-

20  weard eorl furþur stop mynte se mæra.

¹ *feng* AB; now the upper part of *fe* gone ‖ *slæpendne* AB; now the last
*e* all but entirely gone (in the FS. the stroke between *d* and *n* is owing to a
tear in the MS.).
² *blod* AB; now *d*, the second part of *o*, and the top of *l* gone.
⁴ *fet* (the *t* afterwards added B) AB; now *t* and part of *e* gone.
⁸ *han* A, *ban* B; now only *h* left.
⁶ after *ræste* an erasure of some five letters, of which the first seems to
have been *h*, the second possibly was *a*.
¹⁰ *s* in *his* altered from *m*.

... ge ...
... heald ongplumes grapum
... gocon sið þe heapm fea...
... heopute ateah. dpyht fele ·
... cullum peayð ceaftep bu
... Renpa gehpylcum eoplum ealu
... yppe pæpon begen · pieþe pen
... pæced hlynfode · þapcef pundon
... þe pin fele · pið hapde heaþo
... þat he on hpuf au nepeol pægen
... ac he þaf papre paf · innan ꝺ
... inlep bendum fcup o þoncum befm
... þam fpum fylle abeag · medu bene
...ðonig mine gefpæge gol de gepegnað
... þa gpaman punnon þaf ne pendon
... pican feyldinga þhit aᵫð gemere
... h ... an paf to bpe
... cumhymþe
fpe

p. 36 = fol. 131ᵛ = ll. 762—782.

hwær he meahte swa. widre gewindan *ond*  
on weg þanon fleon on|fen-hopu wiste  
his fingra geweald *on|grames grapum         765  
þæt he wæs geocor si𐌳 þæt se hearm-sca-  
5   þa to heorute ateah.   dryht-sele  
dynede denu*m* eallum wear𐌳 ceaster-bu-  
endum cenra gehwylcum eorlum ealu  
scerwen yrre wæron begen. *reþe ren-       770  
weardas reced hlynsode þa|wæs wundor  
10   micel þæt se win-sele. wi𐌳-hæfde heaþo-  
deorum þæt he on hrus-an ne|feol fæger  
fold-bold ac he þæs fæste wæs. in-nan *ond*  
utan iren-bendum *searo-þoncum besmi-      775  
þod þær fram sylle âbeag. medu-benc  
15   monig mine gefræge golde geregnad  
þær þa graman wunnon þæs no wendon  
ær witan scyldinga þæt hit a|mid gemete  
manna ænig. *hetlic *ond* bân-fag tobre-      780  
can meahte listum tolucan nymþe  
20   liges fæþm swulge on swaþule sweg

¹ *hwær* (*hw* with another ink, and crossed out in pencil) B, . . . *ær* A ; now only the lower part of *r* left (the stroke between it and *he* in the FS. is owing to a tear in the parchment) ‖ *he* AB ; now the top of *h* gone ‖ *gewindan* ⁊ (*and* B) AB ; *gewindan* seems to be entirely preserved, although all its letters except *ge* are more or less covered, and *an* cannot be quite made out under the paper ; after it the abbreviation for *ond*, the top of which seems to be gone, is covered.

² *on* AB ; now *o* and the first stroke of *n* gone.

³ *his* B, omitted A ; now *h* gone, and *i* covered.

⁴ *þæt* B, *ræt* A ; now gone (what seems to stand before *he* in the MS. is *f* at the end of l. 4 of the front page, showing through the parchment).

⁵ *þa* AB ; now *þ* and part of *a* gone, and part of what is left of *a* covered.

⁶ *dynede* AB ; now *dy* gone, and *n* not quite distinct.

⁷ *endum* AB ; now *e* gone.

⁸ *scerwen* AB ; now the middle of *s* gone in consequence of a tear, and what is left of it as well as part of *c* covered (the letter after *r* is, without any doubt, *w*, not *p*: cf. *p*, e.g. in *hopu* and *grapum*, ll. 2 and 3).

⁹ part of *w* in *weardas* covered.

¹⁴ *d* in *þod* altered from some other letter in the same hand.

¹⁶ part of *þ* in *þær* covered.

p. 37 = fol. 147ʳ = ll. 782—804.

up astag. niwe geneah-he norꝧ-denum stod

atelic egesa anra gehwylcum \*þara þe               785

of wealle wop ge-hyr-don. gryre-leoꝧ ga-

lan godes *and*sacan sige-leas-ne sang sar

5   wanigean. helle-hæfton heold hine

fæste seþe manna wæs mægene stren-

gest \*on þæm dæge þys-ses lifes.                790

XII.

N olde eorla hleo ænige þinga þone

10   cwealm-cuman cwicne forlætan. ne

his lif-dagas leoda ænigum nytte

tealde þær|ge-nehost brægd \*eorl beo-         795

wulfes ealde lafe wolde frea-driht-

nes feorh ealgian mæres þeod-

15   nes ꝧær hie meahton swa. hie þæt|ne wiston

þa hie ge-win drugon heard-hicgende

hilde-mecgas. \**ond* on healfa ge-hwone hea-     800

wan þohton sawle secan þone syn-scaꝧan.

ænig ofer eorþan irenna cyst guꝧ-bil-

20   la nan gretan nolde. ac|he sige-wæpnu*m*

---

¹ *stod* AB; now *od* gone.

² *þara* is quite distinct, although a small part of *r* gone ‖ *þe* AB; now only part of the perpendicular stroke of þ left, *e* gone.

³ *leoꝧ* MS., not *leod* (a small part of the stroke through *d* gone) ‖ *ga* AB; now gone.

⁴ *sar* AB; now gone.       ⁵ nothing after *hine* AB.

⁶ *stren* AB; now *en*, and the lower part of the second stroke of *r* gone.

⁹ *þone* AB; now part of *e* gone.

¹¹ *ængum:* correction in the same hand.

¹⁴ after *feorh* an erasure of about five letters (*feorh?*).

up astag · nipe geneah he norð dou
æðelic egea anpa gehpyleum þa
op pealle · pop gehyp don · gpype le
bau godes · ꝺ sacan sige leasne sa
panigean · helle hæꝼton heold ꝝ
pæste · sepe manna pæs mæge ne
gest · on þæm dæge þysses lipes ꝝ

Nolde eorla hleo ænige þinga þon
repealm · cuman cpicne pop lætan ne
his lip dagas · leoda ænigum nytte
tealde þærige nehost bꞃægd eoꝛl beo
pulꝼes ealde laꝼe · polde ꝼꞃea ꝺꞃihte
nes ꝼeoꞃth · ealgian mæꞃes þeod
nes ꝺaꞃ he meahton spa · ne þne pistoꞃ
þa hie ge þin ꝺuꞃgon heaꞃꝺ · hie geꞃꝺe
hilde mecgas · go healpa ge hpone her
pan þohton saple secan þone syn scaꝺan
ænig oꝼer eoꞃþan · iþenna cyst guð bil
la nan gꞃetan nolde · ache sige papnꝝ

hærde eaza gehpylpe scola

ælpealh ... ond ... dæg ... hyse ...

æpum lic ... pdan ... se ellop gafea

onda ge peule feala pdian. ða þæt

ride cehe pela æpopum ... ædes myrde

... cynne pypene geppene de he

ip god þhum se lic homa ... can

de ... ic hine ... a mæg hyge la

hærde be handa. pær ge hpæþep odþum

... ende lad lic ... ge bad ... eol

... peapd. syndolh speptol seo

... anspputzon buprton ban locan

beo pul ge peapd gud hped zype heþ polde

pendel þonan feopih seoc ... unhiu

fen hleþu secean pyn leap pic ... wigte

ge pupon þhu ... pupæp ende gezonzen

do ge ... þur min denum eallum peapd ...

... þ ela ... pilla ... gelumpen hæpe þage

peala cehe ... req pan cam ... matam

... hp ... lie hp ... quen de no ...

p. 38 = fol. 147ᵛ = ll. 804—827.

| | | |
|---|---|---|
| | for-sworen hæfde *ecga gehwylcre scolde | 805 |
| | his aldor-gedal on\|ðæm dæge þys-ses | |
| | lifes earm-lic wurðan *ond* se ellor-gast | |
| | on feonda ge-weald feor siðian. ða þæt | |
| 5 | on-funde seþe fela æror *modes myrðe | 810 |
| | manna cynne fyrene gefreme-de. he | |
| | fag wið god þæt\|him se\|lic-homa læstan | |
| | nolde ac hine se\|modega mæg hygela- | |
| | ces hæfde be honda wæs ge-hwæ-þer oðrum | |
| 10 | *lifigende lað lic-sar ge-bad atol æglæca | 815 |
| | him on eaxle wearð syndolh sweotol seo- | |
| | nowe onsprungon burston ban-locan | |
| | beowulfe wearð guð-hreð gyfeþe scolde | |
| | grendel þonan *feorh-seoc fleon under | 820 |
| 15 | fen-hleoðu secean wyn-leas wic wiste þe | |
| | geornor þæt\|his aldres wæs ende gegongen. | |
| | dogera dæg-rim denum eallum wearð æfter | |
| | þam wælræse willa ge-lumpen. *hæfde þa\|ge- | 825 |
| | fælsod seþe ær feorran com snotor *ond* | |
| 20 | swyð-ferhð sele hroð-gares genered wið | |

---

¹ *for* AB; now *fo* and a small part of *r* gone, and the greater part of what is left of *r* covered ‖ *gehwylcre*: the correction in the same hand ‖ part of *ld* in *scolde* covered.

² *his* AB; now *h* gone, and *i* and a small part of *s* covered ‖ part of *a* in *aldor* covered.

³ *lifes* AB; now *lif* gone, and *e* and part of *s* covered.

⁴ *on* (altered from *en* with another ink B) AB; now gone ‖ *f* in *feonda* covered.

⁵ *on funde* AB; now *o* gone, and the first *n* and part of *f* covered.

⁶ *manna* AB; now the first two strokes of *m* gone, whereas the third is only covered.

⁷ *fag* AB; now *f* gone, and part of *a* covered: there was no room for *wæs* before *fag* (cf. the FS.).

⁸ *nolde* A, *volde* altered to *wolde* with another ink B; now part of *n* gone, and the rest of it and the very beginning of *o* covered.

⁹ *ces* AB; now *o* gone, and part of *e* covered.

¹⁰ *l* in *lifigende* covered.       ¹¹ part of *h* in *him* covered.

p. 39 = fol. 148ʳ = ll. 827—849.

niðe niht-weorce ge-feh ellen-mær-þum

hæfde east-denum geat-mecga leod gilp

gelæsted.   \*Swylce on-cyþðe ealle gebette          830

in-wid-sorge þe hie ær drugon *ond* for þrea-

5  nydum þolian scoldon torn un-lytel

þæt|wæs tacen sweotol syþðan hilde-deor

hond alegde \*earm *ond* eaxle þær wæs eal          835

geador grendles grape under geapne hr[of.]


.XIII.

10  Ð A wæs on morgen mine gefræge ymb

þa gif-healle guð-rinc monig ferdon

folc-togan feorran *ond* nean \*geond wid-          840

wegas wundor sceawian laþes lastas

no his lif-ge-dal sarlic þuhte secga

15  ænegum þara þe tir-leases trode

sceawode hu he werig-mod on weg þanon

\*niða ofer-cumen on nicera mere fæge          845

*ond* ge-flymed feorh-lastas bær. ðær

wæs on blode brim weallende atol yða

20  ge-swing eal ge-menged. hat on heolfre

---

¹ *mær þum* A, *mær* . .B; now *um* and the upper part of þ gone.
² *gilp* quite distinct in MS.
³ *gebette* AB; now *bette* gone.          ⁴ *þrea* AB; now gone.
⁵ *un lytel* AB; now the last *l* and almost the whole of *e* gone.
⁸ *hr* .. B, . . . . . . A; now only *h* left.

[..]e nihte ƿeorce ge feh ellenm[..] 148
hæfde east denum geat mecga l[..]
gelæsted: swylce oncyþðe ealle
inƿid sorge þe hie ær drugon ⁊ f[..]
nydum þolian scoldon torn unly[..]
þæt ƿæs tacen sƿeotol syþðan hilde de[..]
hond alegde earm ⁊ eaxle þær ƿæs e[..]
geador grendles grape under geapne [..]

XIII

ÐA ƿæs on morgen mine gefræge ymb
þa gifhealle guð rinc monig ferdon
folc togan feorran ⁊ nean geond ƿid
ƿegas ƿundor sceaƿian laþes lastas
no his lif gedal sarlic þuhte secga
ænegum þara þe tirleases trode
sceaƿode hu he ƿerig mod on ƿeg þanon
niða ofercumen on nicera mere fæge
⁊ ge flymed feorh lastas bær ðær
ƿæs on blode brim ƿeallende atol yða
ge sƿing eal gemenged haton heolfre

... þeah ... ... ... ... deos
... mierdo ... eoþþ. ...
... hi him heþ onfeng · þa ...
... con ... ... spyl ... eon ...
... orðomen paþe þþa ... ... mo ...
... ... widan þeor naf · on blancum ... dær
... beaþulfes meahto mæned ... ... oft
... ... ... ... ... þefon tpeo .
... um ofer eormen ȝrund oþer ... ... un
... spegles beȝong selþa nænie þiond hæb ·
bon ... þuces þyrðþa · ne lie huȝu þiner ·
... þiht ne loȝon ȝladne hþæd ȝar
... þþæs ȝod cyninȝ · hþilum' heaþo roþe
hleaþun leton onȝe flit þaþ ... ȝeal þe
meaþas dær him fold þeȝas ... ... ... þuh
ton cyftum cud e hþil ... ... ·
þeȝn ȝuma ȝilp hþæden ȝidða ȝe ...
sede eal þela eald ȝefeȝen ... þoþm ȝef
munde þoþd oþer ... ... ... ȝe ...
... ... onȝan sid beo þulþes snyt ... þdan
... ... ...

p. 40 = fol. 148ᵛ = ll. 849—872.

heoro-dreore weol *dea༅-fæge deog. si༅༅an      850
dreama leas. in fen-freo༅o feorh alegde.
hæþene sawle þær him hel on-feng. þanon
eft gewiton eald-gesi༅as swylce geong
5  manig of gomen-waþe *fram mere modge      855
mearum ridan beor-nas on blan-cum ༅ær
wæs beowulfes mær༅o mæned monig oft
ge-cwæ༅ þæt te su༅ ne nor༅ be|sæm tweo-
num ofer eormen-grund oþer nænig *un-      860
10  der swegles begong selra nære rond-hæb-
bendra rices wyr༅ra. ne hie huru wine-
drihten wiht ne logon glædne hro༅-gar
ac þæt|wæs god cyning.    Hwilum heaþo-rofe
hleapan leton *on|ge-flit faran fealwe      865
15  mearas ༅ær him fold-wegas fægere þuh-
ton cystum cu༅e hwilum cyninges
þegn guma gilp-hlæden gidda gemyndig
se༅e eal-fela eald-gesegena *worn ge-      870
munde word oþer fand so༅e ge-bunden
20  secg eft on-gan si༅ beo-wulfes snyttrum

---

¹ *heoro* (*h* a later addition? B) AB; now *heo* gone, and the greatest part
of *r* covered.
² *dreama* AB; now part of *d* gone, and the lower part of the first stroke
of *r* faded.
³ *hæþene* A, *hawene* B; now *hæ* and the greatest part of þ gone, and what
is left of þ and part of the first *e* covered.
⁴ *eft gewiton* AB; now *eft* gone, of *g* there may be a little left under the
paper, but I cannot make out anything.
⁵ *manig* AB; now *ma* gone, and *n* covered.
⁶ *mearum* AB; now the first two strokes of the first *m* gone, and the last
stroke of it as well as part of *e* covered.
⁷ *wæs* AB; now *w* gone, and part of *æ* covered.
⁸ *ge cwæ༅* A, *ge cwæd* B; now *g* gone, and part of *e* covered.
⁹ *n* in *num* covered.             ¹⁰ *d* in *der* covered.
¹¹ part of *b* in *bendra* covered.
¹⁶ *r* erased between *cu༅* and *e*.

styrian *ond* on sped wrecan spel ge-ra-de

wordum wrixlan wel-hwylc ge-cwæð \*þæt he                    875

fram sige-munde secgan hyrde ellen-dæ-

dum un-cuþes fela wæl-singes ge-win wide

5   siðas þara þe gumena bearn gear-we ne

wiston. fæhðe *ond* fyrena buton fitela mid

hine \*þonne he swulces hwæt secgan wolde                    880

eam his nefan swa hie a|wæron æt niða ge-

hwam nyd-gesteallan.   Hæfdon eal-fela

10   eotena cynnes sweordum ge-sæged sige-

munde ge-sprong \*æfter deað-dæge dom                    885

un-lytel.   Syþðan wiges heard wyrm acweal-

de hordes hyrde he under harne stan

æþelinges bearn ana ge-neðde frecne

15   dæde ne wæs him fitela mid. \*hwæþre                    890

him gesælde ðæt *þæt* swurd þurh-wod wræt-

licne wyrm *þæt* hit on wealle æt-stod dryht-

lic iren draca morðre swealt. hæfde

aglæca elne ge-gongen *þæt* he beah-hor-

20   des brucan moste \*selfes dome                    895

---

³ *ellen dæ* AB ; now only *elle* and the very beginning of *n* left.

⁴ *wide* AB ; now only indistinct traces of *w* and, as it seems to me, of *e* visible (*ofer* in the back of the page shows through the parchment).

⁵ *ne* AB ; now *e* gone.

⁶ *fyrene :* correction in the same hand ; there is no dot under the last *e* ‖ *mid* AB ; now *id* and the last stroke of *m* gone.

⁷ *wolde* AB ; now *de* gone.

²⁰ between *moste* and *selfes* an erasure of about six letters (*selfes ?*).

…prian ʒon speð þecan spel ʒe þa de
…þi dum þiþxlan þel hþyle ʒe cþæð þ…
…þ…an sige m… secʒan hþi de elð
dum un ciþeþ þela þæl smiʒeþ ʒe þin
siðeþ þaþa þe… êna beþin ʒeaþ þe
þiston þæhðe þyþiene buton þitela
hine þonne he sþul ceþ hþæt secʒan þo
eaþ hiþ neʒan sþa hie aþeþon æt nið…
hþam nyd ʒesteallan · hæfdon eal…
eoþna cynneþ sþeoþi dum ʒe sa…
monde ʒe sþþiʒ …
un lytel · …þiþ heaþð …
de hoþ… hyþ de lheunoeþ hæþne …
æþel… … ana ʒe ned de þþec…
… …þi þtela mid · hþæþþe
… … þsþund þuþh þod þþæt·
lsenes … þealle æt stod þiyht…
lic … …þe þpealt · hæfde ·
… …þe þhe beah hoþ ·
… seþeþ dome

... per pro de ...
... pen þeo de ... llen d ...
... endah geðian heþ e ... þer ...
eð þode eappoð gellen he mid ...
tyfð on þronda ge þeilð foþð þop lacen
nuðe fop femded ... foþh þyl ... lemte
te tolange he ... leoðum þeapð eallu
eþell ingung to alðoþ cenie · spþlc aopð
he meapin aþ þan mielum ... gepih þæ ...
yið inotoþi teoþl monig ... þe lum bealþa
eboze ge liþ de ... ded ... heapin ge
þeoil icolde ... on on þðþ þoþe
ge healdan hopð þil ... buþh hæl e þa þice
...cid buiga þe þaþi eallun þeþyð · maþ
inge lacer manna cynne þreoþdum ge
þeiþa hine cynþeð ... oð · hþilum þli
cinde þeilþe fcþarte meþðuun maton
... paþ moþigen leoht scoþer þ fcyn ded ·

p. 42 = fol. 149ᵛ = ll. 895—918.

sǽ-bat ge-hleod bær on bear*m* scipes beo-

rhte frætwa wælses eafera wyrm hât

ge-mealt.    Se wæs wreccena wide mærost

ofer werþeode wigendra hleo \*ellen-dædu*m*       900

5   he þæs ær onðah siððan here-modes hild

sweðrode earfoð *ond* ellen he mid eotenum

wearð on feonda geweald forð forlacen

snude for-sended hine sorh-wylmas \*leme-       905

de to lange he his leodum wearð eallu*m*

10   æþellingum to aldor-ccare.    Swylce oft

be-mearn ærran mælum swið-ferhþes

sið snotor ceorl monig seþe him bealwa

to|bote gelyfde \**þæt* þæt ðeod-nes bearn ge-       910

þeon scolde fæder æþelum on-fôn folc

15   ge-healdan hord *ond* hleo-burh hæleþa rice

.eðel. scyldinga he þær eallum wearð mæg

hige-laces manna cynne \*freondum ge-       915

fægra hine fyren on-wod. hwilum fli-

tende fealwe stræte mearum mæton

20   ða wæs morgen-leoht scofen *ond* scynded

---

¹ only a very small part of *s* in *sǽ* covered.

² *rhte* AB ; now a small part of *r* gone, and part of what is left of it as well as part of *ht* covered ‖ the circumflex on the *a* of *hat* is not quite distinct.

³ *ge mealt* AB ; now *ge* gone, and part of the first stroke of *m* covered.

⁴ *ofer* AB ; now *o* and the greatest part of *f* gone, and what is left of *f* as well as part of *e* covered.

⁵ *he* AB ; now gone.

⁶ *sweðrode* A, *swedrode* B ; now *s* gone, and *w* covered.

⁷ *wearð* A, *weard* B ; now *w* and the greatest part of *e* gone (the line connecting *e* with *a* is left ; what the FS. seems to exhibit besides is owing to the *l* of *wol* in the front page showing through).

⁸ *snude* AB ; now *s* gone (at least, I cannot make it out under the paper, under which it may be covered).

²⁰ the last *d* in *scynded* as blotted in the MS. as in the FS

p. 43 = fol. 150ʳ = ll. 918—938.

eode scealc monig swiᚦ-hicgende to selc

þam hean *searo-wundor seon swylce self                     920

cyning of bryd-bure beah-horda weard

tryddode tirfæst. getrume micle

5  cystum ge-cyþed *ond* his cwen mid him medo-

stig ge-mæt mægþa hose.

.XIIII.

**H**roᚦ-gar maþelode he|to healle geong                    925

     stod on stapole geseah steapne hrof

10  golde fahne. *ond* grendles hond. ᚦisse an-

syne alwealdan þanc lungre gelimpe

fela ic laþes ge-bad *grynna æt grendlc.                    930

a|mæg god wyrcan wunder æfter wundre

wuldres hyrde. ᚦæt wæs ungeara þæt ic

15  ænigra me weana ne|wende to|widan

feore bote gebidan þonne blode|fah

*husa selest heoro-dreorig stod wea                         935

wid scofen witena ge-hwylcne. ᚦara

þe|ne wendon *þæt* hie wide-ferhᚦ leoda

20  land-ge-weorc laþum be-weredon.

---

² *self* AB; now part of *el* and the whole of *f* gone.

³ *weard* AB; now *d* and part of *r* gone (the upper part of the first stroke
of *r* is left).

⁵ *medo* AB  now *o* entirely and *m* and *d* partially gone.

⁸ *geong* B; *geocg* A ; now the second *g* gone (*n* preserved).

⁹ *hrof* AB ; now part of *f* gone.

¹⁰ *e* in *fahne* altered from *o*? The point after it is not quite certain.

eode scealc moniʒ · · · ꝼ incʒeᵹᵗ · · · ·

þam heah · · ·ᵽᵒ pundoꞃ ꞅeon · · ·

cyninᵹ oꝼ bꞃyd buꞃe· bealꞃhoꝼ · · ·

tꞃyddode · · · · ᵹeuome micl · ·

cyꞅtumᵹe cyþed ⁊ hiꞅ cpen mid him ·

ꞅetiᵹ · · · · · micᵹþa hoꞅe· · · · ·

· · · · · · · · · · · · · · · · · · ·

ᵹod ᵹaꞃu ꞇ maꞃoludo · · · · · · · · ·

ꞅtod on ꞅtapole ᵹe · · · ꞅceap · · · h·

ᵹolde ꝼahne· ᵹꞃendleꞅ· · · · · · ·

ꞅyne alpealdan þanc · · · ᵹe limpe

ꝼelᵃꞃclapeꞅ ᵹebad ᵹpꞃ · nᵃ æt ᵹꝛendu

am · ᵹod pyrean pundeꞃ · · · · pundꞃꝛ

pul dꝛeꞃ hꞃide · dᵃæ · · · · · · · · · · ·

æniᵹꝛᵃ me peanᵃ · · · · · · · · · · ·

ꝼeopꞃe boꞇe ᵹebidan· · · · · · · · · ·

huꞅa ꞅeleꞅꞇ heoꞃo dꞃeoꞃ · · · · · · ·

pid ꞅcopen pic ena ᵹe hꞃyꞇcnꞃ ꝺaꞃᵃꞃ

þene peꞃdon ꝼꞀno pide ꝼⱥihꝺ· l · ꝺa

land ᵹe peopic laþum be yeꞃedou·

...ɼ æɲ num miſcealⁱc hafað þuɼh
...eſ mⁱ...oɼeð ᵹeꝼꞃemede · ðeþe ealle
...eahᵹ...ⁱⁿ ſⁿyꞇꞃⁱum beſyꞃꝼþan hꝥæ
ᵹun mæᵹ eꝼne ſpa hꝥylc maᵹþa ſpⁱⁱ
ᵹe mⁱᵹan cenðe · æꝼꞇeꞃ ᵹum cynꝥu] ᵹyꝼ
þæ ᵹyꞇ lyꝼað þhꝥꞃe eald meꞇod eſꞇe þaꞃe
ⁱᵹⁱⁿ ᵹebⁱꝛⁱdo nuⁱc beoþulꝼ þec ſecᵹ beꞇꞅꞇa
ꞃoꝛ ſunu þylⁱⁱc ꝼꞃeoᵹⁱⁱn onꞃⁱhꝥe heald
ᵹⁱⁱð ꞇela · nⁱþe ꞅⁱbbe nebⁱð þe æⁱᵹ...æ ᵹað
ᵹꞃolde þⁱlꞁa þe ⁱcᵹe þeald · hæbⁱⁱⁱ ...ⁱⁱ
oꝛꞇ ⁱc ꝼoꝛ læꞃ ſan leⁱⁱn ꞇeoh hoðe · hoꝛð
þeoꞃþunᵹe lⁱⁱahꝥan þⁱⁱnce ꞅⁱⁱmⁱⁱⁱⁱⁱ æꞇ
ꞅæcce þuþe ſelf haꝼaꞅꞇ · dæⁱⁱðum ᵹeꝼꞃemed
þ þⁱⁱⁱⁱ lyꝼað apa ꞇo aldꞃe · alꝯal ða þæ ᵹoðe
ꞃoꝛᵹylðe ſpa he nu ᵹyꞇ ðyðe · beoþulꝼ
maþelode beⁱⁱꞃn ec þeoꝛꝥ ꝥe þ ellen þeoꞃc
eꞅꞇum mⁱclum ꝼeohꞇan ꝼꞃemedon ꝼꞃæne
ᵹe neð don · eaꝛoð uncuþeꞅ uþe ⁱc ſⁱⁱþoꝛⁱ ꝥ
ðuhⁱⁱne ſelꝼne ᵹeſeon moꞅꞇe ꝼeⁱⁱnꝛd on
ꞃⁱⁱⁱⁱꞇeþum ꝼyl þeꞃⁱᵹⁱⁱⁱ · ⁱchⁱⁱⁱ hꞃⁱⁱðlⁱce

p. 44 = fol. 150ʳ = ll. 939—963.

scuccum *ond* scinnum nu scealc hafaᵭ *þurh                                940

drihtnes miht dæd ge-fremede. ᵭe|we ealle

ær|ne meahton snyttrum besyrwan hwæt

þæt secgan mæg efne swa hwylc mægþa swa

5  ᵭone magan cende. æfter gum-cynnum gyf

heo gyt lyfaᵭ *þæt hyre eald metod este wære.               945

bearn-gebyrdo nu ic beowulf þec secg betsta

me for sunu wylle freogan on|ferhþe heald

forᵭ tela. niwe sibbe ne|biᵭ þe ænigre gad

10  *worolde wilna þe ic|ge-weald hæbbe ful                       950

oft ic for læs-san lean teoh-hode hord-

weorþunge hnahran rince sæmran æt

sæcce þu þe self hafast. dæ-dum gefremed

þæt þin lyfaᵭ *awa to aldre alwal-da þec gode              955

15  for-gylde swa he nu gyt dyde. beowulf

maþelode bearn ec-þeo-wes we þæt ellen-weorc

estum miclum feohtau fremedon frecne

ge-neᵭ-don. *eafoᵭ uncuþes uþe ic swiþor þæt              960

ᵭu hine selfne geseon moste feond on

20  frætewum fyl-werigne. ic him hrædlice

---

¹ *scucum* AB; now part of the *s* is so covered that it is impossible to see whether it is entirely preserved.

² *drihtnes* AB; now part of *dr* gone.

³ *ærne* A, ⸗*rne* (altered to ⸗*r*|*ne* with another ink) B; now *ær* gone, and the first stroke of *n* covered.

⁴ *þ* A, *þæt* B; now no trace of it left ‖ *secgan* AB; now *s* gone, and *e* and the greatest part of *o* covered.

⁵ *ᵭone* AB; now only *one* legible (there seems to be a letter, or part of a letter, covered before *o*, but the paper used here by the binder is so thick that it is impossible to make out anything).

⁶ *h* in *heo* covered.

⁷ *bearn* AB; now part of *b* gone, and what is left of it covered.

⁸ *me* AB; now the first two strokes of *m* gone, or, at least, not discernible under the paper.

⁹ the greater part of *f* in *forᵭ* covered.

¹⁰ *w* in *worolde* partially covered.

p. 45 = fol. 151ʳ = ll. 963—986.

heardan clam-mu*m* on wæl-bedde wriþan

þohte þæt he \*for hand-gripe minum scolde                    965

licgean lif-bysig butan his lic swice. ic

hine ne mihte þa metod nolde ganges

5  ge-twæman no ic him þæs georne æt-

fealh feorh-ge-niᵹ-lan wæs to fore-mihtig

\*feond on feþe hwæþere he his folme for-                      970

let to|lif-wraþe last weardian earm *ond* eax-

le no þær ænige swa þeah fea-sceaft gu-

10  ma frofre gebohte. no þy leng leofaᵹ

laᵹ-geteona \*synnum geswenced ac hyne                        975

sâr hafaᵹ in mid-gripe nearwe befongen.

balwon bendum ᵹær abidan sceal maga

mane fah miclan domes hu him scir me-

15  tod scrifan wille. \*ᵹa|wæs swigra secg sunu               980

eclafes on gylp-spræce guᵹ-geweorca siþ-

ᵹan æþelingas eorles cræfte ofer hean-

ne hrof hand sceawedon feondes fingras

foran æg-hwylc \*wæs steda nægla ge-hwylc                     985

20  style ge-licost hæþenes hand-sporu hilde-

---

³ *io* AB; now the *c* no longer entire.

⁴ *ganges* AB; now the top of *s* gone.

⁶ *mihtig* AB; now *htig* gone (what Kölbing takes for the remnant of *h* is part of the big Đ in the back page, l. 5, showing through).

⁷ *for* AB ; now *or* gone.

⁸ ꝩ A, *and* B; now the horizontal part of the abbreviation a little faded || *eax* AB ; now gone.

⁹ *gu* AB ; now gone.        ¹⁰ *leofaᵹ* A, *leofad* B ; now *aᵹ* gone.

¹² distinctly *in mid*, not *mund* (cf. FS.).

¹² *befongen.* (the stop wanting B) AB ; now the second stroke of *n* partially faded, and the stop gone.

¹⁶ a small part of þ in *siþ* not quite distinct.

heaþdan clam min on pæl bedde
þohte þ he for hand gripe minum
liegean lif bysig butan his lie gr...
hine ne mihte þa metod nolde zung...
ge cwæman no ic him þæs georne æt
fealh feorh ge nidlan þæs to for...
feond on faþe hwæþere he his folme...
let to lif wraþe last weardian eam...
le no þær anige swa þeah fea sceaf...
ma frofre gebohte no þy leng leo...
lað ge teona synnum gefenced ac hyn...
sar hafad in mid gripe neappe befor...
balwon bendum þær abidan sceal maga...
mane fah miclan domes hu him scir n...
tod scufan wille ð a fæs swigra secg su...
æc lafes on gylp sprace suð ge feop ða si...
ðan æþelingas eofles cræfte ofer hear...
ne hrof hand sceawedon feondes fingra...
foran æg hwylc þæs steda nægla ge hwyl...
syðle gelicost hæþenes hand sporu hild...

þæres eſt un heopu eſ hpyle ʒe cpæð
heah dpa nah hpinan polde Ᵹpen æt
ꝺeſ ah laecuʒ blodʒe beadu poluñe
Ᵹan polde.                    xxv
þpeſ haten hpeþe heopt inꝼan peꝺld
ælmum ʒe ꝼpæc pod ꝼe la þæna pær pena
ꝼipa þeð ꝼm pæceð ʒeſ ſele ʒy pie don
þid ꝼaʒ ſcuton þeb æꝼ tæu paʒum pundon
iopa þela ſæʒ ʒah pyleorm þapa he
pyla ſtipað pær þþeophte bolð to
bpiocen ſpiðe ꝼul inne þetpid iſter þendu
ꝼaʒeſ heoppaſ to hlidene hpiop ana ʒe
mæ ealleſ an ſimð þeþe aʒlæca ꝼypen
ꝺæ ꝺym ꝼaʒ on ꝼleam ʒe pand eal dpeſ op
pene no þyde byð tobe ꝼleon ne ꝼpem
ꝼine ſeþe pille ac ʒe ſacan ſæl ſupl
ꝼ bepen dpu nyde ʒe nydde mþða beap
na ʒpund bipen dpa ʒeap ꝼe ſtope þapu
ꝼ lic homaſ tæʒen bedde ꝼaꝺ ſpeꝼeþ
ꝼ tep tu ſymle þapaer ſæl ꝼto heulle

p. 46 = fol. 151ᵛ = ll. 986—1009.

hilde-rinces egl unheoru æghwylc ge-cwæð

þæt him heardra nan hrinan wolde iren ær-

god þæt|ðæs ah-læcan *blodge beadu-folme          990

onberan wolde.          .XV.

5   Đ A wæs haten hreþe heort innanweard

folmum gefrætwod fela þæra wæs wern

*ond* wifa þe þæt win-reced gest-sele gyredon

gold-fag scinon *web æfter wagum wundor-          995

siona fela secga ge-hwylcum þara þe

10  on swylc starað. wæs þæt beorhte bold to-

brocen swiðe eal inne-weard iren-bendum

fæst heorras to-hlidene hrof ana ge-

næs *ealles ansund þe|so aglæca fyren-          1000

dædum fag on|fleam ge-wand aldres or-

15  wena no þæt yðe byð to be-fleonne frem-

me seþe wille.   Ac|ge-sacan sceal sawl-

berendrn *nyde ge-nydde niþða bear-          1005

na grund-buendra gearwe stowe. þær

his lic-homa leger-bedde fæst. swefeþ

20  æfter symle þa|wæs sæl *ond* mæl þæt to healle

---

¹ *hilde* B, omitted A; now *h* and the upper part of *l* gone, and *i* entirely and *d* and what is left of *l* partially covered ‖ part of ð in *cwæð* covered.

² þ] *and* B, omitted A, þæt K, þæt Gt; the abbreviation for þæt is pretty distinct, although not entire, and partially covered.

³ *god* A, *goð* B; now *g* gone, and part of *o* covered.

⁴ *onberan* AB; now *o* gone, and *n* all but entirely covered.

⁵ Đ A A, Đa B; now part of the big Đ gone, and part of what is left of it covered.

⁷ the horizontal part of the abbreviation for *ond* covered.

⁸ part of *g* in *gold* covered.

p. 47 = fol. 152ʳ = 1009—1032.

gang healf-denes sunu \*wolde self cyning        1010
symbel þicgan ne|ge-frægen ic þa mægþe
maran weorode ymb hyra sinc-gyfan sel
gebæran. bugon þa to bence blæd-agan-
5   de fylle gefægon fægere geþægon \*me-        1015
do-ful manig magas þara swiðˈ-hicgende
on sele þam hean hroðˈgar *ond* hroþulf heo-
rot innan wæs freondu*m* afylled nalles facen-
stafas þeod-scyldingas þenden fremedon
10   \*forgeaf þa beowulfe brand healfdenes        1020
segen gyldenne sigores to leane hroden
hilte-cumbor helm *ond* byrnan mære maðˈ-
þu*m*-sweord manige gesawon. beforan beorn
beran beowulf ge-þah \*ful on|flette. no he        1025
15   þære feoh-gyfte for scotenum scamigan
ðˈorfte ne|ge-frægn ic freond-licor feower
madmas golde ge-gyrede gum-man-na
fela in ealo-bence oðˈrum gesellan. \*ymb        1030
þæs helmes hrof heafod-beorge wirum
20   be-wunden walan utan heold þæt him fela

---

[1] *cyning* AB; now the second part of the second *n* and the whole of *g* gone.
[2] *mægþe* AB; now *e* and the round part of the preceding þ gone.
[3] *sel* AB; now *el* entirely gone, and only the middle of *s* left.
[4] *blæd agan* A, *blædagan* B; now only *blæd* left.
[5] *me* AB; now gone.
[6] *hicgende* B, *hiegeade* A; now *de* gone, and even *n* not quite distinct.
[7] *heo* AB; now entirely gone (Kölbing and Wülcker say that part of *h* is preserved, misled I have no doubt by the *h* of *hilde* in l. 7 of the back page showing through).
[8] *facen* (altered from ꝺꝥen with another ink B) AB; now only *f* left.
[9] *fremedon* AB; now *on* gone, and *d* no longer entire.
[10] *healfdenes* A, *Healfdenes* B; now *es* and the second stroke of the preceding *n* gone.
[11] *hroden* AB; now *en* gone, and even of *d* only the first portion of the lower part left.
[12] *maðˈ* AB; now only *m* and the first part of *a* left.
[13] *o* in *beforan* altered from *beforan* in the same hand || *beorn* AB; now *orn* gone, and even *e* not entire.
[14] *b* in *beowulf* altered from *w* || *he* AB; now gone.
[15] *scamigan* (*n* with a different ink B) AB; now *gan* gone.
[16] *feower* (*r* with a different ink B) AB; now *er* and the top of *w* gone.
[17] *manna* AB; now only a very small part of the top of the last *a* gone.
[18] *ymb* AB; now the upper part of *b* gone.

...ġanġ... ... ... ... ... wolde ...
symbel ... ... ... ...
mara ... ... ymb·hyra ...
ġebæ... burġon þa ... ...
... fylle ġefæġon ... ġe...
... ful manig mæġ... þaþa ...
on sele þam hean· ... ... ...
for innan ... ... ... ...
stapas þeod scyldingas· þenden ...
for ... þa beowulfe ... ...
... ... ...
... cumbor ... þywurdan ...
þu sweord manige ġesawon· ...
b_ ... beowulf· ġe... ful on...
... feoh ġyfe· for scotenum sca...
... neġe swiġn ic freond licor· ...
... ... ġolde ġe... ... ...
pel a meodo bence· oþum ġesellan·
þæs hel m... hror· heaþod beorge ...
be winden wala utan heold þæt him ...

...ne meahton scir heard sceþ
þon sceal ... ongean gramum
...an scolde · heht ða eorla hleo eah
mearas þæted hleope on flet teon
...der eoderas þara anum stod sadol
...rum fah since ge wurþad þæt wæs
...lde · seah heah cyninges ðon speowda
...lac sunu healfdenes ...nan wolde
...re on oret læs wið cuþes wig ðon ne
...lu feollon ...ða beowulfe bega gehwæþ
...eodor ... wina onweald ge teah · ...
...wæpna het hine wel brucan · spa
...lice mære þeoden hord weard hæle
...heaþo ræsas geald mearum · 7 mad
mum · Spa hy næfre man lyhð seþe
secgan wile soð æfter rihte · ...

xvi

A gyt æghwylcum eorla drihten þara
þe mid beowulfe ... leade teah onþa
...re ... ...dum ge sealde xv

p. 48 = fol. 152ᵛ = ll. 1032—1053.

laf frecne ne meahton scur-heard sceþ-
ᵈan þon*ne* scyld-freca ongean granium
gangan scolde.   \*Heht ᵈa eorla hleo eah-                          1035
ta mearas fæted-hleore on flct teon.

5  in|under eoderas þara anum stod sadol
searwum fâh since ge-wurþad þæt wæs
hilde.-setl heah-cyninges \*ᵈon*ne* sweorda            1040
gelac sunu healfdenes efnan wolde
næfre on ore læg wid-cuþes wig ᵈon-ne

10  walu fcollon *ond*|ᵈa beowulfe bega ge-hwæþ-
res eodor ing-wina onweald ge-teah. \*wic-             1045
ga *ond*|wæpna het hine wel brucan. swa
man-lice mære þeoden hord-weard hæle-
þa heaþo-ræsas geald mearum *ond* mad-

15  mum.   Swa hy næfre man lyhᵈ seþe
secgan wile soᵈ æfter rihte.

## .XVI.

\***Ð**A gyt æghwylcum eorla drihten þara               1050
    þe mid beowulfe brim-leade teah on|þæ-
20  re medu-bence maþᵈum ge-sealde yr-

---

¹ *laf* AB; now gone ‖ part of *f* in *frecne* covered.
² *ᵈan* AB; now ᵈ and part of *a* gone, the rest of *a* covered.
³ *gangan* AB; now the first *g* and a small part of the first *a* gone, the rest
of the first *a* covered.
⁴ *ta* AB; now gone ‖ part of the first stroke of *m* in *mearas* covered.
⁵ *munder* (altered to *in under* with another ink B) AB, *in under* Gt, [*i*]*n
under* K; now *in* and the first stroke of *u* gone, the second stroke of *u* covered.
⁶ *s* and the greatest part of *e* in *searwum* covered.
⁷ *h* in *hilde* covered.        ⁸ the greatest part of *g* in *gelac* covered.
⁹ the first stroke of *n* in *næfre* covered.
¹⁰ only a very small part of *w* covered.
¹⁸ *ÐA* A, *Ða* B; now part of the big Ð gone, and part of what is left of it
covered.

BEOWULF.                                                                    E

p. 49 = fol. 153ʳ = ll. 1053—1075.

fe-lafe *ond*|þone ænne heht golde forgyl-

dan þone ðe grendel ær *mane acwealde          1055

swa he hyra ma wolde nef-ne him witig

god wyrd forstode *ond*|ðæs mannes mod me-

5   tod eallum weold gumena cynnes swa he

nu git deð for-þan við and-git æg-hwær

selest *ferhðes fore-þanc fela sceal ge-          1060

bidan leofes *ond*|laþes seþe longe her on

ðys-*sum* win-dagum worolde bruceð. þær

10   wæs sang *ond*|sweg samod æt-gædere fo:e

healfdenes hilde-wisan *gomen-wudu          1065

greted gid oft wrecen. ðon*ne* heal-gamen

hroþ-gares scop æfter medo-bence mæ-

nan scolde finnes eaferum ða hie se

15   fær begeat hæleð healf-dena hnæf

scyldinga *in*|fres-wæle feallan scolde          1070

ne huru hilde-burh herian þorfte.

eotena treowe unsynnum wearð be-

loren leofu*m* æt þa*m* hild-plegan bearnum

20   *ond*|broðrum hie on|ge-byrd hruron *gare          1075

---

¹ *forgyl* AB; now *l* and the upper part of the longer stroke of *y* gone.
³ *witig* AB; now the lower part and the second half of the top of *g* gone.
⁴ *me* AB; now gone.          ⁵ *he* AB; now *e* gone.
⁷ *ge* AB; now *e* gone.
¹¹ the blank between *wi* and *san* is owing to a defect in the parchment,
not to an erasure.
¹⁶ *fres*] *r* altered from some other letter, after it a letter erased, then *es* on
an erasure: that *fres* is all that the scribe intended to write, is shown by a
line connecting *r* and *e*, which, however, is not very distinct in the FS.

... lare ...

... pol ... ge ne him ...
gad wyrd forscrad . þæt mandæg ...
æd eallum weorold sumeum ... ...
... forþan bið and git æt hr...
selest ... fore þano þela sceal
... leofes alaþes seþe longe her ...
þys sū windagum worolde bruceð þær ...
... sang ... samod æt gædene fore
healfdenes hilde wi san gomen wudu
... gid oft wrecen don heal gamen
... scop æfter medo bence ma
nan scol de finnes eaferum ða hie se ...
... begeat hæleð healf dena hnæf
scyldinga irff er þæle feallan scolde
ne hi wi hilde burh hnæf hewan þorf te .
eotena treowe unsynnum weard be
lof en leofū æt þā hild plegan beornum
7 hrod wium hie onge byrd hwurðon gawe

ꞇon mealꞇe moꞃþoꞃ beaꞇo maᵹa ·

p̃ he ap moſꞇe heolꝺ poꞃolꝺe pynne
ᵹꞇaille foꞃ nam pinneſ þeᵹnaſ nemne
eꝺ anum · þaꞇ hene mehꞇe on þam me
el ſꞇeꝺe · piꞇ henᵹeſꞇe piht ᵹe ꝼeohꞇan
ꞃeþa pea laꞇe piᵹe foꞃ þꞃinᵹan þeoꝺnᵹ
ꞃeᵹne · ac hiᵹ him ᵹeþinᵹo buꝺon þ hie
nın oꝺꞃ ꝼleꞇ eal ᵹe ꞃym ꝺon healle ⁊
heahſeꞇl þ hie healꝼꞃe ᵹe pealꝺ piꝺ eoꞇe
na beaꞃn aᵹan moſꞇon ⁊ ꞇ ꝼeoh ᵹyꝼ
ꞇū folc palꝺan ſunu ꝺoᵹꞃa ᵹe hpylce
ꝺene peoꞃ þoꝺe henᵹeſꞇeſ heap hꞃꞃı
ᵹıı peneꝺe ꞇꞃne ſpa ſpıꝺe ſine ᵹeſꞇ꞊eo
ıꞃꞃ ꝼaꞇꞇan ᵹolꝺeſ ſpa he ꝼꞃeſena cyn
oꞃ beoꞃ ſele bylꝺan polꝺe · ꝺa hie ᵹe
꞊ꞃmꞃeꝺon onꞇꞃa healꝼa pꞃꞇe ꝼꞃıoꝺu
pꞃꞃe ꝼın henᵹeſꞇe elne unꝼlıꞇme aꝺū

p. 50 = fol. 153ʳ = 1075—1097.

wunde þæt wæs geomuru ides nalles holinga

hoces dohtor meotod-sceaft be-mearn

syþðan morgen com. ða heo under swegle

geseon meahte morþor-bealo maga

5    þær he ær mæste heold *worolde wynne                1080

wig ealle fornam finnes þegnas nemne

feaum anum þæt he|ne mehte on þæm me-

ðel-stede. wig hengeste wiht ge-feohtan.

ne þa wea-lafe wige for-þringan *þeodnes            1085

10    ðegne. ac hig him geþingo budon þæt hie

him oðer flet eal ge-rym-don healle *ond*

heahsetl þæt hie healfre geweald wið eote-

na bearn agan moston *ond* æt feoh-gyf-

tum folc-waldan sunu *dogra gehwylce            1090

15    dene weorþode hengestes heap hrin-

gum wenede efne swa swiðe sinc-ge-streo-

num fættan goldes swa he fresena cyn

on beor-sele byldan wolde. *ða hie ge-            1095

truwedon on|twa healfa fæste frioðu-

20    wære fin hengeste elne unflitme aðum

---

¹ *wunde* AB ; now *w* and part of *u* gone, and the rest of the word except small portions of *d* and *e* covered (cf. FS.).

² *hoces* AB ; now the greater part of *h* gone, and what is left of it as well as *o* covered.

³ *syþðan* AB ; now *sy* and the lower part of the perpendicular stroke of þ gone, the rest of þ and part of ð covered.

⁴ *geseon* AB ; now *ge* gone, and *s* covered.

⁵ *þær* AB ; now þ gone, and *æ* covered ‖ *mo̅.ste :* the correction in the same hand.

⁶ *wi* and part of *g* in *wig* covered.

⁷ *fea.*ᵘᵐ : the correction in the same hand ; *f* covered.

⁸ ð in *ðel* covered.        ⁹ the first stroke of *n* in *ne* covered.

¹⁰ a small part of ð in *ðegne* covered.

¹¹ a small part of *h* in *him* covered.

E 2

p. 51 = fol. 154ʳ = ll. 1097—1119.

be-nemde. þæt he þa wealafe weotena

dome arum heolde þæt ðær ænig mon

\*wordum ne worcum wære ne bræce. ne          1100

þurh inwit-searo æfre ge-mænden ðeah

5  hie hira beag-gyfan banan folgedon

ðeoden-lease þa him swa ge-þearfod wæs

gyf þonne frysna hwylc frecnen spræce

\*ðæs morþor-hetes mynd-giend wære          1105

þonne hit sweordes ecg syððan scolde

10  að wæs geæfned *ond* icge gold. ahæfen of

horde here-scyldinga betst beado-rinca.

wæs on bæl gearu \*æt þæm ade wæs          1110

eþ-ge-syne swat-fah syrce swyn

eal-gylden. eofer iren-heard æþeling ma-

15  nig wun-dum awyrded sume on wæle

crungon. het ða hilde-burh æt hnæfes

ade \*hire selfre sunu sweoloðe be-          1115

fæstan bân-fatu bærnan *ond* on bæl

dôn earme on eaxle ides gnornode

20  geomrode giddum guð-rinc astah. wand

---

³ *ne* (at the end of the line) AB ; now *e* and the second stroke of *n* gone.

⁴ the second stroke of *h* in *ðeah* a little faded.

⁶ *wæs* AB ; now the lower part of the perpendicular stroke of *w* gone.

⁷ *spræce* AB ; now *ce* and part of *s* and a very small part of *æ* gone.

¹¹ *bedo :* correction in the same hand.

¹² *on bæl* erased after the second *wæs*.

¹³ *gearu* erased at the beginning of the line.

he nemde. þ ie þa pe la ge
dome apum heolde
þol dū ne þolicum þære ne hþa
þuph mþit seaþio æþþe ge mænden
hie hiþa beag gyfan hanum
sa ðon leafe þa hun spa ge þeaþþoð d
s þonne fþysna hþyle fþecnen
dies moþþoþ heþes mynd gie
þonne hit þþeoþdes ætg sydan þal
ad þaf ge æfned þiege gol a haf
lioþde heþe scyldinga beft. bēdominca
þaf onbæl geaþu æt þem ade þaf þesh
eþ ge fyne sþæt þih sþþce sþyn
eal gylden. eoþæn þie heaþd. æþeling nã
niz þ dinn apyfded sunie on þæle
cþunzon. het ða hilde þuph æt hnæfef
ade hyre selþie sunu spel oð ð be
þaftan bun þatu baþi man gon bæl.
ðon eaþme on eaxle ðef gnoþ jþð
j cþmode gadum gið mie af

... ...lton · bengeacb
...nne ... ppanc·tað·
...cer lis cille pon spealy ...ecen
... hpia de þær...gið pon nam
... pær hpia llæð sca cen·
... ·yii·

...con han ðapigend pica neoriaii
...buðn be peallen ppys lapð ge scon
...þen bupli hengeft ðagyr pæl
... pui...ri pun oðe · mð pinnel un
... lapð gemunde þeah þe henre h
...onineþir ðpupun hpunged stefnan
... stofime peol pon pið pin de puiiþi
uþe beleac iſ ge bnide oþðær oþþi com
tapi uiyeni dii ſpa iii gyr ded þaþe
...nyalcr iele · beþi...þ puldon ...h
... poþ...þ piiteþi ſca cen þiþi
... pii...eþ giſt
... ...yiii ppiiire ſpiðon

p. 52 = fol. 154ᵛ = ll. 1119—1139..

to wolcnum wæl-fyra mæst *hlynode         1120
for hlawe hafelan multon. bengeato
burston ðonne blôd æt-spranc. lað
bite lices lig ealle for-swealg gæsta
5   gifrost þara ðe þær guð for-nam
bega folces wæs hira blæd scacen.

### .XVII.

*G̶E-witon him ða|wigend wica neosian     1125
freondum befeallen frys-land geseon
10 hamas *ond* hea-burh hengest ða|gyt wæl-
fagne winter wunode mid finnel un-
hlitme eard gemunde *þeah þe he meah-     1130
te on|mere drifan hringed-stefnan
holm storme weol won wið winde winter
15 yþe beleac is-ge-binde oþ ðæt oþer com
gear in|geardas swa nu gyt deð *þaðe     1135
syngales sele bewitiað wuldor-torh-
tan weder ða|wæs winter scacen fæger
foldan bearm fundode wrecca gist
20 of geardum he|to gyrn-wræce swiðor

¹ *to* AB; now gone ‖ *wolcnum* B, *wolcmum* A; the word may still be entire, although I cannot make out the *n* under the paper ; a small part of *o* and the top of *l* are also covered.
² *for* AB ; now *fo* gone, and *r* almost entirely covered.
³ *burston* AB ; now *bu* gone, and part of *r* covered.
⁴ almost the whole of *b* and part of *i* in *bite* covered.
⁵ *gifrost* AB; now *gi* gone, the greatest part of *f* covered, and part of *r* a little faded.        ⁶ *b* in *bega* covered.
⁷ *GE* A, *Ge* B ; now *G* all but entirely gone, and almost the whole of *E* covered.
⁹ part of *f* in *freondum* covered.
¹⁰ the long perpendicular stroke of *h* in *hamas* covered.
¹² *hlitme* MS., no doubt, not *hlitine*, the connecting line between the first stroke of *m* and the second, although a little faded, being still discernible.
¹⁷ originally *gewitiað*, but *g* underdotted and erased, and *b* written over it in the same hand.

þohte þonne to sæ-lade \*gif he torn-ge-          1140
mot þurh-teon mihte þæt he eotena
bearn inne ge-munde.   Swa he ne for-
wyrnde worold-rædenne þonne him
5 hun-lafing hilde-leoman billa selest
on bearm dyde \*þæs wæron mid eotenum          1145
ecge cuðe swylce ferhð-frecan fin
eft be-geat sweord-bealo sliðen æt his
selfes ham siþðan grimne gripe
10 guð-laf ond os-laf æfter sæ-siðe
sorge mændon \*æt-witon weana dæl          1150
ne meahte wæfre mod for-habban
in hreþre ða wæs heal hroden feonda
feorum swilce fin slægen cyning on
15 corþre *ond*|seo cwen numen sceotend scyl-
dinga to|scypon feredon \*eal inge-          1155
steald eorð-cyninges swylce hie æt
finnes ham findan meahton sigla
searo-gimma hie on|sæ-lade driht-
20 lice wif to|denum feredon læddon.

¹ *þohte* AB; now the top of þ gone || *torn ge* AB; now the second stroke
of *n* and the whole of *ge* gone.
² *eotena* A, *Eotena* B; now *a* and the second stroke of *n* gone.
³ *for* AB; now *r* gone.
⁵ *selest* AB; now *t* and the top of the *s* before it gone.
⁶ *eotenum* A, *Eotenum* B; now the second stroke of *u* and the abbreviation
for *m* gone.
⁷ nothing after *fin* AB.
⁸ *æt* AB; now a little indistinct, especially *t* || *his* AB; now the top of *h*
and the upper part of *s* gone.

...ꝥ arum...

...en ept aſtah beophꞇode
ſ... hꝛielaſ ſcaldon pin oꝛ
... þa cꝛom pealhþeo foꞃð
... ſyldnum beᵹe þꜵꞃ þa
...an cꝛeᵹen ſæton ſuhꞇeꞃ ᵹepꜵꝛ
...þaᵹyꞇ pꜵꝛ... uꝛ a ſib æꞇ ᵹædeꞃe
...hpylc oðꞃum cꝛype ſꝩl cæ þꜵꞃ
...peꝛþ hꝩle æꞇ foꞃum ſ... fꞃeꜵn
... dunᵹa ᵹelpy'c luoꞃa huſ pꜵꞃ
... cꝛeoꝛ... þꜵꝛ he hꜵꝛde inoð
... he huſ maᵹum napꜵ
... ᵹedꜵ... þpꜵꝛ
... nᵹa hauꞃoꞃ þuꞃ...
... hubꝛen ...
... dum pꜵꞃ ᵹold pꜵꞃ...
... ſpꝛæꞇ mil dum pop
... inan don, bꜵ pꜵ ᵹeꝵ...
... myndiᵹ þꜵ... ꝛ...
... ꞇ memꜵn ſaᵹd...

p. 54 = fol. 155ᵛ = ll. 1159—1175.

to leodum leoð wæs asungen *gleoman      1160

nes gyd gamen eft astah. beorhtode

benc-sweg byrelas sealdon wîn of

wunder-fatum. þa cwom wealhþeo forð

5 gân under gyldnum beage þær þa

godan twegen sæton suhter-gefæde-

ran þa|gyt wæs hiera sib æt-gædere

*æg-hwylc oðrum trywe swylce þær      1165

hun-ferþ þyle æt fotum sæt frean

10 scyldinga ge-hwylc hiora his fer-

hþe treow-de. þæt he hæfde môd

micel þeah þe he his magum nære

ârfæst æt ecga gelacum.    Spræc

ða ides scyldinga. onfoh þissum

15 fulle freo-drihten min *sinces bryt-      1170

ta þu|on sælum wes gold-wine gume-

na ond|to geatum spræc mildum wor-

dum swa sceal man don. beo wið geatas

glæd geofena gemyndig nean ond feor-

20 ran þu nu hafast *me man sægde þæt      1175

---

¹ *to* AB ; now gone ‖ *leodum* AB ; now *l* and part of *e* gone, and the rest of *e*, a small part of *o*, and the top of *d* covered ‖ the top of *l* in *leoð* covered ‖ the tops of *l* and *a*, and almost the whole of *n* in *gleoman* covered (the fourth letter of this word is certainly *o*, not *a*).

² *nes* AB ; now gone.

³ *benc* B, *bene* A ; now *be* gone ‖ the accent over *i* in *win* doubtful.

⁴ *wunder* AB ; now *w* gone, and the lower part of *nd* covered.

⁵ *gan* AB ; now *g* gone, but *án* left, although *á* is partially covered.

⁶ *godan* AB ; at least part of *g* is still preserved, although it is covered as well as the beginning of *o* and the top of *d ;* the two last letters are entire and not covered.

⁷ *ran* AB ; now *r* gone, and part of *a* covered.

⁸ *æ* in *æg-hwylc* almost entirely covered.

⁹ *h* in *hun-ferþ* partially covered ; a letter seems to have been erased after this word.

¹⁰ a small part of *s* in *scyldinga* covered.

¹¹ the top of *h* in *hþe* covered.      ¹⁷ part of *n* in *na* covered.

þu|ðe for sunu wolde here-ric habban

heorot is ge-fælsod beah-sele beorhta

brûc þen-den þu|mote manigra medo

*ond*|þinum magum læf folc *ond*|rice þon-ne

5   ðu forð scyle *metod-sceaft seon ic                    1180

minne can glædne hroþulf þæt he þa geo-

goðe wile arum healdan gyf þu ær þonne

he wine scildinga worold of-lætest

weno ic þæt he mid gode gyldan wille *un-              1185

10  cran eaferan gif he þæt eal ge-mon hwæt

wit to willan *ond* to worð-myndum umbor-

wesendum ær arna gefremedon. hwea-

rf þa bi bence þær hyre byre wæron

hreðric *ond*|hroðmund *ond*|hæleþa bearn

15  *giogoð æt-gædere þær|se goda sæt                      1190

beowulf geata be þæm gebroðrum twæm


### .XVIII.

Him wæs ful boren *ond*|freond-laþu wor-

dum be-wægned *ond*|wunden gold estum

20  ge-eawed earm-reade twa *hrægl *ond*|hrin-           1195

---

¹ *þu ðe* AB; now of þ only the very lowest part of the perpendicular stroke preserved, of ð the upper part gone, but *u* and *e* as good as entire ‖ *habban* AB; now *an* and part of the second *b* gone.

² *beorhta* AB; now *ta* and the shorter of the perpendicular strokes of *h* gone (the connecting line between the two strokes is left).

³ *medo* AB; now only *me* left, and even the *e* not entire.

⁵ *ic* (with another ink B) AB; now gone.     ⁶ *geo* AB; now *eo* gone.

⁷ *þonne* A, *þon* B; now the abbreviation for *ne* and the second stroke of *n* gone.

¹⁰ *hwæt* B, *hþæt* A; *t* has shrunk together very much, and perhaps is not entire.

¹⁶ *twæm* AB; now the last stroke of *m* very indistinct.

[illegible]

horot i[illegible]

bruc þen[illegible]

⁊ þinum mag[illegible] rice þonne

ðu forð scyle [illegible]

min[illegible] glædne hroþulf þ he þ[illegible]

g[illegible] arum healdan gyf þu ær þo

he [illegible] scildinga worold of lætest [illegible]

ene [illegible] mid gode gyldan wille un

cran eaferan gif he þ eal [illegible]

wit to wil[illegible] ⁊ to worð myndum um

borwesendum ær [illegible]

ðe [illegible]

[illegible] ⁊ hroðmund ⁊ hæleþa [illegible]

[illegible] ætgædere þær se goda [illegible]

beowulf geata be þæm gebroð[illegible]

[illegible]

Him wæs ful boren ⁊ freond la[illegible]

wordum bewægned ⁊ wunden gol[illegible]

geeawed earm reade [illegible]

... mære papa pen ... ...

... en hæbbe næig ne ... ic under ...

... þan hyrde hord maðmum ha ...

... cunian æt þæs to here byldan

... mere sigle ... iine ...

... eallh eornen pie ...

... þæt hine hring lædde hige ...

... nyh ...

... sua eal ...

... e ... hyne ... popnam ...

... pean ... de pæhde to ...

... pa ... pæs eorclan stanas open

... rice theoden under punde ge ...

... þa inpranc pæþm

... breost ge pædu se beah

... pæs pracan pæl peape den æptep

... geata leode hpea pic ... don

... pealhðeo maþelode

... pepede ... bpine ...

... lp leopa hyse mid ha ...

p. 56 = fol. 156ᵛ = ll. 1195—1217.

gas heals-beaga mæst þara þe ic on foldan

gefrægen hæbbe næ-nig-ne ic under sweg-

le selran hyrde hord-mad-mum hæleþa

syþðan hama æt-wæg to here byrhtan

5 byrig brosinga mene *sigle *ond* sinc-fæt                    1200

searo-niðas fealh eormen-rices geceas

ecne ræd þone hring hæfde higelac gea-

ta nefa swertinges nyhstan siðe siðþan

he under segne sinc ealgode. *wæl-reaf                         1205

10 werede hyne wyrd for-nam syþðan he

for wlenco wean ahsode fæhðe to frysu*m*

he þa frætwe wæg eorclan-stanas ofer

yða ful. rice þeoden he under rande ge-

cranc *ge-hwearf þa in francna fæþm                            1210

15 feorh cyninges breost-ge-wædu *ond*|se beah

somod wyrsan wig-frecan wæl reafeden æfter

guð-sceare geata leode hrea-wic heoldon

heal swege onfeng. *Wealhðeo maþelode                          1215

heo fore þæm werede spræc bruc ðisses

20 beages beowulf leofa hyse mid hæle

---

¹ *gas* AB ; now gone ‖ *h, e, l* in *heals* partially covered (s. FS.) ‖ the top
of þ in *þara* as well as in *þe* covered ‖ the upper half of *ic on* covered ‖ *foldan*
AB ; now *dan* and the upper part of *l* gone, and the greatest part of *f* and the
whole of *o* and of what is left of *l* covered.

² *gefrægen* AB ; now *ge* (at the beginning of the word) gone, and *f* almost
entirely covered.

³ *ie* AB ; now gone.        ⁴ *s* and part of *a* in *syþðan* covered.

⁵ *byrig* AB ; now *byri* gone, and a small part of *g* covered.

⁶ *searo* AB ; now *se* gone, and *a* almost entirely covered.

⁷ the greater part of the first *e* in *ecne* covered.

⁸ *ta* AB ; now *t* not entire and what is left of it partially covered.

⁹ *h* in *he* torn, and its upper part covered.

¹⁰ only a very small part of *w* in *werede* covered.

¹¹ only a very small part of *f* in *for* covered.

¹³ *he* added over the line in the same hand, a dot under the line showing
where it is to be inserted.

¹⁸ *heal* AB ; now the upper part of *h* gone, and part of what is left of it covered.

p. 57 = fol. 157ʳ = ll. 1217—1241.

*ond* þisses hrægles neot þeo-ge-streona *ond* geþeoh
tela cen þec mid cræfte *ond*|þyssum cnyhtum
wes *lara liðe ic þe þæs lean'geman hafast        1220
þu|ge-fered þæt ðe feor *ond* neah ealne wide-ferhþ
5  weras ehtigað efne swa side swa sǽ bebugeð
    wind geard weallas wes þenden þu lifige *æþeling    1225
    eadig ic þe an tela sinc-gestreona beo þu
    suna minum dæ-dum ge-defe dream-healden-
    de. her is æghwylc eorl oþrum ge-trywe
10  modes milde man-drihtne hol *þegnas syn-    1230
    don ge-þwære þeod ealgearo druncne dryht-
    guman doð swa ic bidde. Eode þa to setle
    þær wæs symbla cyst druncon wîn weras wyrd
    ne cuþon geo-sceaft grimne swa hit agan-
15  gen wearð *eorla manegum syþðan æfen cwom    1235
    *ond*|him hroþgar ge-wat to hofe sinum rice
    to|ræste reced weardode unrim eorla swa
    hie oft ær dydon benc-þelu beredon hit
    geond-bræded wearð *beddum *ond* bolstrum    1240
20  beor-scealca sum fus *ond*|fæge flet-ræste ge-

---

[1] ᚷ A, *and* B; now only the lowest part of the abbreviation left || *þisses*
AB; now the upper part of þ and the top of *i* gone, and *e* torn || looking
at the FS. one might think there is an indistinct *d* between *þeo* and *ge-
streona*, but then its form would be a little unusual (cf. *þeod*, l. 11), nor does
the MS. seem to countenance such a supposition || ᚷ (*and* B) *geþeoh* AB; now
entirely gone.

[2] *cnyhtum* AB; now *m* and part of *u* gone.

[3] *hafast* A, *hawast* B; now only *ha* left.

[4] *ferhþ* AB; now only *f*, the greatest part of *e*, and the lower part of the
first stroke of *r* left.

[5] *side* was originally *wide*, but *w* altered to *si*, and the original *i* under-
dotted || *bebugeð* A, *bebuged* (the last *e* altered from *a*) B; now only *beb* and
the first stroke of *u* left.

[6] *æþeling* AB; now only *æþ* and a very small part of *e* left.

[8] *healden* A, *Healfden* B; now the second stroke of *n* gone.

[10] *hol* changed from *heol* || *syn* AB; now the *n* is no longer entire (Kölbing,
who thinks that *y* is followed by *l*, has been misled by the *I* of *SIgon* in l. 10
of the back page showing through).

[11] *dryht* AB; now *ht* and a small part of *y* gone.

[13] *wyrd* AB; now the lower part of the second stroke of *r* lost in conse-
quence of a hole, and the diagonal stroke of *d* nearly faded.

[15] *cwom* B, *crom* A; now the last stroke of *m* no longer entire.

[16] *h* in *hroþgar* altered from *b*?

...if ...g... ...
...la ...ec þæ mod...
...þæ lapu lið... ...
þuge peped þd e fcop ... eʒlue pde
...eæ... ... eþne fpa ... fpa fie ...
...þe peallaf peʒ þenden ...
... hie antela fine ʒefc... ...
... ...ium dæ dum ʒe defe þiea...
... ...f eʒþylc eopl ohþum ʒe ...
...þe man dþihtne hþl
don ʒe þpæþe þæd eal ʒeapo þ...
ʒuinan dod fpa ic bidde
þeʒ pæ... fymbla cyft dþinteoin ...
ue cuþon ʒeofceaft ʒþi...
ʒen pe... eoþla maneʒu fyþdan
þhine ... ʒaþi ʒe þæt tohoþe fin...
to þ... þeced pe... dode inm...
hie oþt ain dydon benr þelu bþ...
ʒeoud þþæded pe... befƒ... ...
beþi fceal ... fuin þu... ... ...

... biʒ ... þær on beorce ...
... yþse ʒene heaþo ... ʒeapa ...
... inʒeð byrne þrec pudu þrymme ...
... hyra þ̄ me ofᵹ peϸon an pᵹᵹ ʒ ...
... ham ʒe onhepʒe ʒeʒe hpæϸ ...
... ce mela spylce hpa man ...
... ʒe felde. þæf feo þeod ...

.XVIII.

... þæto flæpe fum fape anʒeald ...
... ʒe ϸpa hun pul opᵹ ʒelamp fiþðan ...
... fele ʒrendel ... de ... æpn de ofᵹ ...
... be cpom ... æfteᵹ fyn ... þ ʒe fᵹne
... pid cᵹh ... þte ppᵹ end haʒyᵹ liϸ
... æteᵹ lufu lanʒe þ ... æteᵹ ʒued
... ᵹpeod ... modoᵹ ... ʒlæ ... þ ᵹypᵹ
... ʒe ... feᵹ pæteᵹ ʒeᵹm puman
... ... fiþðan camp peaᵹd
... ... þelᵹa pædeᵹen mæᵹ
... ... ᵹpippe ʒemeaᵹcod

p. 58 = fol. 157ᵛ = ll. 1241—1264.

beag setton him to heafdon hilde-randas
bord-wudu beorhtan þær on bence wæs. ofer
æþelinge yþ-ge-sene \*heaþo-steapa helm                1245
hringed byrne þrec-wudu þrymlic wæs

5  þeaw hyra *þæt* hie oft wæron an|wig gearwe
ge æt ham ge on herge ge|ge-hwæþer þara
efne swylce mæla swylce hira man-dryht-
ne \*þearf ge-sælde wæs seo þeod tilu.                  1250

## .XVIIII.

10  Sigon þa|to slæpe sum sare angeald æfen-
    ræste swa him ful oft gelamp siþðan gold-
    sele grendel warode unriht æfnde oþ þæt
    ende be-cwom \*swylt æfter synnum *þæt* gesyne        1255
    wearþ wid-cuþ werum *þæt* te wrecend þa|gyt lif-

15  de æfter laþum lange þrage æfter guð-
    ceare grendles modor ides aglæc-wif yrm-
    þe gemunde \*seþe wæter egesan wunian             1260
    scolde cealde streamas siþðan camp wearð
    to ecgbanan angan broþer fæderen-mæge

20  he|þa fag gewat morþre gemearcod

---

¹ *beag* AB ; now gone ‖ *randas* AB ; now the top of *s* gone, and the greatest part of what is left of it as well as part of the preceding *da* covered.

² *bord* AB ; now *b* gone, and *o* and part of *r* covered.

³ *æ* and part of *þ* in *æþelinge* covered ‖ *steapa*] originally *stoapa*, but *o* by a diagonal stroke altered to an imperfect *e* and then the whole letter blotted, and at last a smaller *e* was written over it, in another hand I think.

⁴ *hringed* AB ; now the first stroke of *h* gone, and the second stroke of it and the lowest part of the first stroke of *r* covered.

⁵ *þeaw* B, *þear* A ; now *þ* and perhaps also a small part of *e* gone, and what is left of *e* and part of *a* covered.

⁶ *g* in *ge* not entire and partially covered.

⁷ only a very small part of the first *e* in *efne* covered.

⁸ the greatest part of the first stroke of *n* in *ne* covered.

¹⁰ *Sigon* AB ; now only a small part of the big *S* left, and part of what is left of it as well as the whole of *I* covered.

¹² *warode* MS. as well as AB ; the parchment under *wa* is rather thin, and besides there is a blot on the two letters ; but on looking at the first letter closely, one cannot doubt that it is *w*, not *f* : what Kölbing and others seem to have mistaken for the second horizontal stroke of *f* is part of *o* in *Eode* in l. 12 of the front page, which shows through ; the second letter is *a* in its usual form (not *u* or *a* open at the top).

p. 59 = fol. 158ʳ = ll. 1264—1287.

man-dream fleon \*westen warode þanon woc         1265

fela geo-sceaft-gasta wæs þæra grendel

sum heoro-wearh hetelic se æt heorote

fand wæccendne wer wiges bidan þær him

5   aglæca æt-græpe wearð \*hwæþre he ge-        1270

munde mægenes strenge gim-fæste gife

ðe him god sealde *ond* him to anwaldan are

gelyfde frofre *ond*|fultum ðy he þone feond

ofer-cwom ge-hnægde helle-gast þa he

10  hean ge-wât \*dreame be-dæled deaþ-wic       1275

seon mancynnes feond *ond* his modor þa|gyt

gifre *ond*|galgmod gegan wolde sorh-fulne

siÐ sunu þeod wrecan com þa|to heorote

ðær hring-dene \*geond *þæt* sæld swæfun þa       1280

15  ðær sona wearð ed-hwyrft eorlum sipðan

inne fealh grendles modor wæs se gry-

re læs-sa efne swa micle swa biÐ mægþa

cræft wig-gryre wifes be wæpned-men

\*þon*ne* heoru bunden hamere geþuren        1285

20  sweord swate fah swin ofer helme ecgum

---

¹ *man* AB; now *m* gone, *a* at least not distinct and perhaps not entire, but *n* certain ‖ *dream* AB; now *d* almost entirely gone ‖ *þanon woc* A, *þan on woe* (*oe* with a different ink?) B; now only þ left.

² *grendel* AB; now *el* gone.       ⁶ *gife* AB; now *e* no longer entire.

³ *feond* AB; now *d* quite faded.

¹⁰ What Wülcker thinks to be the upper portion of *g* after *wic* is the *e* of *leofost* in l. 10 of the back of the leaf, which shows through the parchment.

¹¹ *gyt* AB; now the second part of the horizontal stroke of *t* gone.

¹⁶ *r* erased after *gry*.

¹⁹ *e* erased after þonne ‖ *n* in *bunden* altered from *m* by erasure.

…ɴ ꝼleon ꝼyꞇeꞃ ꝼaꞃoðe·

ꝼela ᵹeꞅ ꞅceaꝼꞇ ᵹꞃiꞃꞇa ꝼæꞅ hæꝼa ᵹꝛ

ꝼ··· heoꞃo ꞃeaꝼh heꞇelic ꞅe æꞇ heoꞃð

ꝼanð ꝼæcceanðne ꝼeꞃ ꝛiᵹeꞅ bꝛðan þæꞃ him

aᵹ læꞇa æᵹꝛæꝼe ꞃeaꝼð hꝛæꝼꞃe heᵹ

munde mæᵹeneꞅ ꞅꞇꝛenᵹe ᵹim ꝼæꞃꞇe ᵹ

ðæ him ᵹoð ꞅealðe· ⁊him ꞇo anꝼalðaꞃ

ᵹelyꝼðe ꝼꝛoꝼꝛe ⁊ꝼulꞇum ðy he þoꞃ ꞇꝛ

oꝼeꞃ cꝛom ᵹe hnæᵹðe helle ᵹaꞅꞇ þah

heanᵹe ꝼaꞇ ⁊ꝛeame beðæleð ðeaþ þic

iꞅeon mancynneꞅ ꝼeonð ⁊hiꞅ moðoꞃ þa

ᵹiꝼꝛe ⁊ᵹalᵹmað ᵹeᵹan ꝼolðe· ꞅoꝼh ꝼu

ꝼꞅð· ꞅunu ꝼeoð ꝼꞃecan com þaꞇo heoꞃo

ðæꞃ hꝛinᵹ ðene ᵹeonð þ ꞅæld ꞅꝼæꞃun

ðæꞃ ꞅoꞃa ꞃeaꝼð eð hꝛyꝼꝛꞇ eoꞃlum ꝼꝛbeð

inne ꞃealð ᵹꝛenðleꞅ moðoꞃ ꝼa ꞅe ᵹꝛꝛ

ꝛe læꞅ ꞅa eꞃꞇe ꞅꝼa micle ꞅꝼa bð mæᵹþ

cꝛæꝼꞇ ꝼꞃ ᵹꝛꝛꝛe ꝼiꝼeꞅ be ꝼeꝛneð men ꞇ

þon heoꝛuꞅ buꝛðen hameꞃe ᵹeꝼuꝛeꞃ

ꞅꝛenð ꝼꝛaꞇe ꝼah ꞅꝛin oꝼeꞃ hel

and þeaþð scipeð· paþæſ b..

þæʒ ðaʒen spcopıð oþeʳ ſeclum ſıð
... haþen han ða þaſt helm
... ge munde þyʳþnan ſide þa hine ſe
... an... heo þæſ on ðeſte þolıe
ſauon þeoʳie beoʳ ʒan þa h...
ſen þaſ ·hʳıaðe heo æþelınʒa ...
... þæſte beþanʒen ...
ʒ ʒanʒ ſe þæſ hʳıoþ ʒaʳe h...
oþoſt· onʒe ſıðeʳ hað be...
... þuınð þıʒa þone ðe heo onʳıaʳce
bʳıeaʳ· blæð þæſtne beoʳun næſ beo..
... ðæʳ· ac þæſ oþeʳın aıʒe ceohluod
... hæ þðum· ʒıþeſ nuþum ʒeʳıne
... on hæþoþeſ heo under heolf
... cu þe þolın ſceaþ þ þʒe
... ınþıcın nepaſ þʒe
... þ lıe on ba healþa bıcʒan
... eþeoþða þeoþu þaþæſ þʳoð..
cynınʒ· haıþ hılde· junc on lʳıeon

p. 60 = fol. 158ᵛ = ll. 1287—1307.

dyhtig andweard scireð. þa wæs on healle

heard-ecg togen sweord ofer setlum sid-

rand manig *hafen han-da fæst helm                    1290

ne|ge-munde byrnan side þa hine se

5    broga angeat heo wæs on ofste wolde

ut þanon feore beorgan þa heo on-fun-

den wæs hraðe heo æþelinga anne

hæfde *fæste be-fangen þa heo to fen-                 1295

ne gang se wæs hroþgare hæleþa

10   leofost on|ge-siðes hâd be|sæm tweonum

rice rand-wiga þone ðe heo on|ræste

abreat blæd-fæstne beorn næs beo-

wulf ðær. *ac wæs oþer in ær|ge-teohhod            130C

æfter maþðum-gife. mærum geate

15   hream wearð in heorote heo under heolf-

re ge-nam cuþe folme cearu wæs ge-

niwod ge-worden in|wicun ne|wæs þæt ge-

wrixle til *þæt hie on ba healfa bicgan              1305

scoldon. freonda feorum þa wæs frod

20   cyning. hâr hilde-rinc on hreon

---

¹ *dyhttig* A, *dyttig* B ; now gone ‖ the tops of *s* and *ð* in *sireð* covered.
‖ *healle* AB; now *lle* entirely and the rest partially gone ; part of what is left
of *he,* and the whole of what is left of *a* covered.

²  *heard* AB; now *hea* gone, and part of *r* covered.

⁴  part of the first stroke of *n* in *ne* covered.

⁵  *broga* AB ; now the greatest part of *br* gone, only the very top of *b* and
the second stroke of *r* being left, but entirely covered.

⁶  *ut*] *u* and part of *t* covered.        ⁹  part of *n* in *ne* covered.

¹⁰  *leofost* AB ; now *l* gone, and *e* covered.

¹⁴  a stop erased after *maþðum*.

¹⁶  *o:n :* the correction in the same hand.        ¹⁷  *wicun* certainly, not *wicim*.

mode syðþan he aldor-þegn|unlyfigendne

þone deorestan deadne wisse.    *hraþe wæs                    1310

to|bure beowulf fetod sigor-eadig secg

samod ær-dæge eode eorla sum æþele

5  cempa self mid ge-siðum þær se snote-

ra bâd. hwæþre him alf-walda æfre

wille *æfter weaspelle wyrpe gefrem-                           1315

man gang ða æfter flore fyrd-wyr-

ðe man mid his hand-scale heal-wudu

10  dynede þæt he þone wisan wordum hnægde

frean ing-wina frægn gif him wære

*  æfter neod-laðu niht ge-tæse.                               1320


### .XX.

**H**roð-gar maþelode helm scyldinga

15        ne frin þu æfter sælum sorh|is ge-ni-

wod denigea leodum dead is æsc-here

yrmen-lafes yldra broþor *min rûn-                             1325

wita *ond*|min ræd-bora eaxl-ge-stealla

ðonne we on orlege hafelan weredon

20  þonne hniton feþan eoferas cnysedan

---

¹ *mode* AB; now the whole of *mo* and part of *de* gone ‖ *unlyfigendne* A,
*unlyfi ndne* B; now only *unly* (the *l* not entirely) preserved.
² *hraþe* (*hrade* B ) *wæs* AB; now only *hra* and the lowest part of the
perpendicular stroke of *þ* left.
³ *secg* AB; now *g* and perhaps also part of *c* gone : at least, *c* is not
distinct.
⁸ *snote* AB; now *e* gone.
⁹ *æfre* AB; now *e* and the second part of *r* gone.
¹⁰ *hnægde* AB; now *de* gone.

þon deop(?) eþtan deaþ . . . . . .
to buge . beowulf(?) . . . . . . . .
 simod an dæge code eorla . . . . . .
compa . self . mid ge sidum . . . se . . .
þa . . . hwæþre him alf . . da . . .
wille . . . qu wea spelle . wyrpe ge . . .
man . . . nig da after flone . wyr . .
de . . . þ he þone wisan . morðum . . .
flean ing wina . . frægn gif him wære
 æfter neod laðu . niht ge tæse . . . . .
. . . . . . .

Hroð gar maþelode helm scyldinga .
Ne frin þu after sælu . sorh is ge . .
worð don gea leodum . dead is æschere .
yrmen lafes yldra broþor min . .
wita ꝛ min ræd bora . eorl ge steallan(?) .
ðonne we on orlege hafelan weredon
þon hnicon feþan . eowras cynse dun

... wæs scuir ... qua ...

ſeareð hwm on heorote to handa banan

... þærþe icne þær hwæþer atol æſe

nc ... ſidaſ teah fylle gefrægnod her

... ſpræc þe þu cyſtum miht ... þieu

ſpeal dæt þuih hæſtne hað . heapi dū

... um fon þan heo lange leode mine

... ſwyſde he æt wiſe gecwang eal

... ſcyldas ... oþer cwom mihtig man

... folde hiſſie mæg ſwegun ... feoin hafað

... gefeſtan þæt þe hi ... mæg þegne

... wegum ſeþe æfter ſinc gyſan onſefan

... hwæþen bealo hæwide nuſeo hand

... dwylcheſ wilwa dohte .

... leode mine ſele ewæden de

... þhie ... won ſpylce gewegen

... pan neorweſ heal ... ellen

... oðer weſ . þæt þe hie ...

... biton weſe . onlice mægdæn ...

... wiþ weſ peſcwund ... lac ...

...

p. 62 = fol. 159ʳ = ll. 1328—1352.

swy[lc] scolde eorl wesan ærgod swylc æsc-here

wæs *wearð him on heorote to hand-banan     1330

wæl-gæst wæfre ic ne wât hwæþer atol æse

wlanc eft-siðas teah fylle ge-frægnod heo

5 þa fæhðe wræc þe þu gystran niht gren-

del cwealdest *þurh hæstne had heardu*m*     1335

clammum for-þan he|to lange leode mine

wanode *ond*|wyrde he æt wige ge-crang eal-

dres scyldig *ond*|nu oþer cwom mihtig man-

10 scaða wolde hyre mæg wrecan. *ge feor hafað     1340

fæhðe gestæled þæs þe þincean mæg þegne

monegum seþe æfter sinc-gyfan on|sefan

greoteþ hreþer-bealo hearde nu|seo hand

ligeð seþe eow wel-hwylcra wilna dohte.

15 *ic *þæt* lond-buend leode mine sele-rædende     1345

secgan hyrde *þæt* hie gesawon swylce twegen

micle mearc-stapan moras healdan ellor-

gæstas ðæra oðer wæs *þæs þe hie ge-wis-licost     1350

gewitan meahton idesc onlic-næs oðer ear-

20 m-sceapen on|weres wæstmum wræc-lastas

---

¹ *swy* . . . . . . *scolde* A, *swy* . . *scolde* B ; now only *olde* left, and that partially covered ‖ part of *ærgod swylc* covered ‖ *æsc here* AB ; now *here* gone, and *æsc* almost entirely covered (only the lowest part of *s* not covered).

² *wæs* AB ; now gone ‖ the strange look of *i* in *him* in the FS. is caused by a little hole in the MS.

³ *w* and part of *æ* in *wæl* covered.

⁴ *w* in *wlanc* covered.      ⁵ part of *þ* in *þa* covered.

⁶ *del* AB ; now *d* gone, and *e* covered.

⁷ only very little of *c* in *clammum* covered.

⁹ part of *d* in *dres* covered      ¹⁰ *s* in *scaða* almost entirely covered.

¹¹ only very little of *f* in *fæhðe* covered.

¹³ only very little of *g* in *greoteð* covered.

¹⁴ *ligeð* A, *liged* B ; now only *eð* still quite distinct and *g*, at least, legible, but *i* faded, and of *l* only the top left ‖ *s* added between *hwylc* and *ra* in a later hand.

¹⁵ *ic* AB ; now *i* gone.

p. 63 = fol. 160ʳ = ll. 1352—1377.

træd næfne he wæs mara þonne ænig man

oðer þone on|gear-dagu*m* grendel nemdo[n]

\* fold-buende no hie fæder cunnon hwæþer    1355

him ænig wæs ær acenned dyrnra gasta

5  hie dygel lond warigeað wulf-hleoþu windige

næssas frecne fen-ge-lad ðær fyrgen-

stream \* under næssa genipu niþer gewiteð    1360

flod under foldan nis þ*æt* feor heonon mil-ge-

mearces þ*æt* se mere stanðeð ofer þæm hon-

10  giað hrinde bearwas wudu wyrtu*m* fæst

wæter ofer-helmað \* þær mæg nihta ge-hwæm    1365

nið-wundor seon fyr on flode no þæs frod

leofað gumena bearna þ*æt* þone grund wite

ðeah þe hæð-stapa hundu*m* geswenced heorot

15  hornu*m* trum holt-wudu sece \* feorran ge-    1370

flymed ær he feorh seleð aldor on ofre ær

he in wille hafelan : nis þ*æt* heoru stow. þonon

yð-ge-blond up astigeð won to wolcnum þon*ne*

wind styreþ \* lað ge-widru oð þ*æt* lyft drysmaþ    1375

20  roderas reotað nu is se ræd gelang eft æt

---

[1] *man* AB; now only *m* and part of *a* left.

[2] *nemdod* (*dod* added afterwards ? B) AB; now only *nem* left.

[3] *hwæþer* AB; now only *hwæ* and the lower part of the perpendicular stroke of þ left.

[5] *windige* A, *windig* B; now *e* and the greatest part of *g* gone.

...ne he þ... ...

oðer ...ne onꞡeat dæꞡ ...

fold buende no hie fæder cunnon

him ... þas ær acenned dyꞡlira ꞡæ...

lie dyꞡel lond paꞡiꞡeað pulf hleoþu

næssas fracne fenꞡe lad ðær fyrꞡen

stream under næssa ꞡenipu niþer ꞡe...

flod under foldan nis þ feor heonon ...

meil ces þ se mere standeð ofer þam hon...

ꞡead hrinde bearpas pudu pyrtum fæst

pæter ofer helmað þær mæꞡ nihta ꞡe hpæm

nið punder seon fyr on flode no þæs frod ...

leopað ꞡumena bearna þ þone ꞡrund ...

ð eah þe hæð stapa hundu ꞡespenced ...

hor nu trum holt pudu sece feor ꞡæn ꞡe

flymed ær he feoph seleð al dor on ofre ær

he in pille hafelan ... þ heoru feop ...

yð ꞡe blond up astiꞡeð ... þon to ...

pind styreþ lað ꞡe ...ru oð ...

...derar peorað nu is se ... lanꞡ ...

... ne eorl fiænne ...
... ... fela smiðgneð ...
... þu ... he þapehide peoðlea
... ... spa iciæi dyde þun
... ... on ... cyðn ...
... ... ...

... ... beþun ecз þæ
... ... зunðu ... pe bið
... fæond ... honne
... ... ... sceal ænde
... bidan ... liþeþ pypce seþe mæþe
... ... bið dpihte зuméþ unliþ
... ... ... æpis pices peþið uþon
... ... ... næзan зuþscea
... ... haþe no he on helm losaþ
... ... ne onfyþizeн holt ne
... ... зuðund зa ... he pille dyscдoзoþ
... ... ... зe hpylceþ spa ic he
... ... op ða se зomela iзode þaþ
... ... зaн dpihtneþ þæþ se man зe ...

p. 64 = fol. 160ᵛ = ll. 1377—1398.

þe anu*m* eard git ne const frecne stowe
ᵭær þu findan miht fela sinni,ne secg
sec gif þu dyrre \* ic þe þa|fæhᵭe feo lea-                    1380
nige eald-ge-streonu*m* swa ic ær dyde wun-
dini golde gyf þu on weg cymest.

## .XXI.

B EOWVLF maþelode bearn ecgþeo-
wes ne sorga snotor guma selre biᵭ
æg-hwæm \* þæt he his freond wrece þonne                 1385
10 he fela murne ure æghwylc sceal ende
ge-bidan worolde lifes wyrce seþe mote
domes ǽr deaþe þæt biᵭ driht-guman unlif-
gendum æfter selest \* âris rices weard uton            1390
hraþe feran grendles magan gang scea-
15 wigan. Ic hit þe|ge-hate no he on|helm losaþ.
ne on foldan fæþm no on|fyrgen-holt. ne
on gyfenes grund gâ þær he wille \* ᵭys dogor           1395
þu|ge-þyld hafa weana ge-hwylces swa ic þe
wene to. ahleop ᵭa se gomela gode þan-
20 code mihtigan drihtne þæs se man ge-

¹ *þe* AB; now gone ‖ *a* and the first stroke of *n* in *anum* covered ‖ *stone*] part of *ow* and the whole of *e* covered.
² *ᵭær* AB; now gone ‖ part of *þ* in *þu* covered ‖ some letter between *a* and *n* in *findan* erased.
³ *sec* AB; now only very little of *e* and *c* discernible, the rest of these letters, although, no doubt, preserved, being so covered as not to be visible; of *s* no trace left.
⁴ *nige*] the whole of *n* and part of *ig* covered.
⁵ *dini* or *dmi* MS. (cf. *run-dmi* A, *wund-dini* B), the *d* entirely covered (certainly not *dum*).
⁷ A rather great part of the big *B* is still left, although only very little of it is not covered (it is found in AB).
⁸ *wes* B, *æs* A; now only *s* left, and even that partially covered.
⁹ part of the first *æ* in *æg-hwæm* covered.
¹⁰ part of *h* in *he* covered ‖ *c* in *æghwylc* not distinct (*æghwylc* B, *æghwyle* A).     ¹¹ part of *g* in *ge-bidan* covered.
¹² *gumen* originally, but *e* underdotted and *a* written over it in the same hand (there is also a dot under *n*, but that seems to be accidental).
¹³ part of *g* in *gendum* covered.
¹⁴ *ganᵉ* : the correction in another hand ‖ *ce* in *scea* on an erasure?
¹⁵ only a very small part of *w* in *wigan* covered.

p. 65 = fol. 161ʳ = ll. 1398—1422.

spræc þa wæs hroð-gare hors ge-bæted

\* wicg wunden-feax wisa fengel geatolic      1400

gende gum-feþa stop lind-hæbbendra lastas

wæron æfter wald-swaþum wide ge-syne

5  gang ofer grundas gegnum for \* ofer myr-      1405

can mor mago-þegna bær þone selestan

sawol-leas-ne þara þe mid hroð-gare

hâm eahtode ofer-eode þa æþelinga

bearn steap stan-hliðo stige nearwe

10  \* enge anpaðas uncuð gelad neowle næs-      1410

sas nicor-husa fela. he feara sum be-

foran gengde wisra monna wong sceawian

oþ þæt he færinga fyrgen-beamas \* ofer      1415

harne stan hleonian funde wynleasne

15  wudu wæter under stod dreorig *ond* ge-dre-

fed denum eallum wæs winum scyldinga

weorce on mode to|ge-þolianne ðegne

monegu*m* \* on-cyð corla|ge-hwæm syð-þan      1420

æsc-heres on þa*m* holm-clife hafelan

20  met-ton flod blode weol folc to sægon

---

¹ *spræc* A, *spręc* B; *sp* entirely gone, and of *ræc* only very small traces left ‖ *þa* AB; now the top of þ gone ‖ *bæted* AB; now gone.

² *geatolic* A, *geato.* with two letters (*ed?*) erased after it B; now only *geato* left.

³ *lastas* AB; now only *l* left.

⁴ *myr* AB; now only the first stroke of *m* left.

¹⁰ *næs* AB; now the top of *s* gone.

... ... ... 
... ... gesyn
... ... spundaſ gẽnū ꝼoꝛ oꝼer
... ... ẏ ꝺo þegna baꝛ hōð ſeleſtū
... þaꝛa heꝺ hiꝺ ꝷaꝛeꝛ
... oꝼeꝛ eoꝺe þa æþelīc
... ... ſtan hliꝺo ſtoge neaꝛ
... ... uncid gelaꝺ neoꝰle nū
... ... huſa ꝼela · he ꝼeaꝛa ſūꝺ he
... ... geꝺe ꝼiſꝛa monna poꝛg ſceaꝛꝛ
... ... hunꝺaꝛ ꝼyꝛꝛaꝛ beaꝛnaſ oꝼeꝛ
... ... ſtan · hleoꝛian ꝼunꝺe pꝛyꝺeaſꝛe
ꝼꝛꝺu ꝼ...ꝛ unꝺeꝛ ſtoꝺ ꝺꝛeꝛꝛꝛ gꝛſe ꝺꝛel
ꝼeꝺ ꝺenū eall uꝛ ꝼꝛꝛ ꝼꝛꝛū ſcylꝺꝛ
peoꝛꝺe onꝛoꝺe toge þoluꝛne ꝺꝛꝛe
monegū oꝛeꝛꝛ eoꝛla ge hꝛaꝛ ſ...
eſc heꝛeſ on þa holū clꝛe—haꝛ
meꝛ ron ꝼloꝺ bloꝺe ꝼaꝛl ...

... lioþu ...

þeþa eal ge seah. ge siþeð þa æcwi
... wyrm cynnes. fela seðlice þæ dracan
... cunnian spylce on næs hleaðum inweras
... gan daon undern micel oft begeitigað ...
... sið on segl raðe. wyrmas wildeor hie du
... þyrson bigeþe þge bolgne beþihtih on gea...
... suð hopin galan sumne geata leod offlan
... boga feoþes ge træfde yðge winnes þ hum on
... aldre stod heþe sciæl heyida he on holme
... pat sunda þe sænfa ðehyne spylc for nam. hþæ
... þe peaþ on yðinn mid eofeþ spreorum heoþo hoc
... y heafin heaþi de ge neaþi poð niða ge naged 7on
... neþ togen þun ðoþi lic þæþ hoþa þeþus sceaþe
... þyþe liene giþ gyþede hine beowulf
... eoþl ge fæðum nalles for aldþe inneþin sceolde
... biþine hondum ge bþoden sið 7 þeaþo þuh
... sund cunnian seoðe ban eoþþu beoþgan cuþe
... hum hilde gþaþ hueþþe ne mihte eoþþes in
... þeþig aldþe ge sceþðan. æse hþiþa helm.

p. 66 = fol. 161ᵛ = ll. 1423—1448.

hatan heolfre horn stundum song fuslic

f[yrd]-leoð feþa eal ge-sæt. \* gesawon ða æfter          1425

wætere wyrm-cynnes fela sellice sæ-dracan

sund cunnian swylce on næs-hleoðum nicras

5  licgean. ða on undern-mæl oft be-witigað sorh-

fulne sið on|segl-rade \* wyrmas *ond*|wildeor hie on          1430

weg hruron bitere *ond*|gebolgne bearhtm ongea-

ton guð-horn galan sum-ne geata leod of|flan-

bogan feores ge-twæfde yðgewinnes þæt him on

10  aldre stod \* here-stræl hearda he on holme          1435

wæs sundes þe sænra ðe hyne swylt for-nam. hræ-

þe wearð on'yðum mid eofer-spreotum heoro-hoc-

yhtum hearde ge-nearwod niða ge-næged *ond* on

næs togen \* wun-dor-lic wæg-bora weras sceawe-          1440

15  don gryre-licne gist gyrede hine beowulf

eorl-gewædum nalles for ealdre mearn scolde

here-byrne hondum ge-broden sid *ond* searo-fah

sund cunnian \* sceðe bân-cofan beorgan cuþe          1445

þæt him hilde-grap hreþre ne mihte eorres in-

20  wit-feng aldre gesceþðan. ac|se hwita helm.

---

¹ *hatan* (*ha* afterwards added A) AB ; now gone ‖ the tops of some letters
in *stundum song* covered (cf. FS.) ‖ *fuslic* ; now only *fu* and part of *s* left,
and the whole of what is left covered except only the lowest part of *f*.

² *fyrd*] *f* . . . B, . . . . . A ; now nothing left ‖ only a very small part
of *l* in *leoð* covered ‖ originally *seah*, but *e* underdotted, *eah* crossed out, and
*æt* written over it in the same hand.

³ *wætere* AB ; now *wæt* gone, and part of the first *e* covered.

⁴ *sund* AB ; now only *d* left.

⁵ *licgean* AB ; now *li* gone, and the greatest part of *c* covered.

⁶ only a very small part of *f* in *fulne* covered.

⁷ only a very small part of *w* in *weg* covered.

⁸ *ton* AB ; now part of *t* gone, and the rest of it covered.

¹³ between *ge* and *nearwod* an erasure of about two letters.

p. 67 = fol. 162ʳ = ll. 1448—1471.

hafelan werede seþe mere-grundas mengan

scolde *secan sund-gebland since ge-weorðad                    1450

be-fongen frea-wrasnum swa hine fyrn-da-

gum worhte wæpna smið wundrum teode

5 be-sette swinlicum þæt hine syð-þan no brond|ne

beado-mecas bitan ne meahton.   *Næs þæt                      1455

þonne mætost mægen-fultuma þæt him on

ðearfe lah ðyle hroð-gares wæs þæm hæft-

mece hrunting nama þæt wæs an foran eald-

10 ge-streona ecg wæs iren ater-tanum fah

*ahyrded heaþo-swate næfre hit æt hilde                        1460

ne swac manna ængum þara þe hit mid

mundum be-wand seðe gryre-siðas ge-gan

dorste folcstede fara næs þæt forma sið

15 þæt hit ellen-weorc æfnan scolde. *huru ne|ge-               1465

munde mago ecglafes eafoþes cræftig þæt

he ær ge-spræc wine druncen þa|he þæs wæpnes

on-lah. selran sweord-frecan selfa ne dor-

ste under yða ge-win aldre gene-þan *driht-                    1470

20 scype dreogan þær he dome for-leas ellen-

---

¹ *hafelan* AB; now *h* gone ‖ *mengan* A, *men gan* B; now *gan* gone.

² *weorðad* A, *weordad* B; now *rðad* gone.

... þæt ðe sela mete ... 

scolde secan sund gebland' since ge...

beþongen fira pylaj num spa hine fyrn

gum peohtes papna sund pundnum teod

be sette syrlicum þ hine syð þan no þron...

beado mecas bitan ne meahton · þes ...

þonne ... oft mægen ful tuma þ hine oht

deappe ... byrod zapes þæs þan hæ...

mece ... napna · þ þæs an poran eal...

ge ... pæsten uter tamum fis

hyrded · ... spate næppe hit ...huld...

spac ... ... tungum papna þe hit mid...

myn ... be þand sede zpype sidas ge gan

... þole zvese papna næs þ popma sid...

þ ... len poque ærnan scolde · hupu ...

munde ... ... erpohes quært ig þ

he æg ge ... pine ðpincen þahe þæs pæpne

on lah · ... ... ... pelþa nedap...

ite undeq yða ge pin ... ... zede þan ayiht

scype ðpco gair þæp ... ... ellen

... ... ... þæm ... ... ... ...

...ne to gude ge syped hæfde.

xviii.

OWULF maðelode bearn ecgþeor[

þæne mu se mægui mæga healp dener

noceþia forgel mine eom sideſ fuſ gold

mine zyme na hþæt pit geo ſpræcon gif

... þearſpe þenþie feolde aldne lurnan

... ... ... fold gepiteum on p eoſ

... pæ þu mund beþuc animm mægo

feſnum hond gellum gif mec hilð mine

spylce þuda madmaſ þe þume ſealdeſ

... ... leofa lize lace onſeid mæg

þonne on þan golde ongiaum geaca ... ...

... geſeon ſinm ... ... þon he ou þæt

... ... þæ zurcyſum ... ... ... funde

... ... hreſtan hreſte hþir moſte þu

... ... ... lað ealde ... pyæ lie þæs

... ... pið cuð no ... ... ... ... ... habban

ealne pund hyunt enize dom geſpyr...

p. 68 = fol. 162ᵛ = ll. 1471—1491.

mærðum ne wæs þæm oðrum swa syð-þan
he hine to guðe ge-gyred hæfde.

## .XXII.

B EOWVLF maðelode bearn ecg-þeowes
5       ge-þenc nu se mæra maga healf-denes
\* snottra fengel nu|ic eom siðes fus gold-                    1475
wine gumena hwæt wit geo spræcon gif
ic æt þearfe þinre scolde aldre linnan
þæt ðu|me a|wære forð gewitenum on|fæder
10  stæle \* wes þu mund-bora minum mago-                  1480
þegnum hond-gesellum gif mec hild nime.
Swylce þu|ða madmas þe þu|me scaldest
hroðgar leofa hige-lace onsend. mæg
þonne on þæm golde ongitan geata dry-
15  hten \* geseon sunu hrædles þonne he on þæt            1485
sinc starað þæt ic gum-cystum godne funde
beaga bryttan breac þonne moste. ond|þu
hunferð læt ealde lafe wrætlic wæg-
sweord wid-cuðne man \*heard-ecg habban             1490
20  ic me mid hruntinge dôm gewyrce

¹ . . . ðum Gt, [ꝩeor]ðum K, mærdam AB ; but um at the end of the
word is still distinct, and before um I think I see a considerable part of rð
covered (but the last letter, according to what seems left, might equally well
be d); mæ entirely gone ‖ n in syð-þan entirely, and the rest of the word
partially, covered.
² he AB ; now gone ‖ the first stroke of h in hine covered.
⁴ of the big B a little more is left (covered) than is reproduced in the FS.
(cf l. 5) ; the following E is entire, but partially covered (*BEO-* A, *Beo-* B).
⁹ only a very small part of the abbreviation for þæt covered.
¹¹ the top of þ in þegnum covered ‖ ge.ṻum : correction in the same hand.

p. 69 = fol. 163ʳ = ll. 1491—1516.

    oþðe mec deað nimeð. æfter þæm wordum

    weder-geata leod efste mid elne nalas *and-*

    sware bidan wolde brim-wylm onfeng * hil-           1495

    de-rince ða|wæs hwil dæges ær he þone

5   grund-wong ongytan mehte.   Sona þæt on-

    funde seðe floda be-gong heoro-gifre

    be-heold hund missera grim *ond* grædig þæt þær

    gumena sum * ælwihta eard ufan cunnode        1500

    grap þa|to-geanes guð-rinc ge-feng atolan

10  clom-mum no þy ær in|ge-scod halan

    lice hring utan ymb-bearh þæt heo þone

    fyrd-hom ðurh-fon ne|mihte * locene leoðo-      1505

    syrcan laþan fingrum bær þa seo brim-

    wyl þa|heo to botme com hringa þengel to

15  hofe sinum swa he|ne mihte no|he þæm

    modig wæs wæpna gewealdan ac hine wun-

    dra þæs fela * swecte on sunde sæ-deor        1510

    monig hilde-tuxum here-syrcan bræc

    ehton aglæcan ða|se eorl ongeat þæt he

20  nið-sele nat-hwylcum wæs þær him nænig

    wæter wihte ne|sceþede * ne|him for hrof-     1515

    sele hrinan ne mehte fær-gripe flodes

[1] *þæm* AB ; now *m* gone ‖ *wordum* A, *wordum* B ; now gone.

[2] *nalas* ꝛ (*and* B) AB ; now only *na* left.

[3] *onfeng* AB ; now *g* gone ‖ *hil* B, *hid* A ; now gone.

[5] *on* (at the end of the line) AB ; now only the beginning of the *o* left.

[7] *þær* AB ; now only *þ* and the very beginning of *æ* left.

[8] *cunnode* AB ; now *de* gone.

[9] *atolan* AB ; now only *at* left.       [10] nothing after *halan* AB.

[12] *leoðo* A, *leodo* B ; now the second *o* and the stroke through *d* (to make
it ð) gone.

oþðe ... oðæ n... m...

þedðæ ʒeata leod ...

iſæʒe bidan polde ...

ðe iunce ... hþil ...

ʒþand þonʒ onʒyðan ...

... ſede flode be ʒonʒ ...

be heald hund miſ... ʒþim ʒʒpræðiʒ...

ʒinmena finn celþihæ eʒð uþin cun...

ʒiuiþ þaco ʒæmeſ ʒiðiune ʒeſæʒ...

clom minn no þy ... inʒe ſeoð hal an...

lice hiunʒ utan ymb beaþli þliʒ...

fyiþ hom diuþi þon neſmihtæ lo ... eiʒ...

ſyiʒæn laþan þinʒiuim þæp ...bri...

þyl þaheoro botne com hiunʒa heiʒel...

hoþe finuin ſþa heue mihtæ no he f...

modiʒ þæſ þ... eþaldan ... hino þi...

... þæſ þelu ... ðuſunde ſiæ ðeoþ...

moniʒ hildæ ... heþe ſyiʒan biua...

... azlæcui tale eoþi onʒeaʒ...

... ... liþylæuin þæʒ... l...

... þihte neſceþeðe ne...

... unan ne mihtæ...

on geat þæse goda · ƿund ƿyrgenne
... mihtig mæg ... ƿæs for geaf hilde
hond spenge ge ... ceah þ hine on ha
... þ[ur]g in æl azol ƿ[ræ]dig gud leod
... on ƿand þ[r]e beado leoma bitan
... aldne sceþđan · ac seo ecg ge ſƿac
... hearte đolode ar ƿela hond
... helm oft ge ſceap ... ƿyrd
... ƿorma ſið đeopum madme
... eft ... ƿalaſ eluer
... mægða ge myndig ... hyla ...
... bunden yppe
... þ hit on ... dan læg ſtið jſtyl ecg
... gyƿeſ
...
...
...
...
... þe heald þa hege ...
... ƿ[ra]þ lau þ hu[o] ... ſe ...
... eft hƿaſſe h[y]ldan ƿyrge ...

p. 70 = fol. 163ᵛ = ll. 1516—1542.

fyr-leoht ge-seah blacne leoman beorhte  
scinan On-geat þa|se goda grund-wyrgenne  
mere-wif mihtig mægen-ræs for-geaf * hilde-     1520  
bille hord swenge ne of-teah *þæt* hire on|ha-  
5 felan hring-mæl agol grædig guð-leoð  
ða se|gist onfand *þæt* se beado-leoma bitan  
nolde aldre sceþðan. ac|seo ecg ge-swac  
* ðeodne æt þearfe ðolode ær fela hond-     1525  
gemota helm oft gescær fæges fyrd-  
10 hrægl ða wæs forma sið deorum madme  
*þæt* his dôm alæg. eft wæs anræd nalas elnes  
læt * mærða ge-myndig mæg hylaces wearp     1530  
ða wundel-mæl wrættum ge-bunden yrre  
oretta *þæt* hit on eorðan læg stið *ond* styl-ecg  
15 strenge ge-truwode mund-gripe mægenes  
swa sceal man don * þonne he æt guðe gegan     1535  
þenceð long-sumne lof na ymb his lif cea-  
rað. Gefeng þa|be eaxle nalas for fæhðe  
mearn guð-geata leod grendles modor  
20 brægd þa beadwe heard þa he|ge-bolgen wæs  
* feorh-ge-nið-lan *þæt* heo on|flet gebeah heo     1540  
him eft hraþe handlean forgeald grim-

---

¹ *fyr leoht* (*leohg* B) AB ; now only *t* left, and even part of that covered ‖ the tops of *a* and *h* in *ge-seah* covered ‖ the top of *l* in *leoman* covered ‖ *beorhte* (altered from *beohrhte* B) AB ; now the last *e* and part of *t* gone, and all that is left of *t* and the greatest part of *h* and the top of *b* covered.

² *scinan* B, *sciman* (*sc* added with another ink) A ; now gone.

³ *mere* (*m* with another ink ? B) AB ; now only the last *e* left, and that covered. ⁴ *bille* AB ; now the upper part of *b* gone, and the greatest part of what is left of it and the top of *ll* covered.

⁵ *felan* AB ; now *fe* gone, and part of *l* covered.

⁶ *ða* altered from *da* with another ink B, *da* A ; now *ð* gone, and *a* covered.

⁷ *nolde* A, *noldde* (*nold* with a different ink ?) B ; now *n* gone, but *o* is very likely to be entirely preserved, although I cannot read it under the paper.

⁸ *ðeodne* A, *ðeoðne* B ; now only *dne* legible (part of *d* covered), but the paper is likely to cover one or two more letters.

⁹ *gemota* AB ; now *ge* gone, and the first two strokes of *m* covered.

¹⁰ *hrægl* AB ; now *hr* gone, and there is no telling whether or no *æ* is entire, as that part of it which is covered cannot be distinctly made out.

¹¹ *þ* (*þæt* B) *his* AB ; now the abbreviation for *þæt* and the top of *h* gone, besides part of *h* covered.

¹² *læt* AB ; now *l* gone, and part of *æ* covered ‖ *wea.p :* correction in the same hand. ¹³ *ða* AB ; now *ð* gone ‖ originally *mæg*, but *g* crossed out and *l* written over it.

¹⁴ part of *o* in *oretta* covered. ¹⁶ *s* in *swa* almost entirely covered.

¹⁷ the top of *þ* in *þenceð* covered. ¹⁸ only very little of *r* in *rað* covered.

¹⁹ the first stroke of *m* in *mearn* covered. ²⁰ the top of *b* in *brægd* covered.

²² *him* not distinct in the FS. on account of a fold in the parchment ; it is perfectly distinct in the MS.

man grapum *ond* him to-geanes feng ofer-wearp

þa werig-mod wigena strengest feþe-cempa

*þæt* he on|fylle wearð.  \* Of-sæt þa þone selegyst      1545

*ond* hyre seaxe ge-teah brad brûn-ecg wolde

5 hire bearn wrecan angan eaferan him on

eaxle læg breost-net broden *þæt* ge-bearh

feore wið ord *ond*|wið ecge ingang for-stod

\* Hæfde ða|for-sið‍od sunu ecgþeowes under      1550

gynne grund geata cempa nemne

10 him heaðo-byrne helpe gefreme-de

here-net hearde *ond* halig god geweold wig-

sigor witig drihten \* rodera rædend hit      1555

on ryht|ge-sced yðelice syþðan he eft astod

### .XXIII.

15 G̲E-seah ða on|searwum sige-eadig bil eald

sweord eotenisc ecgum þyhtig wigena

weorð-mynd *þæt* wæpna cyst \* buton hit wæs      1560

mare ðonne ænig mon oðer to beadu-lace

æt-beran meahte gôd *ond* geatolic gigan-

20 ta ge-weorc. he|ge-feng þa fetel-hilt

freca scyldinga hreoh *ond* heoro-grim hring-

mæl ge-brægd \* aldres orwena yrringa      1565

---

¹ *genes:* correction in the same hand ; the *s* is torn ‖ *feng* torn ; in the
FS. a few letters of 165ʳ l. 1, or portions of them, are visible (*re on h*) ‖ *wearp*
B, *wearf* A ; now *wear* perfectly distinct still, but of *p* only part left ; a
modern hand has written *ofer wearp* between the beginnings of the first and
second lines.

³ *selegyst* AB ; now *st* gone.

⁸ *under* AB ; now *er* gone.

¹³ *astod* AB ; now *d* and a very small part of *o* gone.

... spræ

... ferhea 7

þa pæg inne ...

þ he onfylle pea ... frond f ...

7 hyne seare ... qui d ... ecg þ

hine beorn þriccan ongan ... hi

earx le lætg breost nearbroden þæ ...

feore · wið ord 7 wið ecge ingang fon stod

hæfde þa for sið od sum ecgþeowes ...

synne sprund gearta cempa nænne

him heaðo byrne helpe gefreme ...

here nea heapi de 7 halig god gepeold pi ...

sigori pitig dryhten rodera ræ dend h ...

on pylæ gesced ydelice syþðan he eft ...

· xxnī · · · ·

E seah ða onsearpum sige eadig bil ...

þ a d eotenisc ... æ gum þyhtig pigen ...

... mynd þ pæp na cyst buton hit pæ ...

mare · ðon ænig mon oðer tobeadu lace ...

... mæhte god 7 geatolic gigan ...

ta gepeorc · hæp fenz þa fetel hilt

freca scyldinga · hreoh 7 heoro grim hil ...

mæl ge bræd aldres orpera yrringa ...

ne þa hilde... ...ȝe þode þæ
bȝꞃæt bil eal ðurh þod ꝼæȝ ne ꝼlæſc
heo oꝛꝼleſ ȝe cꞃoꞃȝ ſꞃeoꞃð pæſ ſpa
ꝼeȝ þꞃoꞃ ice ȝe ꝼeh lixte ſe leoꞃia
lie inne ſtoð eꝼ ne ſpa oꝼ heꝼ ne haðꞃe
ſined ꞃoðoꝛeſ candel he æꝼ tꞃꞃ ꞃe ce ðe
... Hꞃeaꝼ þa bē pealle pæꞃ ꞃon haꝼen
heaꞃ be hil tun hꞃȝe laceſ ðeȝn ꞃꞃꞃe
ꞃadneſ ſeo eȝ ꝼꞃacod hilde þince a che
he polde ȝꞃendle ꝼoꞃ ſꞃꞃl dan ȝuð ꞃaꞃa
ꞃaꞃa þe he ȝe þoꞃꞃte to ꝼæt deꞃꞃ
ꞃꞃ miclē ðonne on æn ne ſið þon he
ȝaꞃ neſ heaꞃd ȝe neataꞃ ſloh onſꞃeo
ende ꝼꞃa polceſ denȝea ꝼꞃꝼtꞃ
ꞃꞃꞃ ꞃꞃꞃcuꞃt oꝼ ꝼꞃꞃede lað licu
ꞃ lꞃan ꝼoꞃ ȝeald ꞃe þe cemþa
ꞃ onꞃuꞃte ȝe ſeah ȝuð pꞃꞃ ne
ꞃꞃꞃ al ðoꞃ leaſ ne † ſpa hꞃꞃ cꞃꞃ
ꞃꞃꞃ heoꞃo te hꞃꞃꞃde ſꞃꞃonȝ
ꞃꞃꞃꞃ dende ðꞃe þe hꞃoꞃade
ꞃꞃꞃdne ꞃ hꞃne þa heaꝼde
ꞃꞃꞃꞃon ſnottꞃe

p. 72 = fol. 164ʳ = ll. 1565—1591.

sloh þæt hire wiˤ halse heard grapode ban-
hringas bræc bil eal ˤurh-wod fægne flæsc-
homan heo on flet ge-crong sweord wæs swa-
tig secg weorce ge-feh * lixte se leoma      1570
5 leoht inne stod efne swa of hefene hadre
scineˤ rodores candel he æfter recede
wlat. Hwearf þa|be wealle wæpen hafena-
de heard be hiltum hige-laces ˤegn * yrre      1575
ond anræd. næs seo ecg fracod hilde-rince ac he
10 hraþe wolde grendle forgyldan guˤræsa
fela ˤara þe he ge-worhte to|west-denum
oftor micle ˤonne on ænne siˤ * þonne he      1580
hroˤ-gares heorˤ-ge-neatas sloh on|sweo
fote slæpende fræt folces denigea fyfty-
15 ne men ond oˤer swylc ut of-ferede laˤ-licu
lac he him þæs lean for-geald * reþe compa      1585
tu|ˤæs. þe|he on|ræste ge-seah guˤ-werigne
grendel licgan aldor-leas-ne swa him ær
gescod hild æt heorote hra wide sprong
20 syþˤan he æfter deaˤe drepe þrowade
* heoro-sweng heardne ond hine þa heafde      1590
be-cearf. Sona þæt gesawon snottre

¹ *sloh* AB; now *s* gone and the top of *l* covered ‖ part of the abbreviation
for *þæt* and the top of *h* in *hire* covered ‖ *e wiˤ h* torn ‖ the tops of *d* in *heard*
and of *b* in *ban* covered.
² the top of *h* in *hringas* covered. ³ a great part of *h* in *homan* covered.
⁴ part of *t* in *tig* covered. ⁵ part of *s* in *scineˤ* covered.
⁷ *wlat* AB; now the lower part of *w* gone, and *l* torn.
⁸ *de* AB; now gone ‖ part of *h* in *heard* covered.
⁹ ˥ (*and* B) *anræd* AB; now the abbreviation for *þæt* and the first part
of *a* gone, the rest of *a* and the lower part of *n* covered ‖ *næs* (altered from
*nes* in the same hand) follows closely the preceding word, but a stop was
afterwards inserted in order to separate it (cf. note to fol. 135ᵛ l. 20).
¹⁰ the upper part of the first stroke of *h* in *hraþe* covered.
¹¹ *fela* AB; now *fe* almost entirely faded.
¹² *oftor* AB; now part of *of* gone.
¹³ *hrod* A, *Hrod* B; now *h* gone, and part of *r* covered.
¹⁴ *fote* AB; now part of *f* gone, and almost all that is left of it as well as
part of *o* covered. ¹⁶ part of *la* in *lac* covered.
¹⁸ only a little of *g* in *grendel* covered ‖ a cross after *aldor-leas-ne* over the
line, and another in the right margin: it seems to me possible that thus
this passage was marked by a reader who thought that it might throw some
light on *aldor . . ase* in l. 14 of fol. 129ʳ.
¹⁹ a small part of *g* in *gescod* covered.
²⁰ *s* in *syþˤan* torn. ²² the top of *be* in *be-cearf* covered.

p. 73 = fol. 165ᵛ = ll. 1591—1616.

ceorlas þaðe mid hroð-gare on holm wliton

þæt wæs yð-ge-blond eal ge-menged brim blode

fah blonden-feaxe \* gomele ymb godne      1595

on-geador spræcon þæt hig þæs æðelinges

5   eft ne wendon þæt he sige-hreðig secean

come mærne þeoden þa ðæs monige ge-

wearð þæt hine seo brim-wylf abreoten hæf-

de. \* ða com non dæges næs of-geafon hwate      1600

scyldingas ge-wat him ham þonon gold-wine

10   gume-na gistas secan modes seoce *ond* on

mere staredon wiston *ond* ne wendon þæt hie

heora wine-drihten \* selfne ge-sawon þa þæt      1605

sweord ongan æfter heaþo-swate hilde-

gicelum wig-bil wanian þæt wæs wundra

15   sum. þæt hit eal gemealt ise ge-licost ðonne

forstes bend fæder on-læteð \* onwindeð wæl-      1610

rapas se|ge-weald hafað sæla *ond*|mæla þæt

is soð metod. ne nom he in þæm wicum weder-

geata leod maðm-æhta ma þeh he þær

20   monige ge-seah buton þone hafelan

*ond* þa hilt somod \* since fage sweord ær ge-      1615

mealt for-barn broden mæl wæs þæt blod

---

¹ *holm* AB; now the last stroke of *m* gone ǁ *wliton* AB; now gone.

² *m* in *brim* torn ǁ *blode* AB; now the top of *b*, a great part of *l*, and the whole of *ode* gone (cf. FS.).

⁷ *hæf* AB; now *f* almost entirely gone.

⁸ *hwate* AB; now *te* and the second half of *a* gone.

⁹ *wine* AB; now gone.

¹⁰ *on* AB; now *n* gone.

¹¹ þ A, þæt B; now the right half of the horizontal stroke in the abbreviation for þæt gone.

¹⁶ *wæl* AB; now *l* gone.

þþæʃ ... ea blonð...

ʃah ·blonden feax...

on ʒeaðon ʃppæʃon ... þæʃ æðe...

eft ne penðon þ he ʃiʒe hɼeðiʒ ʃ...

come mæɼɪne þeoðen þaðæʃ moni...

peɼɪɼ þ hine ʃeo bɼum pylf abɼeð...

ðe · ðacom non ðæʒeʃ næʃ of ʒeɼ...

ʃcylðinʒaʃ ʒepat hun ham þonon

ʒume na ʒiʃtaʃ ʃecan moðeʃ ʃe...

meɼe ʃtapeðon piʃton ʒne penðon þ...

heoɼa pine ðɼihten ʃelpne ʒeʃapo...

ʃpeopið onʒan æfteɼ heaþo ʃpate...

ʒicelum piʒ bil panian þæt pæʃ...

ʃum· þ hɪt eal ʒemealt iʃe ʒe...

foɼʃteʃ benð fæðeɼ on læceð...

papaʃ ʃeʒe pealð hafað ʃæla þɼiæ...

iʃ ʃoð metoð· ne nom he in þæm pɪcɪ...

ʒeaca· leoð inaðm iehzi ɪɪɪɪ þel...

moniʒe ʒe ʃeah buɼon þone haɼ...

ʒþa hilt comoð ʃ ince faʒe ʃpeopð...

mealt foɼ baɼɪn bɼoðen ...

...ro mod ge blonden
...earm... þ se elþan
... þþas læran ge sceaft
...de. ðid manna helm æt
...nan sædace ge feoh ...gen
...þam þelie him m... hæfde
...þato geanes. ge... þancodon
...þegna ... ... ge fegon
...hi hyne ge sunde ge ...
...win hpopan helm ⁊ byrn...
...þer alysed ...zu ðwisade þawa
...þan posc nirin þæl ðpeope faz fendon
...þarote peba ... cum feah þ inn
...þægne pold pes ... on cuþe square
...cynnig balde men from þæm holm
...lipe hapstan bano... ...lice heopa
...þpū pela mo... ...scoldon
...þ ...enge ...cum ge fewan ...
...gold fela spe...les henpod op dæt

p. 74 = fol. 165ᵛ = ll. 1616—1640.

to þæs hat ættren ellor-gæst se þær

inne swealt.   Sona wæs on sunde seþe

ær æt sæcce ge-bad wig-hryre wraðra

wæter up þurh-deaf * wæron yð-ge-bland               1620

5  eal ge-fælsod eacne eardas þa|se ellor-

gast oflet lif-dagas *ond* þas lænan ge-sceaft.

Com þa|to lande lid-manna helm swið-

mod swymman sæ-lace gefeah * mægen-              1625

byrþenne þara þe he him mid hæfde.

10  Eodon him þa|to-geanes gode þancodon

ðryð-lic þegna heap þeodnes ge-fegon

þæs þe hi hyne ge-sund-ne geseon moston.

ða wæs of þæm hroran helm *ond* byrne

* lungre alysed lagu drusade wæter                    1630

15  under wolcnum wæl-dreore fag. ferdon

forð þonon feþe-lastum ferhþum

frægne fold-weg mæton cuþe stræte

cyning-balde men * from þæm holm-              1635

clife hafelan bæron earfoð-lice heora

20  æg-hwæþrum fela modigra feower scoldon

on þæm wæl-stenge weorcum geferian to

þæm gold-sele grendles heafod * oþðæt                1640

---

¹ *to þæs* AB; now only *s* legible (there may be another letter covered, but, at any rate, it cannot be made out) || a small part of *a* and the greater part of *t* in *hat* covered || the top of *æ* in *ættren* covered || *ellor* altered from *ellen* in the same hand || *þær* AB; now part of *r* gone, as it seems (I cannot make out how much of it is only covered).

² *inne* AB; now only *e* left.

³ *ær* AB; now part of *œ* gone, and nearly all that is left of it as well as part of *r* covered || *sæce*: the correction in the same hand.

⁶ *gast* AB; now *g* no longer entire, and part of it as well as of *a* covered.

⁷ only very little of *C* covered.       ⁸ the first stroke of *m* in *mod* covered.

⁹ *byrþenne* AB; now *by* gone.

¹⁰ *Eodon* AB; now *E* gone, and a very small part of the first *o* covered.

¹¹ *ðryð* A, *ðryd* altered from *dryd* with a different ink B; now only the right half of the cross stroke of the first *ð* gone, but the upper part of this *ð* entirely covered.

p. 75 = fol. 166ʳ = ll. 1640—1662.

semninga to|sele comon frome fyrd-

hwate feowertyne geata gongan gum-

dryhten mid modig on ge-monge meodo-

wongas træd.  ᵭa|com in gan ealdor

5  ᵭegna * dæd-cene mon dome ge-wurþad                          1645

hæle hilde-deor hroᵭ-gar gretan. þa

wæs be|feaxe on flet boren grend-les

heafod þær guman druncon eges-lic for

eorlum *ond*|þære idese mid * wlite-seon wræt-             1650

10  lic weras onsawon.


### .XXIIII

**B**EO-wulf maþelode bearn ecg-þeowes

hwæt we þe þas sǽlac sunu healfdenæs

leod scyldinga lustu*m* brohton tires

15  to tacne þe þu her to|locast. * ic *þæt* un-               1655

softe ealdre ge-digde wigge under

wætere weorc geneþde earfoᵭ-lice

æt rihte wæs guᵭ ge-twæfed nymᵭe

mec god scylde.   Ne|meahte ic æt|hil-

20  de mid hruntinge * wiht ge-wyrcan                           1660

þeah *þæt* wæpen duge.  ac me ge-uᵭe

ylda waldend *þæt* ic on|wage geseah wlitig

---

² *gum* AB; now the last stroke of *m* gone, and also of the preceding one only very little left.
³ *meodo* AB; now the last *o* all but entirely gone, and *d* torn.
⁵ *wurþad* AB; now *ad* gone.  ⁶ *þa* AB; now the greater part of *a* g ne.
⁸ *for* AB; now *or* gone.
⁹ *wræt* AB; now *æt* and an inconsiderable part of *r* gone.
¹¹ IIII altered from V ?      ¹² *þeowes* AB; now *s* gone.
¹³ the accent on *sæ* not quite certain ‖ *-denes* AB; now the top of the last *e* and the whole of *s* except its lowest part gone.

hpæt[...]

dpyht[...]

pongaſ

deʒna

hæle[...]

þæſ beſeax[...]

he[...] þonʒuma[...]

eoplum [...]

lic peʒaſ [...]

Beo[...]

hpæ ʒe þe þæſ

leodſcyldinʒa [...]

to tacne [...]

ſoþte [...]

pæʒne peope[...]

æt puhte p[...]

mec ʒod ſæʒ[...]

de inid [...]

þeah þ paþan[...]

ylda palda[...]

.

p. 76 = fol. 166ʳ = ll. 1662—1685.

hangian eald sweord eacen oftost wisode

winigea leasum þæt ic ðy wæpne gebræd.

\* ofsloh ða æt þære sæcce þa me sæl         1665

ageald huses hyrdas þa þæt hilde-bil for-

5 barn brogden mæl. swa þæt blod ge-sprang

hatost heaþo-swata ic þæt hilt þanan feon-

dum æt-ferede fyren-dæda wræc \* deað-         1670

cwealm denigea swa hit ge-defe wæs. ic

hit þe þonne ge-hate þæt þu on heorote most

10 sorh-leas swefan mid þinra secga ge-dryht

*ond* þegna ge-hwylc þinra leoda duguðe *ond*|io

goþe þæt þu him on-drædan ne|þearft \* þeo-         1675

den scyldinga on þa healfe aldor-bealu

eorlum swa þu ær dydest. ða wæs gylden

15 hilt gamelum rince harum hild-fru-

man on hand gyfen er.ta ær-ge-weorc

hit on æht ge-hwearf \* æfter deofla hry-         1680

re denigea frean wundor-smiþa ge-

weorc *ond* þa þas worold of-geaf grom-

20 heort guma godes *and*saca morðres scyl-

dig *ond*|his modor eac on|ge-weald ge-hwe-

arf worold-cyninga \* ðæm selestan be         1685

---

¹ *hangian* A, *hantgian* B; now *ha* gone, and the greater part of the first *n* covered ‖ the top of *d* in *wisode* covered.

² *winigea* B, *wingea* A; now *wi* gone, and *n* covered.

³ *ofsloh* AB; now *of* gone, and part of *s* covered.

⁴ *ageald* AB; now the first *a* gone, and part of *g* covered.

⁵ *barn* AB; now *ba* gone, and part of *r* covered.

⁶ *hatost* AB; now *ha* gone, and part of the first *t* covered ‖ *he*þo:* correction in the same hand.

⁷ *dum* AB; now the lower part of *d* gone, and the upper part of it entirely covered.

⁸ *cwealm* AB; now *c* and the lower part of *w* gone, and nearly all that is left of *w* covered.

⁹ *hit* AB; now *hi* gone, and the greater part of *t* covered.

¹⁰ *sorh* AB; now *so* gone.

¹¹ ꝺ A, *and* B; now only the lower part of the abbreviation for *ond* left, and that covered ‖ the greater part of þ in þegna covered.

¹² part of *g* in *goþe* covered.         ¹³ only very little of *d* in *den* covered.

¹⁴ very little of *h* in *hilt* covered.

¹⁶ the first stroke of *m* in *man* covered.       ¹⁷ very little of *h* in *hit* covered

p. 77 = fol. 167ʳ = ll. 1685—1708.

sæm tweonum ðara þe on scedenigge sceat-
tas dælde. hroð-gar maðelode hylt
sceawode ealde lafe on|ðæm wæs or wri-
ten fyrn-ge-winnes. syð-þan flod of-sloh

5  *gifen geotende giganta cyn frec-ne ge-                1690
ferdon *þæt* wæs frem-de þeod ecean dryhtne
him þæs ende-lean þurh wæteres wylm
waldend sealde.  Swa wæs on|ðæm scennum
sciran goldes *þurh run-stafas rihte ge-              1695

10  mearcod geseted *ond*|gesæd hwam *þæt* sweord
ge-worht irena cyst ærest wære wreo-
þen-hilt *ond*|wyrm·fah ða|se wisa spræc su-
nu healf-denes swigedon ealle. *þæt la             1700
mæg secgan seþe soð *ond*|riht fremeð

15  on folce feor eal ge-mon eald. eðel.-weard
*þæt*|ðes eorl wære geboren betera blæd is
aræred geond wid-wegas wine min beowulf
*ðin ofer þeoda ge-hwylce eal þu hit ge-         1705
þyldum healdest mægen mid|modes snyt-

20  trum ic þe sceal mine gelæstan freoðe
swa wit furðum spræcon ðu scealt to fro-
fre weorþan eal|lang-twidig leodum þinum

¹ the first *g* in *scedenigge* altered from *n* ; the second *g* and the following
*e* torn ‖ *sceat* AB ; now gone.
³ *wri* AB ; now gone.       ⁴ *sloh* AB ; now *loh* and the top of *s* gone.
⁵ the top of the second *e* in *frec-ne* indistinct ‖ *ge* AB ; now gone.
⁶ *dryhtne* AB ; now *tne* and a small part of *h* gone.
⁸ *scennum* A, *scennum* B ; now only *scen* and the very beginning of the
second *n* left.
⁹ *ge* AB ; now gone.       ¹⁰ *sweord* AB ; now *rd* gone.
¹¹ *wreo* AB ; now only *w* and the lower part of the first stroke of *r* left.
¹² *su* AB ; now the top of *s* gone, and of *u* only a very small part of the
first stroke left.
¹⁵ *weard* AB ; now *d* and the second part of *r* gone.
¹⁶ *is* AB ; now the lower part of *i* and the whole of *s* gone.
¹⁷ *beowolr* A, *Beovulf* B ; now *ulf* and the upper half of *w* gone.
²⁰ I think the MS. has *freoðe*, not *freode* ; although the left half of the
cross stroke in ð has entirely faded, yet the place where it was is discernible,
and the right half of it is left.
²² *fre*] the *f* afterwards added in another hand ‖ *d* erased between *r* and þ
in *weorþan*?

... scēademg̃...
tāl ... maðelode hi...
sceap ... līare. ondrān p...
tēn fyrm ... syð þan flod of...
gifen ... þe giganta cyn frēcn...
fendon þæs fyrem de þeod eacan dr...
hun þæs ende lean þurh pateres pyl...
paldend fealde. Spa pæs ondæm scen...
scīran ... des þurh þun stafas pihte...
meaþcor gefeted 7gefed hram þapr...
ge popluð ipena cyst æplest pæpe...
þen hilt 7þynum fah dare pisa sppd...
nu healf denes spiga don eallē ...flo...
māg fēagan febe fod 7þu hit ... fpæmes...
æþolce fēopu eal gemē... eald ...
þdes eopl pæpe gebopan ... ærpa ...
aþæþed gēoð pið pæas pīne min...
din ofer þeoda gehpylce eal þu hi...
pyldum ... healdeð mægen ... no ...
7þum ic þe sceal ... me gelæst...
spa þīt fupī dum sppcon ðu sceal...
fre þeopī þin ... ... þ cypidig leo...

... to helpe ne peaƿð hƿie mod
ſelƿoƿum æg ƿelan aƿ ſcyldanƿum·
ſeƿx he him topillan ac to pæl ſeal
ſtodeað cƿalum deniƿa leoðu bƿeat
en mod beoð ƿe neiitaſ eaƿl ƿe
ullaƿ oþ þ he ana hƿeaƿiƿ mæƿi e þeo
n· mon dƿeamu fƿom ðeah þe hine
hæiƿ ƿod mæƿeneſ ƿynnu eaƿeþum
ƿte oƿeƿ ealle men ƿauð ƿe fƿiene
hƿeþeƿe him on ƿeþþe ƿƿeoƿ bƿioſt
ƿið blod ƿeoƿ nallaſ beaƿaſ ƿeaƿ de
um eƿteƿ dome dƿeam leaſ ƿe bað þ
eþeſ ƿe ƿinneſ ƿeoƿc hƿo ƿaðe leod her
ƿ longſum· ðuþe læƿ beþon ƿu cyſte
on ƿiz· ic þiſ ƿið beþe· aƿƿæ ƿinꞇƿum
eƿod ƿundoƿ iſ to ſeƿƿanne humihꞇiƿ
ƿod manna cynne· þuƿh ſidne ſeƿan
ſnyꞇꞇiu bƿyꞇ tað eaƿð ⁊ eoƿl ſcipe he
ſih ealƿa ƿe ƿeald· hƿilu he on luƿan læ
ꞇeð· hƿoƿƿan monneſ mod ƿe þonc mæ
ƿan cynneſ· ſeleð him on eþle eoƿþan
ƿynne ꞇo heal danne hleo buƿh ƿeƿa

p. 78 = fol. 167ᵛ = ll. 1709—1731.

hæleðum to helpe ne wearð here-mod
swa * caforum ecg-welan ar-scyldingum.                    1710
Ne geweox he him to willan ac to wæl-feal-
le *ond* to deað-cwalum deniga leodum breat
5  bolgen-mod beod-ge-neatas eaxl-ge-
stcallan oþ *þæt* he ana hwearf * mære þeo-            1715
den. mon-dreamum from ðeah þe hine
mihtig god mægenes wynnum eafeþum
stepte ofer ealle men forð gefreme-
10  de hwæþere him on ferhþe greow breost-
hord blod-reow nallas beagas geaf. * de-             1720
num æfter dome dream-leas ge-bâd *þæt*
he þæs ge-winnes weorc þro-wade leod-bea-
lo longsum ðu þe lær be þon gum-cyste
15  on-git. ic þis gid be þe awræc wintrum
frod wundor is to secganne * hu mihtig            1725
god manna cynne þurh sidne sefan
snyttru bryttað eard *ond* eorl-scipe he
ah ealra ge-weald. hwilum he on lufan læ-
20  teð hworfan monnes mod-ge-þonc mæ-
ran cynnes. * Seleð him on eþle eorþan           1730
wynne to healdanne hleo-burh wera

---

¹ *hæleðum* (ð altered from *d* with another ink) B, *hæledum* A; now only
ðum left (ð is torn asunder and in part covered).

² *swa* AB; now nothing left but a small trace of *a*.

³ *Ne* (*ne* B) *geweox* AB; now *Ne* and part of *g* gone, and part of what
is left of *g* covered; the first *e* in *geweox* written over the line in the same
hand.

⁴ *le* ⁊ (*And* B) AB; now *le* and the upper part of the abbreviation for
*ond* gone.

⁵ *bolgen* AB; now *bo* and the upper part of *l* gone, and what is left of *l*
and part of *g* covered ‖ some letter (*a* ?) erased between *ge* and *neatas*.

⁶ *steallan* AB; now *ste* gone, and part of the first *a* covered.

⁷ *den* AB; now *d* gone, and *e* covered (but I cannot say positively that *e* is
entire).

⁸ *mihtig* AB; now *mi* gone.

⁹ *stepte* AB; now *ste* gone, and part of *p* covered ‖ *forð* distinct in the
MS. notwithstanding a modern ink blot.

¹⁰ *de* AB; now *d* gone, and of *e* only part of the horizontal stroke left ‖
*fer,ᵇþe :* the correction in a different hand ‖ *brʲost :* the correction in the same
hand.

¹¹ *hord* AB; now *h* gone, and *o* covered.

¹² *num* AB; I cannot ascertain under the paper whether only the second
stroke of *n* or the whole of it is preserved before *um*.

¹³ part of *h* in *he* covered.        ¹⁴ *lo* AB; now *l* gone.

¹⁶ part of *f* in *frod* covered.      ¹⁷ part of *g* in *god* covered.

²² the top of *w* in *wynne* covered (the paper is removable here).

p. 79 = 168ʳ = ll. 1732—1752.

ge-deð him swa ge-wealdene worolde dæ-
las side rice *þæt* he his selfa ne mæg.
his unsnyttrum ende ge-þencean. *wunað
he on wiste no hine wiht dweleð adl
ne yldo ne him inwit-sorh on|sefa[n]
sweorceð ne|ge-sacu ohwær ecg-hete
eoweð ac him eal worold wendeð on wil-
lan he þæt wyrse ne con.

## .XXV.

*Oð *þæt* him on in-nan ofer-hygda dæl weaxeð
*ond* wridað þon*ne* se weard swefeð sawele hyrde
bið se slæp to|fæst bis-gum gebunden
bona swiðe neah seþe of flan-bogan
fyrenum sceoteð *þon*ne* bið on hreþre
under helm drepen biteran stræle
him be-beorgan ne con wom wun-dor-
be-bodum wergan gastes þinceð him
to|lytel *þæt* he lange heold gyt-
sað grom-hydig nallas on gylp
seleð *fædde beagas *ond*|he þa forð-
gesceaft for-gyteð *ond*|for-gymeð
þæs þe him ær god sealde wuldres

1 *worolde dæ* AB; now *dæ* and the upper part of the preceding *e* gone.
2 *mæg* AB; now *æg* gone.
3 *.*[un]*snyttrum:* the correction in the same hand || *wunað* (ð altered from *d* with a different ink) B, *wunad* A; now only *w* and a very small part of *u* left.
4 *adl* AB; now *l* gone.
5 *sefad* (*d* altered to ð with a different ink B) AB; now only *sefa* left.
6 the *e* in *ecg* is not quite clear || *hete* AB; now only *h* and the greatest part of the following *e* left.
7 *wil* AB; now *il* gone.
9 *V* after *XX* illegible in consequence of a modern blot.
10 *weaxeð* Gt, *weaxed* AB, *weax*[*eð*] K; now only *wea* left.
11 *hyrde* AB; now only *h* and part of *y* left.
12 *gebunden* AB; now the last stroke of the last *n* gone.
18 *to* imperfectly erased between *he* and *lange*.

ge bæs... ... ... ...

las side price þ he his self ne ...
his ... ... ende ge þencan þ
he on riste no hine pihc ... ...
ne ylda ne him in pic soðli onsce
speop ... nege sacu ohþæm ccs ...
coþeð ac him eal populd penðeð ...
lan he þæt pyrse ne con.

O ð þ him on inna an oferhygda dæl pei
... þon se peard speþeð ... ...
bið se slæp to fæst bisgum gebund ...
bona swiðe neah sehe of flan boga ...
fyrenum sceoteð þon bið on hreþre ...
under helm dreper biteran stræle
him be beorgan ne con þom ... ...
he bodum bitran gæstes þinceð him
to lytel þ he to lange held gyt
ræð grom hydig nallas on gylp
seleð fædde beagas þ he þa ... ...
gesceaft for gyteð ond for gymeð
þæs þe him ær god sealde, ...

hwæt þæt ge limpeð þyslic homra
se dweoseð þæge gefeallað weðþeri
iþe unmurnlice mad mas dæleþ
þ ... ge scleon egesan ne gynieð
eophþe done bealo nið beowulf leopi
... berstað þ heþ selfe geceos æc weðas
... hreða ne ... mæþe cempa nu is þineg
... ges bleð ane hwile æt soma bið þ
... oððe æg eawoþer ge þræþeð oððe
... feng oððe flodes wylm ... oððe gripe
... oððe gæþeþ flihð oððe atol yldo
... eagena beorhtm forsiteð 7 for speri
... semnunga bið þðæ dryht gum dead
... sweþeð spanc hþung dena hund mæsse
... peold under pole num 7 hiz piz ge be
... mæðgū mæþa geond þyrne mid
... geayid ... 7 egum frie me anig
... under þes leg bezongge sacan ne
... hwæt me þæs en ehle eð pendan
... gyri æfter gumene reoþ dan gwerc
... eald ge pinna ingenga nun ...

p. 80 = fol. 168ᵛ = ll. 1752-1776.

```
    waldend weorð-mynda dæl. hit on ende-
    stæf eft ge-limpeð þæt se lic-homa
    læne ge-dreoseð *fæge ge-fealleð fehð oþer          1755
    to seþe un-murn-lice mad-mas dæleþ
  5 eorles ær-ge-streon egesan ne gymeð.
    be-beorh þe ðone bealo-nið beowulf leofa
    secg betsta ond þe þæt selre geceos *ece rædas      1760
    ofer-hyda ne gym mære cempa nu is þines
    mægnes blæd ane hwile eft sona bið þæt
 10 þec adl oððe ecg eafoþes ge-twæfeð oððe
    fyres feng oððe flodes wylm *oððe gripe            1765
    meces oððe gares fliht oððe atol yldo
    oððe eagena bearhtm forsiteð ond|for-swor-
    ceð semninga bið. þæt ðec dryht-guma deað
 15 ofer-swyðeð swa ic hring-dena hund misse-
    ra *weold under wolcuum ond hig wig-ge be-         1770
    leac manigum mægþa geond þysne mid-
    dan-geard. æscum ond ecgum þæt ic me ænig-
    ne under swegles begong|ge-sacan ne
 20 tealde. hwæt me þæs on|eþle ed-wendan
    cwom *gyrn æfter gomene seopðan gren-              1775
    del wearð eald ge-winna ingenga min.
```

¹ *waldend* AB; now *wald* gone, and the greatest part of *e* covered ‖ the top of *d* in *ende* covered.

² *stæf* cannot well have originally stood at the beginning of this line, but there is nothing wanting, nor is there anything in AB, between *ende* and *stæf*; perhaps a word (*ende??*) erased before *stæf?*

³ *læne* B, *lane* A; now gone ‖ *fehð*: correction in another hand.

⁴ *to* AB; now gone.　⁵ *eorles* AB; now *eor* gone.

⁶ *be beorh* AB; now the first *be* and the top of the following *b* gone, and part of what is left of that *b* covered.

⁷ *secg* AB; now *s* gone, and *e* and a very small part of *c* covered.

⁸ *ofer* AB; now *of* gone, and part of *er* covered.

⁹ *mægnes* AB; now *m* and part of *æ* gone, and the rest of *æ* and part of *g* covered.　¹⁰ *þec* AB; now *þe* and part of *c* gone, and the rest of *c* covered.

¹¹ *fyres* AB; now *fy* gone.

¹² *meces* AB; now the first stroke of *m* gone, and the second entirely, the third all but entirely covered.

¹³ *oððe* AB; now *o* gone, and part of the first *ð* covered.

¹⁴ *ceð* A, *ced* B; now *o* gone, and almost the whole of *e* and the top of *ð* covered (I cannot, however, say positively that nothing of *e* is gone).

¹⁵ *ofer* AB; now *o* gone, and a very small part of *f* covered.

¹⁶ *ra* AB; now the greater part of *r* gone.　¹⁷ *leac* A (the whole line omitted in B); now *l* either gone or so covered as not to be made out.

¹⁸ *dan* (*d* altered to ð with another ink B) AB; the paper covering the margin here is so thick that there is no ascertaining whether *d*, part of which only is not covered, is still entire before *an*.

¹⁹ part of *n* in the first *ne* covered.

²¹ part of *c* in *cwom* covered ‖ *gyr*ⁿ: correction in the same hand.

BEOWULF.　　　　　　　　　　　　　　　　　　　G

p. 81 = fol. 169ʳ = ll. 1777—1802.

Ic þære socne singales wæg mod-ceare

micle þæs sig metode þanc ecean dryht-

ne þæs ðe ic on aldre ge-bad *þæt ic on þone          1780

hafelan heoro-dreorigne ofer eald ge-

5   win eagum starige. ga|nu to setle sym-

bel-wynne dreoh wigge weorþad unc sceal

worn fela maþ-ma ge-mænra siþðan mor-

gen bi&eth;. *geat wæs glæd-mod geong sona to          1785

setles neosan swa se snot-tra heht. þa wæs

10   eft swa ær ellen-rofum flet-sittendum

fægere ge-reorded niowan stefne niht-

helm ge-swearc *deorc ofer dryht-gumum          1790

dugu&eth; eal aras wolde blonden-feax bed-

des neosan gamela scylding geat unig-

15   metes wel. rofne rand-wigan restan lyste

sona him sele-þegn siðes wergum *feorran-          1795

cundum forð wisade se for andrysnum

ealle be-weotene þegnes þearfe swylce

þy dogore heaþo-liðende habban scoldon.

20   reste hine þa rum-heort reced hliuade

*geap *ond* gold-fah gæst inne swæf oþ þæt hrefn          1800

blaca heofones wynne bli&eth;-heort bodode

---

[1] *ceare* AB; now the last *e* gone.

[2] *dryht* AB; now only slight traces of *dr* left, *yht* entirely gone.

[3] *þone* AB; now *ne* and the top of *þ* gone.

[4] *eald ge* AB; now only *eal* left.    [5] *sym* AB; now gone.

[6] *sceal* AB; now gone.

[7] *mor* AB; now gone except the first stroke of *m*.

[8] *sona to* AB; now *to* and the second half of *a* gone.

[9] *þa wæs* AB; now only *þ* left.    [11] *niht* AB; now *ht* gone.

[12] *h* in *dryht* altered from some other letter ‖ *gumum* A, *gumum* B; now only *gu* and the first two strokes of the first *m* left.

[16] *lyste* AB; now *te* and the top of *s* gone.

[19] *e* in *dogore* added in another hand.

hæ... ...ne ofer eal

pu... ...a...ge ...anu to setle;

bel þonne dreoh þizze þeorþad und

þorn relu mahþma ze mænþa siþdan;

zen þud · zeit þæf zled mod zeong; sa

setlef neosan spa se fnot þia hehz · þ

ef· spa æt ellen þoþum þlæt fitten du; ·

þezene ze þeoþded mopan ftefne ·v·

helm ze fpenfte deoþe oþei dþyhz zu

dizud eal aþaf þolde blonden þeax lud

def neosan zamela fcyl dinz zeit umz

meter þel · þofne þand þizan þeftan l·

foþa him cele þezn fidef þeizu þeoþþau

cundum forþd þifa de fefoþ andþyfnum

ealle be þeotene þezner þeaþþe fþylce

þy dozoþe heaþo lidende þabban fcoldon

þefte hine þi num þ... þe þeted blæ...

zeþ ...zold ...h zæ unze fu... ...

blaoa heo...

...oþeſ. nenſum...eht þa ſe heap

...hen in ſuñu æglæceſ...eht

...man leoflic iþen ſægdē him

...þanc cpæð he þone guð pine

...deż piż cpæftiżne naleſ

...wæceſ æże þ pæſ modiż ſecż

...ſeappu ż eappe piżend pæþon.

...denum æþeling ...to yppan

...pæſ helle hilde deop hþoð ·

...e...

    ·xxvii·

...þin æż þeðþeſ nu

...an pyllað peaþþıu cu

...læ...an pæþon

...peladı...

p. 82 = fol. 169ᵛ = ll. 1802—1826.

    ða com beorht scacan scaþan onetton
    wæron æþclingas eft to leodum *fuse to           1805
    farene ne|wolde feor þanon cuma col-
    len-ferhð ceoles neosan.   Heht þa se hear-
5  da hrunting beran sunu ecglafes heht
    his sweord niman leoflic iren sægde him
    þæs leanes þanc *cwæð he þone guð-wine      1810
    godne tealde. wig-cræftigne nales
    wordum log raeces ecge þæt wæs modig secg
10  ond þa sið-frome searwum gearwe wigend wæron,
    Eode weorð denum *æþeling to yppan         1815
    þær se oþer wæs helle hilde-deor hroð-
    gar grette.

## XXVI.

15  Beowulf maþelode bearn ecg-þeowes nu
      we sæliðend secgan wyllað feorran cu-
    mene þæt we fundiaþ *hige-lac secan wæron    1820
    her tela willum be-wenede þu|us wel dohtest.
    Gif ic þonne on eorþan owihte mæg þin-
20  re mod-lufan maran tilian. gumena
    dryhten ðonne ic gyt dyde *guð-ge-         1825
    weorca ic beo gearo sona. gif ic þæt ge-

---

¹ ða com (a and c on an erasure) B, a blank A; now nothing left but indistinct traces of m ‖ the top of b in beorht covered.

² wæron (on an original blank with another ink A) AB; now only n left, and even that is imperfect.

³ farene B, arene A; now far gone.

⁴ len ferhd B, en ferhð A; now len and the greater part of f gone, and what is left of f covered.

⁵ da hrunting AB; now da h gone, and the first part of r covered.

⁶ his sweord AB; now only weord and the top of the second s left, the latter entirely covered.

⁷ þæs AB; now þæ gone, and s all but entirely covered.

⁸ godne AB; now go gone, and d covered.

⁹ wordum AB; now wor and part of d gone, the rest of d covered.

¹⁰ Ᵹ (and B) þa AB; now only a left, and even part of that covered.

¹¹ Eode A, eode B; now E and the first half of o gone, and the second half of o covered ‖ after æþeling two or three letters erased.

¹² þær AB; now þæ gone, and a very small part of r covered.

¹³ gar AB; now g gone, and part of a covered (it is not certain that a is entire).

¹⁴ originally XXVII, but the last I erased.

¹⁵ Beowulf AB; now Be gone, and part of o covered (I cannot ascertain whether o is entire).

¹⁶ we AB; now w gone, and the greater part of e covered.

¹⁷ the first stroke of m in mene covered.

¹⁸ part of h in her covered ‖ wenede altered from werede.

¹⁹ part of G covered.

p. 83 = fol. 170ʳ = ll. 1826—1850.

fricge ofer floda begang þæt þec ymb-
sittend egesan þywað swa þec hetende
hwilum dydon. Ic ðe þusenda þegna brin-
ge * hæleþa to helpe ic|on hige-lace     1830

5 wat geata dryhten þeah ðe he geong
sy folces hyrde þæt he mec fremman
wile weordum ond|worcum þæt ic þe wel herige
ond þe to geoce gar-holt bere * mægenes    1835
fultum þær ðe bið manna þearf gif

10 him þonne hreþrinc to hofum geata
geþinged þeodnes bearn he mæg þær fe-
la. freonda findan feor-cyþðe beoð
selran gesohte þæm þe him selfa deah.
* Hroð-gar maþelode him on *and*sware þe    1840

15 þa word-cwydas wigtig drihten on sefan
sende ne hyrde ic snotor-licor on swa
geongum feore guman þingian þu eart
mægenes strang ond|on mode frod * wis word-   1845
cwida wen ic talige gif þæt ge-gangeð þæt

20 ðe|gar nymeð hild heoru-grim-me hreþ-
les eaferan adl oþðe iren ealdor ðinne
folces hyrde ond þu þin feorh hafast. * þæt þe   1850

---

[1] *ymb* MS., not *ymbe :* what Kölbing and Wülcker have taken for an *e* or the remnant of an *e*, is part of *æ* in the beginning of the first line of the back page.

[2] *hetende* AB ; now *nde* gone.

[3] *brin* (*in* added with another ink on an erasure A) AB ; now *in* gone.

[4] *lace* torn, but certain.

[5] *wat* altered from *wac* with another ink.

[7] *herige* AB ; now *ge* gone.

[9] *gif* AB ; now only *g* left.

[11] *fe* AB ; now *e* not quite distinct.

[13] *deah.* A, *deah* B ; now the second stroke of *h* and the stop gone.

[19] the abbreviation for *þæt* altered from *w* in the same hand.

þincge ð-ri flóda begang · þ· siı
siı teıð egesan · hyþað spa h--
hi·lum dydon · ıc ðe þusenda þegn-
ge hæleþa to helpe ıcon lıge---
pað geaıca dryhten þeah ðe he geo-
sy folces hyıðe þ he mec þıeıı mıð
pıle peoıðum ⁊poıcum þ ıc þe pel hea-
⁊þeıo geoce gaı holz beþe mageneı
pulzum þaı ðe bıð man na þeaıſ
hım þonne hıeþþınc to boſum genz---
gebınged þeodneſ beaın he mæg þaı
hıld fıeonda fından feoı cyþðe beaı
ſelʃan geſohze þæm þe hım ſelʃa ðæl
hıoð gaı maþelode hım on ⁊ſʃaıe þe
þa poıð·cyþdaſ pıgzıg dıuhzen onſeʃaı
sende ne hyıðe ıc ſnozoı lıcoı on ſʃa
geongum feoıe gum aıuþıngıan hu eaı
⁊mageneſ ſzıaızg ⁊on mode fıod pıſ poı
cpıda þenıc zalıge gıf þze ganged þæz
ðe gaı nymeð hıld heoıu gıım me hıeþ
leſ eızʃeıan aðl oþðe ııen ealdoı ðınne
folceſ hyıðe ⁊þuþın feoıh haſaſz þþe

. . . wlæpa
. . . healdan wyle. maga rice me þin
. . . licað leng spa pel leofa beo
. . . hafast þu ge fered þ þam folcum
al. geara leodum jgar denum sib
. . . menum. jsacu pestan. inpit nipas
he æi drugon pesun þenden ic peal
pidan juces mahmas ge mæne mia
ofgine godum ge piettan ofeh
. . . dæ. bið sceal. hjung naca ofeh
. . . þu bjungan lac jlup tacen icþa
. . . de pat geptð reond geptð freond
. . . ge pophte æþpæs untæle eni
. . . dazit him copla bleo inne
. . . de mago healp de ned mahmis
. . . he . . . midþam lacum lende
. . . facean onge synnum sinde git
binnan ge cynte þu cyning æþelum god
þeoden scyldinga dezn bettan jh healfe
. . . nam hpihon him tedpas blonden
. . . him pat betta pen ealdum in

p. 84 = fol. 170ᵛ = ll. 1850—1874.

sǽ-geatas selran næbben to|ge-ceosen-
ne cyning ænigne hord-weard hæleþa
gyf þu healdan wylt maga rice me þin
mod-sefa licaʊ leng swa wel leofa beo-
5  wulf * hafast þu|ge-fered þæt þam folcum         1855
sceal geata leodum *ond*|gar-denum sib
ge-mænum *ond* sacu restan inwit-níþas
þe hie ær drugon wesan þenden ic weal-
de widan rices * maþmas ge-mæne ma-         1860
10  nig oþerne godum gegrettan ofer
ganotes bæʊ sceal hring-naca ofer
hea-þu bringan lâc *ond*|luf-tacen ic þa
leode wât ge|wiʊ feond ge|wiʊ freond
fæste ge-worhte * æg-hwæs un-tæle eal-         1865
15  de wisan.ʊa|git him eorla hleo inne
ge-sealde mago healfdenes maþmas
.xii. het inne mid þæm lacum leode
swæse secean on|ge-syntum snude eft
cuman * ge-cyste þa cyning æþelum gôd         1870
20  þeoden scyldinga ʊegn betstan *ond* be healse
genam hruron him tearas blonden-
feaxum him wæs bega wen ealdum in-

¹ *sǽ* A, *sæ* B ; now *s* and the accent gone, and the greater part of *æ* covered ‖ only very little of *g* in *geatas* covered.
    ² *ne* AB ; now gone.
³ *gyf* A, *gif* B ; now only *f* and a very small part of the preceding letter left, but enough to decide that it was *y*, not *i* (Kölbing and Wülcker seem to have mistaken part of the *r* in the front page, which shows through, for *i*).
⁴ *mod* B, *nod* A ; now *m* gone, and part of *od* covered.
⁵ *vulf* B, *þulf* A ; now *w* gone, and part of *u* covered.
⁶ *sceal* AB ; now *s* gone, and part of *c* covered.
⁷ *ge* AB ; now *g* gone, and part of *e* covered.
⁸ *þe* AB ; now gone.         ⁹ *de* AB ; now gone.
¹⁰ *nig* B, *mg* A ; now *n* and part of *i* gone.
¹¹ part of *g* in *ganotes* covered ‖ *l* after *sceal* erased.
¹² *hea þu* AB ; now *h* and a small part of *e* gone.
¹³ *leode* AB ; now *l* gone, and part of the first *e* covered ‖ *wât*] the accent indistinct.         ¹⁴ *f* in *fæste* covered.
¹⁵ *de* AB ; it may be still preserved, although there is no ascertaining whether *d*, which is covered, is entire.
²⁰ *b*: : corrected in the same hand.
²¹·²² the dark spots in the FS. are caused by the parchment here having been rubbed.

p. 85 = fol. 171ʳ = ll. 1874—1892.

frodum oþres swiðor * þæt he seoððan     1875
gescon moston modige on meþle wæs
him se man to þon leof þæt he þone breost-
wylm for-beran ne melite. ac him on
5 hreþro hyge-bendum fæst æfter deo-
rum men dyrne langað. * beorn wið blo-   1880
de him beowulf þanan guðrinc gold-
wlanc græs-moldan træd since hre-
mig|sið-genga bad agedfrean se þe
10 on ancre râd þa wæs on|gange gifu
hroð-gares * oft ge-æhted þæt wæs an   1885
cyning æg-hwæs orleahtre oþ þæt hine
yldo be-nam mægenes wynnum se
þe oft manegum scod.

15    .XXVII.

C WOM þa|to flode fela modigra
  hæg-stealdra hring-net bæron * lo-  1890
cene leoðo-syrcan land-weard on-
fand eft-sið eorla swa he ær dyde
20 no he mid hearme of hliðes nosan

---

¹ *seoððan* Gt K] *seodð* with a blank after it A, *seodda* B ; now *n* gone.
² *wæs* Gt K] *þæs* A, nothing B ; now nothing left but the lower part of the perpendicular stroke of *w*.
³ *breost* (with another ink and . . . . after it A) AB ; now only the upper part of the first stroke of *b* left.
⁴ *on* AB ; now gone.    ⁵ *deo* AB ; now *eo* gone.
⁶ *blo* AB ; now the upper part of *l* and the whole of *o* gone.
⁷ *gold* AB ; now the top of *l* gone.
⁸ *hre* AB ; now *re* and a very small part of *h*, too, gone.
⁹ *þe* AB ; now nothing left but the upper part of the perpendicular stroke of *þ*.
¹⁰ *gifu* AB ; now *fu* and a small part of *i* gone.
¹² *hine* AB ; now *e* gone.   ¹³ *se* AB ; now *e* indistinct.
¹⁵ originally *XXVIII*, but the last *I* erased.

... ... ... ... ... ...
ȝe ſeah ... con modiȝ on meþ...
him feman to þom leof þ he þone
ƿylm for bgian ne mehte · ach...
hreþre hyȝe bendum fæſt ...
rum men dyrne langað · be...
de him beoƿulf þanan ȝuð...
planc ȝræſ moldan træd ſince...
miȝſe ȝenȝa bad aȝeð frean ſe
on incre rad þa pæſ on ȝanȝe ...
hroð ȝareſ oft ȝe æhted þ pæſ ...
cyninȝ æſ hpæſ or leahtre oþ þ ...
yldo be nam mæȝeneſ pynnum ...
þe oft maneȝum ſcod ·

### XXVII·

Com þæto flode fela modiȝra
hæȝ ſteald ra hpinȝ ne baron to
cene leodo ſypean lind pæȝu ...
rand eſt ſið eorla ...
... ... ... ...

...lic cumena þo gefeað lean...

...wiðhabbe to scipe foron þa wæs

...unde se geap naca hladen here

...hringed stefna mearum ond mað...

...mas hlifade ofer hroð gapes

...gestreonum he þæm bat weardode

...golde swurd gesealde þ he syð

...þæs on meodu bence maþma þy we

...yrfe lafe gewat him on nacan

...fan deop wæter dena land ofgeaf.

...þær be mæste mere hrægla sum

...sale fæst sund wudu þunede

...oþer wæg flotan wind ofer ydum

...ge wæfde sæ genga forþ fleat

...heals fod ofer yðe bunden

...ofer brim streamas þ hie geata

...mealton cuþe nas...

...ge þrang lyft ge swen

...rod hreþe...

p. 86 = fol. 171ᵛ = ll. 1893—1914.

gæs[tas] grette ac him to-geanes rad
cwæð þæt wil-cuman we-dera leodum * sca-      1895
þan scír-hame to scipe foron. þa wæs
on sande sǽ-geap naca hladen here-
5 wædum hringed-stefna mearum *ond* mað-
mum mæst hlifade ofer hroð-gares
hord-ge-streonum * he þæm bat-wearde      1900
bunden golde swurd ge-sealde þæt he syð-
þan wæs on meodu-bence maþma þy weo-
10 rþre yrfe-lafe ge-wat him on nacan
drefan deop wæter dena land of-geaf.
* þa wæs be mæste mere-hrægla sum      1905
segl sale fæst sund-wudu þunede
no þær weg-flotan wind ofer yðum
15 siðes ge-twæfde sæ-genga forfleat
famig-heals forð ofer yðe * bunden-      1910
stefna ofer brim-streamas þæt hie geata
clifu ongitan meahton cuþe næs-
sas ceol up ge-þrang lyft-ge-swen-
20 ced on lande stod. hraþe wæs æt

---

¹ *gæs*    *grette* A, . . . . *grette* B ; now only *grette* left (only very little
of *g* covered) ‖ part of *d* in *rad* covered.
² *cwæð* A, . . . . B ; now *cwæ* and the greater part of *ð* gone, but what
is left of the last letter is enough to prove that it was *ð*, not *þ*.
³ *þan* B, *wan* A ; now gone.
⁴ *on* AB ; now only part of the last stroke of *n* left.
⁵ *wædum* AB ; now *w* and part of *æ* gone, and the rest of *æ* all but entirely
covered.
⁶ *mum* AB ; now the first *m* gone, and *u* almost entirely covered.
⁷ *hord* AB ; now *h* gone, and *o* covered.
⁸ *bunden* AB ; now *bu* and the first stroke of the first *n* gone, and the second
stroke of it covered.
⁹ *þan* AB ; now gone.            ¹⁰ *rþre* AB; now only *re* left.
¹¹ *drefan* AB ; now *d* gone, and the top of the first stroke of *r* covered.
¹² *þa* AB ; now the *þ* torn and the top of it gone.
¹³ *segl* AB ; now there is no ascertaining whether or no *s*, of which only
the top is not covered, is entire.
¹⁵ *e* in *genga* looks as if the scribe had first begun to write some other
letter ; the second *g* altered from *t*.
¹⁷ originally *stefne*, but the last *e* underdotted and crossed out, and *a*
written over it in the same hand.
²⁰ originally *hreþe*, but a short perpendicular stroke under the first *e*, and *a*
written over it in the same hand.

p. 87 = fol. 172ʳ = ll. 1914—1936.

holme hyð-weard geara * seþe ær lange                1915
til leofra manna fus æt faroðe feor
whatode sælde to|sande sid-fæþme scip
onccar-bendum fæst þy læs hym yþa
5  ðrym wudu wynsuman for-wrecan meah-
te * het þa up beran æþelinga gestreon             1920
frætwe *ond*|fæt-gold næs him feor þanon
to ge-secanne sinces bryttan. hige-
lac hreþling þær æt ham wunað selfa
10  mid ge-siðum sæ-wealle neah * bold wæs          1925
bet-lic brego rof cyning hea healle
hygd swiðe geong wis wel-þungen þeah ðe
wintra lyt under burh-locan gebiden
hæbbe hæreþes dohtor næs hio hnah
15  swa þeah * ne to gneað gifa geata leo-          1930
dum maþm-ge-streona mod þryðo wæg
fremu folces cwen firen ondrysne
nænig þæt dorste deor ge-neþan swæsra
gesiða nefne sinfrea * *þæt* hire an-dæges        1935
20  eagum staredc ac him wæl-bende.

¹ *holme* AB ; now the top of *h* gone ∥ *lange* AB ; now part of *e* gone.
² *feor* AB ; now nothing left but indistinct traces of *f*.
³ the lowest part of the perpendicular stroke of þ in *fæþme* erased, so that
the letter looks almost like *ð* ; the erasure seems to have been intended only
for some letters which were written between the lines just under *sid fæþme*
∥ *scip* AB ; now *p* gone, and the rest of the word has shrunk together.
    *yþa* AB ; now *a* and the lower part of the perpendicular stroke of þ
gone (the letter was certainly þ, not ð).
⁵ *meah* AB ; now gone.
⁶ *gestreon* AB ; now *eon* gone.
⁷ *þanon* AB ; now *on* gone.
⁹ *selfa* AB ; now only *s* left.
¹⁰ *wæs* AB ; now only *w* and the first half of *æ* left.
¹² *ðe* AB ; now part of *e* gone.
¹³ *gebiden* AB ; now the last stroke of *n* gone.

...eð þeaþ... seþe þ…

eð þeaþ… manna þus æt faþode
þlazode fielde tofande fið þæðme
on eaþ beþðum fæþ þþlæf hyþ
þþyþ þðbu þynfuman foþ þþeean
ce hæþa up beþan æþelinga ge…
fþæþþe þfæt gold næf hum feoþ þ…
to ge fecan ne finef þþyþzan hþ…
lac hþeþlinz þæþ æt ham þunað
mið ge fibium fe þeille neah bolþ
beþlic bþego þof eyninz her heall
hyþð þþdþe zeonz þif þel þunzen þeah
þinþu lyt undeþ buþh locan ge-biþ
beþbe haþe þþ þohton næf þua þinaþ
þeah þe to zneþ zifa zeuta leo
…eona moþ þþyðo þæz
…eþ fþþen…
…eþbun fþæþþa

...un þæs æfter...
...nged þ hit sceaden mæl...
...e cwealm bealu cordan nebið...
...lic. þaup þese to ...nanne...
...enlica ... þ te fna du þebbe...
...re æfter lize to þue lænne...
...þ on holmod hannnizes m...
...dinicarde oðer rædan þ hiolad
...lewa lic zefnemede in þit ...
...oan cwest pauid zifeþ zold ...
...zonþu canpan ...
...oddan lno offran ... offer ...lone
...cht laue ride zesohte
...widdan pell inzum frole
...e lifze rcaufta lifizende
...haili. lufun pið ...
...mon cynnes m...
...þiffe lofran bi ræfin...
...oanenti cininz fon ðan o...

p. 88 = fol. 172ʳ = 1936—1957.

weotode tealde hand-gewriþene hraþe
seoþðan wæs æfter mund-gripe mece
geþinged þæt hit sceaden mæl scyran
moste * cwealm-bealu cyðan ne|bið swylc      1940
5 cwen-lic þeaw idese to efnanne þeahðe
hio ænlicu sy þæt te freoðu-webbe feores
on-sæce æfter lige-torne leofne mannan
huru þæt on-hohsnod hem-ninges mæg
* ealo-drincende oðer sædan þæt hio leod-      1945
10 bealewa læs gefremede inwit-niða
syððan ærest wearð gyfen gold-hro-
den geongum cempau æðelum diore
syððan hio offan flet * ofer fealone      1950
flod be|fæder lare siðe gesohte
15 ðær hio syððan|well in|gum-stole
gode mære lif-ge-sceafta lifigende
breac. hiold heah-lufan wið hæle-
þa brego * ealles mon-cynnes mine      1955
gefræge þæs|se-lestan bi sæm twéo-
20 num eormen-cynnes for ðam offa

---

[1] *weotode* AB; now *w* gone, but the first *e* very likely still left, although it is not discernible under the paper; the first *o* is also partially covered ‖ *genriþene hraþe* AB; now some of the letters partially covered (cf. the FS.); the two þs and the *h* may not be entire.

[2] *scoþðan* AB; now *seo* gone.

[3] *geþinged* B, *geþiged* A; now *g* and part of the first *e* gone, the rest of that *e* all but entirely covered ‖ *d* in *sceaden* altered from ð.

[4] here begins the second hand ‖ *moste* AB; now the first two strokes at least of *m* gone, the third stroke of it, as it seems, and the greatest part of *o* covered.

[5] *cwen* AB; now only the last stroke of *n* left, and that in part covered.

[6] *hio* AB; now *h* gone, and *i* and part of *o* covered.

[7] *on* AB; now only the last stroke of *n* left, and that almost entirely covered.

[8] *huru* AB; now the first stroke of *h* gone, and the second of *h* and the first of *u* covered ‖ *s* between *hoh* and *nod* afterwards added.

[9] *ealo* AB; now only *o* left, a small part of which is covered.

[10] *bealewa* AB; now *b* gone, and the first *e* almost entirely covered.

[11] *syððan* (ðð altered from *dd* with another ink) B, *fyððan* A; now the greatest part of *s* gone, and the rest of it as well as part of *y* covered.

[12] *den* AB; now before *en* only uncertain traces of a letter covered.

[13] part of *s* in *syððan* covered. [14] a very small part of *f* in *flod* covered.

[15] *n* afterwards added to *syðða* in the same hand.

p. 89 = fol. 173ʳ = ll. 1957—1978.

    wæs geofum *ond* guðu*m* gar-cene man wide ge-

    weorðod wis-dome heold * eðel                       1960

    sinne þonon geomor wôc hæleðu*m*

    to|helpe hem-inges mæg nefa gâr-

5  mundes niða cræftig :—XXVIII

G E-wat him ða se hearda mid his

        hond-scole sylf æfter sande

          sæ-wong tredan * wide waroðas              1965

    woruld-candel scân sigel suðan fûs

10  hi sið drugon elne ge-eodon toðæs ðe

    eorla hleo bonan on-gen-þeo-es. burgu*m*

    in innan. geongne guð-cyning godne

    gefrunon * hringas dælan higelace             1970

    wæs sið beo-wulfes snude gecyðed *þæt* ðær

15  on worðig wigendra hleo lind-gestealla

    lifigende cwom heaðo-laces. hal to

    hofe gongan * hraðe wæs ge-rymed         1975

    swa se rica bebead feðe-gestu*m* flet

    innan-weard gesæt þa wið sylfne

20  se|ða sæcce genæs mæg wið mæge

---

[1] *wide ge* A, *wida* B ; now only *wid* left.

[2] a blank left between *heold* and *eðel* on account of the parchment being very thin, so thin, indeed, that even in the FS. the letters of the back page show through it (*hold*).

[3] the accent over *woc* is doubtful.

[5] originally *XXVIIII*, but the last *I* erased.

[6] *his* AB ; now part of *s* gone.

[10] *toðæs ðe* (the two ðs altered from *ds* with another ink B) AB ; now *s ðe* gone.

[11] *burgu*m A, *burgum* B ; now the last stroke of the second *n* and the abbreviation for *m* gone.

þæon dos pe . . . . . hið . . .

puuþe þonon gæomon poc . . . .

to helpe hem uizes mæg nepi . . .

mundes niða cnihttiz :⁊ xxvui . . .

ᚷE þæt hum ða þe hainda mid . . .
hond þcole þþ þe æfteh þundeh . . .
þæ ponz cþedan piðe þaþoþu . . .
poputo candel scan sizel suðan þu . . .
hi sið þþuzon elne ze aðon toðæ . . .
þopta hlæo bonan on zan þæes . b . . .
in uhttan zæonzne zuð cyninz . . .
ze þþunon hþinzus dælan hi . . .
þæt þið beo þuleþ snuðe ze . . .
on þoþðiz þizthðþa hlæo þ . . .
liþizthðe cþom haiðo la . . .
hoþe zonzan hþuðe . . .
snæ þe þica beb . . .
mnan þaþo ze . . .
þeða þaþce ze þuþ mæz þæð mæ . . .

...ub hlæw
...gnette maglum
...feduen hparıf geord
...hepedes dohtor lúpode
...lıd pæge baqı hıæ nú to handa
...lac ongan rınne gefeldan in
...pã hæun ræne frucgean hyne
...pæt bpac...gæta fıdap
...hulomp top onlade læopa bıo
rulæ padu ræunza ræhıh gehogo dest.
ræece seram ofar rault pæcþı hılde
tohtopote acdu lınod gane pıd cudne
...pılte gebættest mæhú drudne
...mod cænıe ronh pılmú rarð
...ræhurpode læopes mannes ıcde
...bæd þdu pone pælgæst pılte
...læe fud othe sylre gepundau
...pdanþdel gode ıc þane fære
...ycde...uuane gelton mon
bıo pulæ mædelode baruh...dıod

p. 90 = fol. 173ᵛ = ll. 1978—1999.

syððan man-dryhten þurh hleoðor-
cwyde holdne ge-grette * meaglum　　　　　　　1980
wordum meodu-scencum hwearf. geond
þæt side reced hæreðes dohtor lufode
5　ða leode lið-wæge bær hænum to handa
hige-lac ongan sinne geseldan in
sele þam hean * fægre fricgcean hyne　　　　1985
fyr-wet bræc hwylce sæ-geata siðas
wæron hu lomp eow on lade leofa bio-
10　wulf þa|ðu færinga feorr ge-hogodest.
sæcce seccan ofer sealt wæter * hilde　　　1990
to hiorote ac|ðu hroð-gare wið-cuðne
wean wihte gebettest mærum ðeodne
ic|ðæs mod-ceare sorh-wylmum seað
15　siðe ne|truwode leofes mannes ic|ðe
lange bæd * þæt ðu þone wælgæst wihte　　　1995
ne|grette lete suð-dene sylfe geweorðan
guðe wið grendel gode ic þanc secge
þæsðe ic|ðe gesundne geseon moste.
20　Bio-wulf maðelode bearn ecg-ðioes

¹ *syððan* B, *iððan* A ; now part of *sy* gone, and part of what is left of
*sy* covered ‖ the tops of some letters in the first line covered (see the FS.)
‖ *hleoðor* A, *hleodor* B ; now part of *eo* gone.
² *n* in *holdne* altered from *e* ‖ *r* in *grette* altered from something else.
⁴ a small part of þ in *þæt* covered ‖ *side* added over the line in the same
hand I think, but with another ink ; a stop shows where it is to be inserted
‖ I am not sure whether what stands in the MS. under the *e* (cf. the FS.), and
seems to have been added with the same ink that the scribe employed in
writing *side*, is not a mere flourish: elsewhere it is used to convert *e* into *æ*
(cf. 176ᵛ l. 20), but the same addition occurs under *æ* in *sæcce* l. 11 of this
page and under *e* in *fæðmie* fol. 188ᵛ l. 19.
⁵ *ða* AB ; now part of *ð* gone, and part of what is left of it covered
‖ *hænum*] between *æ* and *n* a letter (I think *ð*) erased.
⁶ the top of *h* in *hige-lac* covered.　　⁸ part of *f* in *fyr-wet* covered.
⁹ part of *w* in *wæron* covered.　　¹⁰ part of *w* in *wulf* covered.
¹¹ *sæcce* with a flourish under *æ* with another ink as it seems, cf. note to
l. 4.
¹⁷ the second stroke of *n* in *geweorðan* covered.

p. 91 = fol. 174ʳ = ll. 2000—2019.

```
 *  þæt is un-dyrne dryhten hige-lac  .⸬⸬          2000
    gemeting monegum fira . hwylc . ⸬⸬
    hwil uncer grendles wearð on|ðam
    wunge þær he worna fela sige-scyl-
 5  dingum sorge gefremede * yrmðe                   2005
    to aldre ic|ðæt eall ge-wræc swa .⸬ .
    gylpan þearf grendeles maga .⸬⸬
    ofer eorðan uht-hlem þone. seðe
    lengest leofað laðan cynnes f ⸬⸬.
10  bifongen ic|ðær furðum cwom.
 *  to|ðam hring-sele hroðgar gretan             2010
    sona me|se mæra mago healf-de-
    nes syððan he|mod-sefan minne
    cuðe wið his|sylfes sunu setl getæhte.
15  weorod wæs on wynne ne|seah ic wi-
    dan feorh * under heofones hwealf           2015
    heal-sittendra medu-dream maran
    hwilum mæru cwen friðu-sibb folca
    flet eall geond-hwearf bædde byre
20  geonge oft hio beah-wriðan secge
```

¹ *hige* . . . . with *lac* written over the dots with another ink B, *hife* with a blank after it A; now only *hig* and part of *e* left.

² *hwyle* with a blank after it *A*, *hwylce* . . B; now only *hwy* left and part of *lo*.

³ *onðam* altered from *ondan* with another ink B, *ondum* A; now only *on* and the top of ð left (which might equally well be the top of *d*).

⁴ *scyl* A, . . B; now gone.

⁵ *dungum* originally, but the second stroke of the first *u* erased ‖ *yrmðe* A, *yrind* . . B; now *e* and the lower part of ð gone.

⁶ *swabe* A, *swal* . . B; now only *swa* and an uncertain piece of some letter after it left.

⁷ after *maga* nothing discernible now; a blank A, *en* . . B.

⁸ *seðe* (ð altered from *d* with another ink) B, *sede* A; now only *s* and the greater part of the first *e* left.

⁹ *fæ* and a blank A, *fer* . . B; now only the perpendicular stroke of *f* left (which might equally well belong to some other letter).

¹⁰ the stop after *cwom* A; now gone.

¹² *de* AB; *e* now gone.

¹⁴ *getæhte* (with a stop after it A) AB; now *e* (and the stop) gone.

¹⁷ *maran* AB; now *n* and the second half of the last *a* gone.

¹⁸ *folca* AB; now the second half of *a* gone.

gemetinᵹ · nænigru · gehedan
hpil · æþelinᵹ gearælice þ...
þurge þæ..he poðtaipeða si...
demᵹū fonᵹe ᵹepmtmᵹde o nu...
to aldne iedit æull ᵹe piur ...
ᵹylpan þæm gnændeles maᵹ...
oᵹh þyndan ulitz hlem þone...
lænᵹeæt læpað tidaiſ cennø...
biþonᵹm iediᵹu þuiᵹ...
to dū hmnz ſelᵹ lmod ᵹem and...
ᵹona me þ... and to haæ...
neᵹ · ſᵹddan liemod þ...
cuðe · piɥ liſylliſ þuum...
þhmod þæ æ... þmme m...
dan þæmli unᵹ... hie...
heal ſittendra ... m...
hpilū meᵹm...
þlæ æull ᵹe...
þmᵹᵹ...

… to setle geong . hwilu
dohtor hroð gares eorlum
ealu wæge bær þa ic freaware
fletsittende . nemnan hyrde þær hio
sinc hæleðū sealde sio gehaten is
ong gold hroden gladū suna frodan .
hafað þæs geworden wine scyldinga ri
hyrde 7 þæt ræd talað þ he mid ðy
wæl fæhða dæl sæcca gesette oft
hwær . æfter leod hryre lytle
bon gar bugeð þeah seo bryd duge
þæs þon ofþyncan ðeoden heaðo
na 7 þegna gehwam þara leoda
he mid fæmnan on flett gæð .
bearn dena duguða biwenede .
… gomelra lafe heard
… heaða bearna gestreon
… wæpnū wealdan . mosto
… forlæddan to ðam lind
… gesiðas ond hy …

p. 92 = fol. 174ᵛ = ll. 2019—2041.

. . . ær hie to setle geong. * hwilu*m* for                    2020
[d]ugu𝝳e dohtor hro𝝳-gares eorlum
on ende ealu-wæge bær þa ic frea-ware
flet-sittende . nem-nan hyrde þær hio
5  [næ]gled-sinc hæle𝝳*um* sealde sio ge-haten
. . . * geong gold-hroden gladu*m* suna frodan.              2025
[h]afa𝝳 þæs geworden wine scyldinga ri-
ces hyrde *ond* þæt ræd tala𝝳 þæt he mid 𝝳y
wife wæl-fæh𝝳a dæl secca gesette oft
10  seldan hwær. * æfter leod-hryre lytle                    2030
hwile bon-gar buge𝝳 þeah seo bryd duge
mæg þæs þonne of-þyncan 𝝳eoden hea𝝳o-
beardna *ond* þegna gehwam þara leoda
þonne he mid fæm-nan on flett gæ𝝳.
15  * dryht-bearn dena dugu𝝳a biwenede.                      2035
on him gladia𝝳 gomelra lafe heard
*ond*|hring-mæl hea𝝳a-bearna ge-streon
þen-den hie 𝝳am wæpnum wealdan moston.

20  O𝝳𝝳æt hie for-lædan to|𝝳am lind-
plegan * swæse gesi𝝳as ond hyra sylf-                       2040
ra feorh þonne cwi𝝳 æt beore se𝝳e beah

---

¹ *ær* and blank before it A, . . . . . . *ær* B; *ær* is still preserved
although part of *æ* covered ‖ *hie* quite certain although the top of *h* is covered
and a small part of it gone in consequence of a hole ‖ the tops of *s* and *l* in
*setle* covered ‖ *hwilum* partially covered; cf. FS. ‖ *for* AB; now *r* gone, and
part of *f* and the whole of *o* covered.

² . . . . *ugu𝝳e* (𝝳 altered from *d* with another ink) B, *gude* . . . . (*gu* on
an erasure with another ink, and *de* with another ink again) A ; now only 𝝳e
left (𝝳 not entire and partially covered).

³ *on ende* B, a blank, on which *e* is effaced, and then *ende* A ; now only
*nde* left, *n* partially covered.

⁴ *flet* (with another ink B) AB ; now gone ‖ only very little of *s* in *sittende*
covered.      ⁵ *gled* A, . . . *led* originally, but then *g* added before *l* with
another ink B ; now *ed* and part of *l* still preserved, the latter covered.

⁶ blank (before *geong*) A, . . . *se* B ; nothing discernible now ‖ part of *ge*
in *geong* covered.

⁷ *iafa𝝳* (altered from *fad* with another ink B) AB ; now only *fa𝝳* left
(part of *f* covered, and *a* partially gone in consequence of a hole).

⁸ *ces* AB ; now *ce* and the upper part of *s* gone, and what is left of it
almost entirely covered ‖ *d* in *mid* altered from 𝝳.

⁹ *wife* AB ; now *wi* gone, and part of *f* covered.

¹⁰ *seldan* AB ; now *s* gone, and part of *e* covered (I do not think there
was before *seldan* room enough for *no*).      ¹¹ *hwile* AB ; now *h* and the
first stroke of *w* gone, and what is left of *w* covered.

¹² *mæg* AB ; now the first two strokes of *m* gone, and the third covered.

¹³ *beardna* AB ; now the greatest part of *b* gone.

¹⁴ *þonne* AB ; now part of *þ* gone, and what is left of it covered.

¹⁵ *dryht* AB ; now part of *d* gone.      ¹⁶ a small part of *o* in *on* covered.

¹⁹ the MS. has a little more of the big *o* than the FS. (*O𝝳* AB).

p. 93 = fol. 175ʳ = ll. 2041—2062.

gesyhð¹ eald æsc-wiga seðe eall ge-m[an]
gâr-cwealm gumena him bið grim se-
fa on-ginneð geomor-mod geong . . .
cempan * þurh hreðra ge-hygd higes                     2045
5   cunnian wig-bealu weccean *ond* þæt word
acwyð. meaht ðu min wine mece
gecnawan þone þin fæder to|gefeohte
bær. under here-griman hindeman
siðe. * dyre iren þær hyne dene                        2050
10  slogon weoldon wæl-stowe syððan
wiðer-gyld læg. æfter hwoleþa hryre
hwate scyldungas nu her þara ba-
nena byre nat hwylces. frætwum
hremig on|flet gæð * morðres gylpe[ð]                  2055
15  *ond*|þone maðþum byreð þone þe|ðu mid
rihte rædan sceoldest manað swa
*ond* myndgað mæla ge-hwylce. sarum
wordum oððæt sæl cymeð þæt se fæm-
nan þegn fore fæder dædum. * ꞓ̲fter                     2060
20  billes bite blod-fag swefeð. ealdres
scyldig him se oðer þonan losað

---

¹ *gesyhð* A, *gesyhd* B ; now the tops of *s*, *h*, and *ð* gone ‖ at the end of the
line *ge* and a blank A ; *ge m.*, but afterwards *na* added with another ink be-
tween *ge* and *m* B ; now only *g* left, and even of that a small part is wanting.
² *grim se* K, *grim se* ? C, *grim* and a blank A, *grim* altered to *grimme* in
another ink B, *grim* Gt Th ; now only *gri* and the first two strokes of *m* left.
³ *geong* and a blank A, *geong* .. B ; now only *geo* and the greatest part of
*n* left (the lower part of the second stroke is gone).
⁴ *higes* .... (the dots with a different ink B) AB ; now nothing left, for
what Kölbing takes for the first stroke of *h* is *l* in *lufan* of the back page.
⁵ *word* AB ; now *rd* gone, and even *wo* not entire.
⁶ *mece* A, *mece c* B ; now the last *e* and the upper part of *c* gone.
⁷ *gefeohte* (altered from *gefeoh* with another ink B) AB ; now only *gef* and
part of the following *e* left.
⁸ *hindeman* AB ; now *an* and the two last strokes of *m* gone.
¹⁰ the second stroke of *n* in *syððan* gone.
¹¹ *hryre* B (the whole line omitted in A) ; now *e* and the greater part of
the second *r* gone.
¹² this line begins a little further to the left than the next, because there
was not room enough for *h* under *w* ; cf. 183ʳ ll. 13 and 19 ; 191ʳ ll. 10, 19 ‖
*ba* AB ; now the second half of *a* gone.
¹⁴ *gylped* B, *gylwed* A ; now only *gyl* and the greater part of *p* left.
¹⁵ *mid* AB ; now *id* gone.       ¹⁶ *swa* AB ; now the second part of *a* gone.

... hñ ... ...

pecne onba licalpe að spæired æonla
ur ingelde pcillað pæl niðas 7 lit
... pan æftch cæm pæl mu colnan
að pr icharðo bægina hy̆dome
... dny̆lic pibbe dæl dñu un pæcne
... scipe prstne ic sceal poird
... gth o̅mbe gnsirdel ꝥ du ganie
ine rinces bny̆tta to hpan sy̆ðan
... honð nꝛs hæleða sy̆ðan hæðpones
... glað orch gnunðas gæst o̅ pne cꝑo̅
... æꝑch gnom uꝼ̄ch nꝛðsan · dchi pe
... rde ꝛsl panðoðon þꝛhi pꝛs honð
... hilde on sæge pꝛðꝛh bælꝫ pꝛgum
... pynmꝛoꝛ lꝛg gnuðeð cænpa hui
... mꝛñl magũ þꝛgne
... leoꝑch mannꝛs lic
... noðꝛ̄ chi uꝛ ðagth
... hæroe þona bloðꝛg ꝛoð bælepa
... orðu golð ꝛole gongan
... ache ... nes prop min cofꝛoe

p. 94 = fol. 175 = ll. 2062—2084.

```
   [li]figende con him land geare þonne bioð
   [a]brocene on þa healfe að-sweorð corla
   [syð]ðan ingolde * weallað wæl-niðas ond him        2065
       wiflufan æfter cear-wælmum colran
 5  weorðað þy ic heaðo-bearna hyldo ne
       telge. dryht-sibbe dæl denum unfæcne
       freond-scipe fæstne ic sceal forð
       sprecan. * gen ymbe grendel. þæt ðu geare        2070
       cunne sinces brytta to hwan syððan
10  wearð. hond-ræs hæleða syððan heofones
       gim. glad ofer grundas gæst yrre cwom
       eatol æfen-grom user neosan. * ðær we            2075
       gesunde sæl weardodon þær wæs hond-
       scio hilde on-sæge feorh-bealu fægum
15  he fyrmest læg gyrded cempa him
       grendel wearð mærum magum þegne
       to muð-bonan. * leofes mannes lic                2080
       eall for-swealg. no|ðy ær ut ða|gen
       idel-hende. bona blodig-toð bealewa
20  gemyndig of|ðam gold-sele gongan
       wolde. ac he mægnes rof miu costode
```

¹ *figende* with another ink and a great many dots after it A, *.eigende* B; now only the last *e* and part of *d* left, the latter all but entirely covered || the top of the second *e* in *geare* covered || *þonne bioð* A, *þonne biod* B; now the abbreviation for *ne* and the tops of *b* and *ð* gone, and the rest partially covered.

² *orocene* (with a stop before it B) AB, *brocene ?* C; now *ocene* and part of *r* left, the latter covered || there is a stroke through *d* in *sweord*, but without the usual head, nor is it quite distinct : it may be either accidental, or made only by a mistake, and then partially erased.

³ blank and then *ðan* A, . . *ðan* B; now even *ð* no longer entire, and the greatest part of what is left of it as well as part of *a* covered.

⁴ *wiflufan* AB; now *wif* gone, and *l* covered.

⁵ *weorðað* A, *weordad* B; now *we* and part of *or* gone, besides all that is left of *o* and part of what is left of *r* covered.

⁶ *telge* AB; now *tel* and part of *g* gone, and part of what is left of *g* covered.

⁷ *freond* AB; now *f* and part of *r* gone, and what is left of *r* covered.

⁸ *sprecan* AB; now *sp* and the first half of *r* gone.

⁹ *cunne* AB; now *cu* and the first half of the first *n* gone.

¹⁰ *wearð* (altered from *reard* B) AB; now *w* gone, and *e* covered.

¹¹ *gim* altered from *gun* with another ink B, *gun* A; now *g* gone, and *i* covered.

¹² *eatol* AB; now *ea* gone, and a very small part of *t* covered.

¹³ *gesunde* AB; now *g* gone, and part of the first *e* covered.

¹⁴ *scio* AB; now only *cio* and the top of *s* preserved, and the latter as well as part of *c* covered.

¹⁵ *he* AB; now *h* gone, and part of *e* covered.

¹⁶ *grendel* AB; now part of *g* gone, and part of what is left of it covered.　　¹⁹ part of *i* in *idel* covered.

p. 95 = fol. 176ʳ = ll. 2085—2105.

```
  * grapode geareo folm glof hangode                     2085
    sîd ond syllic searo-bendum fæst. sio
    wæs orðoncum eall ge-gyrwed deofles
    cræftum ond dracan fellum he|mec þær
5   on innan unsynnigne * dior dæd-                        2090
    fruma gedôn wolde
    manigra sum-ne hyt ne mihte
    swa syððan ic on|yrre upp-riht
    astod.  To lang ys to reccenne hu|i[c|ð]am
10  leod-sceaðan yfla gehwylces hond-lean
    for-geald * þær ic þeoden min þine                     2095
    leode weorðode weorcum he on weg
    losade. lytle hwile lif-wynna|br[ea]c
    hwæþre him sio swiðre swaðe wear-
15  dade. hand on hiorte ond he hean
    ðonan * modes geomor mere-grund                        2100
    gefeoll me|þone wæl-ræs wine
    scildunga. fættan golde fela leano-
    de manegum maðmum sy|ððan mer-
20  gen côm. ond we to|symble geseten
    hæfdon. * þær wæs gidd ond|gleo gomela                 2105
```

---

¹ *grapode* AB; now *a* torn, and the top of *d* gone ǁ *geareo* A, *geares* B, *gearo* Gt Th, *geara* K; the word is torn asunder, I think it was *geareo* as in A: *g* is almost entire, but the tops of *e* and *a*, the upper part of the first stroke of *r*, and the top of *e* gone ǁ *folm* AB; now part of *fol* gone ǁ *hangode* AB; now entirely gone (what Prof. Kölbing takes to be the beginning of *h* belongs to *f* in *fela* in the back page).

² *fæst. flo* A, *fæst sio* B; now only *fæs* and the greater part of *t* left.

³ *deofles* B, *dieofles* A; now only *d* and uncertain traces of *eo* left.

⁴ *mec* still preserved, although *eo* torn ǁ *þær* AB; now gone.

⁵ *dæd* AB; now the *æ* indistinct and part of the second *d* gone.

⁶ after *wolde* an erasure to the end of the line: as far as the line is preserved the letters erased were first a perpendicular stroke (like the beginning of *w*, *f*, *s*, etc.) and then *manigr*.

⁷ *mihte* AB; now *e* gone.

⁸ *riht* B, *rihte* A; now only *ri* and the greater part of *h* left.

⁹ *huiedam* A, *hun* (*n* crossed out with another ink) B, *hu*[*ic*]*þam*(?) Gt; now only *hu* left (Prof. Kölbing and others, who think the *i*, too, left, have suffered themselves to be misled by a stroke of *m* in *gemunde* in the back page).

¹⁰ *hond lean* A, *hondlan* B; now only *hon* left.

¹¹ *þine* AB; now part of *e* gone.

¹² *weg* AB; now only the lowest part of the perpendicular stroke of *w* left.

¹³ *breac*] *bræc* A, *brene* altered with different ink to *brec* B; now only *b* and all but the whole of *r* left.     ¹⁴ *wear* AB; now *ear* gone.

¹⁵ *hean* AB; now the second stroke of *n* gone.

¹⁶ *grund* AB; now only *g* and the top of the first stroke of *r* left.

¹⁸ *leano* AB; now only *le* and part of *a* left.

¹⁹ *mer* AB; now part of *r* gone.     ²¹ *gomela* AB; now *la* gone.

rid ꝼsyllic ƿunꝺo la... þ...
pes oꝼꝺon cū eall ᵹeᵹynꝼeꝺ
cnꝑ...tum ꝺꝛacan ꝼellū he...
on innan unꝛynnigne ꝺꞃ...
ꝛuruma ᵹeꝺon polꝺe
manᵹna ꝛum ne hyt ne
ꝼꝛu ꝼyꝺꝺan ꞃc on...ꝛune upp
aꝼtoꝺ. to lanᵹ yꝼ to ꝛ...c..ne
læꝺ ꝼcaꝺan o...ꝼla ᵹehꝛylceꝛ
ꝼoꝛᵹꝛaꝺ þeꝼc ꞃc þaꝛꝺꞃ min
læꝺe ꝛꞗꝛꝺoꝺe ꝛꞗꝛn cū he...
loꝼaꝺe. lyꞇle hꝛule liꝼꝛynn...
hꝛaeþꝛe him ꝼio ꝼꝛꝛꝺꝛe ꝼꝛꝺꞃ...
ꝺaꝺe. hanꝺ onhꝛonꞇe ꝼþehꞅ...
ꝺonan moꝺeꝼ ᵹꝛunꝛoꝛꞇ m...
ᵹeꝛꞗll meþone ꝛꝛꝛ Ꞅ...
ꝼ...laꝛꝛᵹꝛꝛ. ꝛꝛcꞇan ᵹꝛꝺꝛ ꝛꝛla...
ꝺꝛ ꝛnanꝛᵹū m...
ᵹꝛ com...
hꝛ...ꝺon. þ...

...alde don hanpan þynne go
...þou gnette hpilu gyd apnæc. soð
lic hpilu syllic spell. nehte wþte
...num hnopt crning. hpilu ept
...eldo gebunden gomel gud þiga
...e cnidan lulde fennzo hnedq̄
...þull. þon he pnthu knod poþn
...nde spapeþan mne ʒ langne
...ode naman oððæt nihte bæþon.
...to oldum þupeþ ept hnade gnno
...þnæte. gnndeles modon. Sidode
...þull. ʒ nunu dad þon nun þiz hæte
...þiz un hyne . hyne bann ʒe þnæc
...an acþeolde ellen lice þæn þæt æsc
...þnodan þynn þtun fæþn uð
...e. noðqi hi lune nemo fton siððan
...cþom . dæð þsuʒ ne dhia
...bnonde. þon bæhunax
...m bæl hlædan. læpne mannan

p. 96 = fol. 176ᵛ = ll. 2105—2127.

scilding fela fricgende feorran rehte
hwilum hilde-deor hearpan wynne go-
mel-wudu grette hwilum gyd awræc. soð
*ond* sarlic hwilum syllic spell. \* rehte æfter          2110
5  rihte rum-heort cyning. hwilum eft
ongan eldo gebunden gomel guð-wiga
gioguðe cwiðan hilde-strengo hreðer
inne weoll. þonne he wintrum frod worn
gemunde \* swa|we|þær inne *ond*langne          2115
10  dæg. niode naman oððæt niht becwom.
oðer to yldum þa|wæs eft hraðe gearo
gyrn-wræce. grendeles modor. Siðode
sorh-full sunu deað fornam \* wig-hete          2120
wedra wif unhyre hyre bearn gewræc
15  beorn acwealde ellenlice þær wæs æsc-
here frodan fyrn-witan feorh uð-
genge. noðer hy hine ne|moston syððan
mergen cwom \* deað-werig-ne denia          2125
leode. bronde for-bærnan
20  ne on bel hladan. leofne mannan

¹ *scilding* A, *Scilding* B; now gone ‖ *f* and *l* in *fela* partially covered ‖ *fricgende* AB; now *g* not entire, *en* not distinct, *de* not entire, and all these five letters partially covered ‖ *feorran* entirely preserved, although partially covered (cf. FS.) ‖ *rehte* K] *relite* AB; now the top of *h* and the following *te* gone, and part of what is left covered.

² *hwilum* A, *hwilum* B; now gone ‖ *hilde* AB; now the upper part of the first stroke of *h* gone, and the rest of it partially covered.    ³ *mel* AB; now gone.

⁴ ⁊ (*and* B) *sarlic* (no accent B) AB; now only *lic* and part of *r* left, but part of what is left of *r* covered.    ⁵ *rihte* AB; now *ri* gone.

⁶ *ongan* AB; now only the last *n* and the second half of *a* left, the latter covered.    ⁷ *gioguðe* A, *glogude* B; now *gio* and a small part of the second *g* gone, part of the latter besides covered.    ⁸ *inne* Thk, *mne* A, . . *me* B; now only *e* and the second stroke of the last *n* left, the latter covered.

⁹ *gemunde* (altered from *munde* B) AB; now *ge* and the first stroke of *m* gone, and the two last strokes of *m* covered.

¹⁰ *deg. niode* A, *dæg mode* B; now only *niode* left (part of *i* rubbed).

¹¹ *oðer* AB; now *oðe* gone, and *r* partially covered.

¹² *gyrn* AB; now *gy* and all but the whole of *r* gone, and what is left of *r* and part of *n* covered.    ¹³ *sorh* AB; now only *h* and the very last part of *r* left.

¹⁴ *wedra* AB; now *wed* gone ‖ *h* erased between *wif* and *un*.

¹⁵ *beorn* AB; now only *n* and nearly the whole of *r* left.

¹⁶ *here* AB; now *he* and part of *r* gone.    ¹⁷ *genge* AB; now only *nge* (the first stroke of the *n* covered) and some uncertain traces before it left.

¹⁸ *mergen* AB; now the first two strokes of *m* gone, and the last covered.

¹⁹ *leode* AB; now *le* gone, and part of *o* covered ‖ *bronde* originally written twice, but the first erased, in consequence of which the parchment has become so thin that *symble* in l. 20 of the front page shows through.

²⁰ *ne on* AB; now the first *n* and *o* only partially preserved, and what is left of that *n* covered ‖ *bel* (cf. FS., but the hook is written with a fainter ink) = *bel* MS., not *bel*, but cf. the note on fol. 173ᵛ 4 ‖ *hladan* altered from *blædan*.

BEOWULF.          H

p. 97 = fol. 177' = ll. 2127—2146.

hio *þæt* lic æt-bær feondes fæ∂runga [un]-
∂er firgen-stream. *þæt* wæs hro∂gare
hreowa tornost * þara þe leod-fru-     2130
man lange begeate. þa se ∂eoden mec

5  ∂ine life healsode hreoh-mod *þæt* ic
on holma geþring eorl-scipe efnde
ealdre gene∂-de. mær∂o fremede
he|me mede gehet * ic|∂a|∂æs wælmes     2135
þe is wide cu∂ grimme gryre-licne

10 grund-hyrde fond þær unc hwile
wæs hand gemæne. holm heolfre
weoll *ond* ic heafde becearf in|∂am sele
grendeles modor. * eacnum ecgum        2140
un-softe þonan feorh o∂-ferede.

15 næs ic fæge þa|gyt. ac me eorla hleo
eft gesealde ma∂ma menigeo maga
healf-denes.          XXXI

S   wa se|∂eod-kyning þeawum lyfde
    * nealles ic|∂am leanum forloren     2145
20 hæfde mægnes mede ac he|me.

---

¹ *hio* AB ; now the first stroke of *h* gone ‖ *fæ∂* written with another ink
and a blank after it A, *fædr* . . . . with *unga* written over the dots with
another ink *B ;* now nothing preserved but *fæ∂* and part of a letter which
may have been *r, m,* or *n ;* the word has been torn asunder, and Kölbing and
Wülcker have failed to see the upper part.
² *Hro∂gare* Gt, *Hro∂gare* K] *hro∂* and a blank A, *Hrodgar.* . B ; now
only *hro∂,* the lower part of *g,* and just a bit of *a* preserved.
⁴ *mec* B, *mic* A ; now gone.
⁵ *þ* (*þæt* B) *ic* AB ; now only uncertain traces of a letter left after *mod.*
⁶ *efnde* AB ; now the second *e* gone.
⁷ *fremede* B, *gremede* A ; now the last *e* gone.
⁸ *wælnes* AB ; now *es* gone.
⁹ *is* altered from *ic* in the same hand ‖ *licne* AB ; now *e* and the second
stroke of *n* gone.
¹⁰ *hwile* AB ; now the top of *l* and the greater part of *e* gone.
¹² *sele* AB ; now *ele* and the top of *s* gone.
¹³ *ecgum* AB ; now the two last strokes of *m* gone.
¹⁵ *hleo* AB ; now *eo* and the top of *l* gone.
¹⁶ *maga* AB ; now part of the last *a* gone.

oþlic æt bæh floindes p...
ofti fingih scheum .þ þæs hiscle
hnlbopa connost þana þelud p...
man lange begeace . þa se dud...
dme life healrode huboh mod
on holmu gehrung wil scipe ...
aldne gened de. mihndo frrme...
hæne mede gehft icðu dæþ piel...
þeis pide cuð gumme guyne li...
gnumd hypde foird þæþt unc hp...
þæs hand gemæne. holm hæolpu...
pčll gic hæpde becauyf mðam...
gnfindeles midon. æicunun æz...
un forte þonan fwhi oð pæpede...
nies ic pæge þagit . acme ðopti...
æt geseulde mdmu mflinger m...
hailp dnes . þxa
Spa se dæod fermmg þæþu li...
matlles icðu laumu potl...
hæpde mignes mod...

…e fylpes dom. da iceð beow
…ng brungan prille. eftum ge
…gth is full æt ðæ. liffa gelong
…t liapo. heapod maga nespne
…lac ðæ. het ða inbeaan earon
…ð regn. harðo fteapne helm
…e brynan guð speoriuð garto lic
…beptar prax. medif hilde scoup
…gar pailde fnotrna pangel fume
…de het þic hif ahefi ðæ eft gefagðe
…tþhyt hæpde lnopto gar cyning
…rerldunga lange hpile. noðy
…runa rinu ryllan po lðe hparu
…nde þah heliũ hold paþue.
…gehedu bruue ealles pell.
…an pratpum r&þyth
…ge gelice laft pan
…pulupe heliũ est ge
…na þinad ma þpa feuul

p. 98 = fol. 177ʳ = ll. 2146—2166.

[maðma]s geaf sunu healfdenes on
[min]ne sylfes dôm. ða ic|ðe beorn-
cyning bringan wylle. estum ge-
ywan gen is eall æt ðe. * lissa gelong      2150
5  ic lyt hafo. heafod-maga nefne
hygelac ðec. het ða in beran eafor-
heafod-segn. heaðo-steapne helm
hare byrnan guð-sweord geato-lic
gyd æfter spræc. * me|ðis hilde-sceorp      2155
10  hroðgâr sealde snotra fengel sume
worde het þæt ic his ærest ðe est gesægde
cwæð þæt hyt hæfde hiorogar cyning
leod scyldunga lange hwile. * no|ðy      2160
ær suna sinum syllan wolde hwatum
15  heoro-wearde þeah he|him hold wære.
breost-gewædu bruc ealles well.
hyrde ic þæt þam frætwum feower
mearas. lungre gelice last wear-
dode. * æppel-fealuwe he|him est ge-      2165
20  teah meara ond maðma swa sceal

---

¹ *maðmas*] a blank and then *ts* with another ink A, . . . . . *ts* B ; now gone ‖ *geaf* (with another ink A) AB ; now part of *ge* gone ‖ the tops of *h, l, f, d,* and the three *es* in *healfdenes* covered.

² *minne*] . . . . *ne* B, a blank A ; *ne* still left, although the first stroke of *n* is not entire, and almost all that is left of *n* covered.

³ *cyning* (with a different ink A) AB ; now *c* and part of *y* gone, and the rest of *y* and part of the first *n* covered.

⁴ *ywan* A, . *ywan* B ; now only *au* left.

⁵ *ic* AB ; now gone ‖ *l* in *lyt* covered.

⁶ *hygelac* AB ; now *hy* and part of *g* gone, and part of what is left of *g* covered.

⁷ *heafod* AB ; now *he* and the first half of *a* gone, and the rest of *a* covered.

⁸ *hare* AB ; now *h* and the first half of *a* gone, and the rest of *a* covered.

⁹ *gyd* AB ; now *gy* and the top of *d* gone, and the rest of *d* all but entirely covered.

¹⁰ *hroðgâr* A, *Hrodgar* B ; now *h* gone, and nearly the whole of the first *r* covered.    ¹¹ *worde* AB ; now *w* gone ‖ *est* MS. (cf. FS.), not *eft*.

¹² *cwæð* A, *cwæd* B ; now *c* gone, and part of *w* covered.

¹³ *leod* AB ; now *l* gone, and part of *e* covered ‖ *ld* in *scyldunga* altered from *in*.

¹⁴ *ær* AB ; now the first half of *æ* gone, and the greater part of the second covered.

¹⁵ *heoro* AB ; now the first stroke of *h* gone, and the second covered.

¹⁶ part of *b* in *breost* covered.

¹⁹ part of the first *d* in *dode* covered.

H 2

p. 99 = fol. 178ʳ = ll. 2166—2185.

    mæg don. nealles inwit-net oðrum

    bregdon dyrnum cræfte deað ren[ian]

    hond-gesteallan hygelace wæs *niða        2170

    heardum. nefa swyðe hold *ond*|gehwæðer

5   oðrum hro-þra gemyndig. hyrde

    ic *þæt* he ðone heals-beah hygde ge-

    sealde wrætlicne wundur-maððum

    ðone þe him wealh-ðeo geaf ðeod[nes]

    dohtor þrio wicg somod *swancor        2175

10 *ond* sadol-beorht hyre syððan wæs *æfter*

    beah-ðege brost geweorðod. swa beal-

    dode bearn ecg-ðeowes. guma guðum

    cuð godum dædum dreah æfter dome

    nealles druncne slog. *heorð-genea-     2180

15 tas næs him hreoh sefa. ac he man-

    cynnes mæste cræfte. gin-fæstan

    gife þe|him god sealde heold hilde-

    deor hean wæs lange swa|hyne geata

    bearn godne ne|tealdon. *ne|hyne      2185

20 on medo-bence micles wyrðne.

---

    [1] *nealles* AB ; now the second *l* torn ‖ *oðrum* A, *odr* . . . . B ; now *um* gone.

    [2] *ren* . . . (*n* added with another ink ?) B, *re* and a blank A ; now only *r* and part of *e* left.

    [3] *niða* . . (ð altered from *d* with another ink) B, *mða* A ; now gone.

    [4] *gehwæðer* A, *gehwæder* B ; now only *geh* and the first stroke of *w* left.

    [5] *hyrde* AB ; now *e* and part of *d*·gone.     [6] *ge* B, *ge* . . . A ; now gone.

    [7] *maððum* A, *maððum* B ; now only the first two strokes of the first *m* left.

    [8] *ðeod* (ð altered from *d* with another ink B) AB ; now only *ðeo* left.

    [9] *swancor* AB ; now *r* gone.     [10] *æfter* A, *æft* B ; now entirely gone.

    [11] *beal* with another ink on four dots B, *b* (no blank after it) A ; now only the long stroke of *b* left.

    [12] *guðum* altered from *gudi* with another ink B, *guð* with a small blank after it A ; now only *gu* left.

    [13] *dome* AB ; now the upper part of *e* gone.

    [14] *genea* AB ; now *a* and the greater part of the preceding *e* gone.

    [15] *man* AB ; now *n* gone.     [16] *fæstan* AB ; now the last stroke of *n* gone.

    [18] *geata* AB ; now part of the second *a* gone.

mægðon · nealles inwitnet[...]

bregdon · dyrnū cræfte deað sc[...]

hond gesteallan hygelace þ[...]

handū · nefa spyde hold ꞇ gel[...]

oðrū hyra syua gemyndig · hy[...]

icþ he ðone hearh beah hygde

fealde þratlicne wundur n

ðone þe him pealh deo geaf de[...]

dohtor hiro piez somod spanco

ꞇ fadol beorht hyne syððan pæ[...]

beah ꝺge bꞃeost gepær dod · hpæ[...]

dode bearn eg dꞃopes · zu ma ꝣu

cuð godū dædū dꞃeah apꞇꞅꞇ don[...]

nealles dꞃuncne floz · heard ꝣe

tas noꝼ hꞇ hꞃeoh feꞃa · achem[...]

cynnes mæfte cꞃæfte · zin pæꞅ[...]

gife þe him zod fealde heold hildꞇ

dꞇbn hean þæs lanze spa hyne ꝣeo[...]

bearn zodne [...]don · ne hyne[...]

[...] medo benc [...] pꞃædn[...]

... peowea ʒe wol peow þyr·
on þihe plaue pehie æðeling un
en eð peh ðeh cpom þh auðiʒū
in wpnu ʒeþyþlces. het ða þpla
ʒ inʒe pecian. haðo nop cyninʒ
 les lupe. ʒoiðe ʒe ʒyneðe neþ
ʒntū ða. pine mað þū felpa
þponðes hað. þihe onbio pulpes
þin alʒðe. ⁊lh ʒe paiðe pobpen
þiðu. belð ⁊bnʒo ftol lh pæs
h pamoð onðam leoð fcipe
no ʒæʒhðe auþ eðel pilic oðpū
ðon. fiðe pice þū ðæh felpa pæs.
⁊ þʒe ioðe upapian ðoʒnū· lilðe
aþh mū. p ðan hyʒeluc læʒ.⁊
apieðe lilðe maceap unðep boph
weoðan wobopian pen ðon. ða hpe
folizan onpiʒe þpðe hapwe lilðe
þaw heaðo peilpinʒap. nið aʒe
npþan hehe pices pyðan

p. 100 = fol. 178ʳ = ll. 2186—2207.

   drihten wereda gedon wolde swy∂e
   [wen]don þæt he sleac wære æ∂eling un-
   from ed-wen-den cwom tir-eadigu*m*
   menn torna gehwylces. *het ∂a eorla        2190
5 hleo in|gefetian. hea∂o-rof cyning
   hre∂les lafe. golde ge-gyrede næs
   mid geatum ∂a sinc-ma∂-þum selra
   on sweordes had. þæt he on|bio-wulfes
   bearm alegde. *ond him gesealde seofan     2195
10 þusendo. bold ond brego-stôl him wæs
   bam samod on|∂am leod-scipe
   lond gecynde eard e∂el-riht o∂rum
   swi∂or. side rice þam ∂ær selra wæs.
   *eft þæt ge-iode ufaran dogrum. hilde-      2200
15 hlæm-mum sy∂∂an hygelac læg. ond
   hearede hilde-mecceas under bord-
   hreo∂an to|bonan wurdon. ∂a hyne
   gesohtan on|sige-þeode *hearde hilde-     2205
   frecan hea∂o-sciltingas. ni∂a|ge-
20 nægdan. nefan here-rices sy∂∂an

¹ *drihten* altered with another ink from . . . . . . *nten* B, a blank A; now only the greatest part of *ten* and the second stroke of *h* before it left ‖ the three last words in the line partially covered (cf. FS.).

² a blank and then *don* A, . . *don* B; now only part of *d* left before *on* (there may be more of *d* left than is visible in the FS., but nothing can be made out under the paper).

³ *from* AB; now only *m* left (or, at any rate, visible).

⁴ *menn* AB; now *me* and the first stroke of the first *n* gone, and the second stroke of it partially covered.

⁵ *hleo* AB; now *hl* gone and *e* covered.

⁶ *hre∂les* AB; now *hr* and part of the first *e* gone, and the rest of that *e* and a very small part of *∂* covered.

⁷ *mid* A, *mi∂* B; now gone.

⁸ *on* B, *n* after a small blank A; now gone.

⁹ *bearm* AB; now *be* gone, and *a* and part of *r* covered.

¹⁰ *þusendo* AB; now *þ* gone, *u* covered, and part of *s* rubbed off.

¹¹ *bam* altered with another ink from . . *m* B, a blank and *am* A; now only *m* left (or, at any rate, visible).

¹² *lond* B, *ond* A; now only *nd* left (or, at any rate, visible).

¹³ *swi∂or* A, *swidor* B; now *s* and part of *w* gone, and the rest of *w* covered.

¹⁴ *eft* AB; now *e* and the lower part of *f* gone, and nearly the whole of what is left of *f* covered.

¹⁵ *hlæm mu*m altered to *hlæn nu*m A, *hlæm mum* B; now the first stroke of *h* gone, and the second stroke of it and the top of *l* covered.

¹⁶ part of *h* in *hearede* covered.

¹⁷ the greater part of *h* in *hreo∂an* covered.

¹⁸ only very little of *g* in *gesohtan* covered.

¹⁹ an inconsiderable part of *r* in *frecan* rubbed off.

²⁰ only very little of *n* in *nægdan* covered.

·p. 101, ll. 1—10 = fol. 179ʳ, ll. 1—10 = ll. 2207—2219.

beowulfe brade rice on|hand ge-hwearf

he|ge-heold tela fiftig wintru wæs ða

frod cyning \*eald eþel-weard oððæt        2210

ôn ongan deorcum nihtum draca rics[i]an

5  seðe on hea[ðo]-hlæwe hord be-weotode

stan-beorh stearne stig under læg

eldum uncuð þær on innan giong. \*niða       2215

nat-hwylc :::: ::: gefeng hæðnum horde

hond ::::::::: ::::: since fah ne he þæt

10  syððan ::::: þ::: ð: :: slæpende be

All that is distinct in the FS. in fol. 179 has been freshened up by a later hand in the MS.

¹ *beowulfe* A, *Beowulfe* B; now the top of *b* gone ‖ *brade*, not *bræde* MS.; cf. FS. (part of the stroke connecting *a* with *d* not freshened up) ‖ *ge hwearf* AB; now *hwearf* gone.

² *wintru* is owing to the later hand, the *u* standing in the place of an original *a* (cf. the FS.) ‖ *wæs ða* (ð altered from *d* B) AB; now only *w* and the first half of *æ* (looking like *a*) left.

³ *w* in *weard* looks very much like *p* ‖ *oððæt* AB; now *t* and part of *æ* gone.

⁴ *o* in *ôn* written by the later hand instead of an original *a*, which is still pretty distinct ‖ *ricsan* (*s* altered from *r*?) A, *ric an* altered to *ricsan* with a different ink B; now gone.

⁵ what is left of the two letters after *hea* justifies us in reading them *ðo* (the stroke under the line must be accidental) ‖ very little of *hlæwe* freshened up; the *h* indistinct, *læwe* pretty certain, but the *w* may be easily mistaken for *þ* in consequence of the *h* of *hwylc* on fol. 179ʳ being visible through the parchment (nothing in AB between *hea* and *hord*) ‖ *beweotode* AB; now *ode* gone.

⁶ *stearne* is owing to the later hand, *r* standing on an original *p* ‖ *læg* AB; now *g* and the second half of *æ* gone.

⁷ *niða* (ð altered from *d* with a different ink) B, *mða* A; now *a* gone.

⁸ only part of *hwylc* freshened up ‖ *gefeng* certain, the stroke over *f* being accidental (nothing in AB between *nat* and *hæðnum*) ‖ *horde* AB; now only *h* and part of *o* left.

⁹ *fah*] originally *fac*, but *h* written over *c* ‖ *he þ* (*þæt* B) AB; now gone.

¹⁰ the traces left between *þ* and *slæpende* I think justify us in reading *þeah ðe he* ‖ *be* AB; now only the very bottom of *b* left, *e* entirely gone.

p. 101, ll. 11—21 = fol. 179ʳ, ll. 11—21 = ll. 2219—2230.

syre : : : : de *þeofes cræfte þæt sie                          2220

ðiod : : : : : : : : : folc beorna þæt he|ge

bolge[n] wæs.        XXXII

N̄ealles mid|ge-weoh̄lum wyrm-horda

15    cræft sylfes willum seðe him sare ge-

sceod ac for þrea-nedlan þ[egn] nat-

hwylces *hæleða bearna hete-swengeas                          2225

fleoh . : : : : : þearfa *ond* ðær inne weall

secg syn-bysig sona n̄watide þæt : : : : :

20    ðam gyst : : : : : : broga stod hwæðre

: : : : sceapen . . . . . . . . . . . . . . . .                  2230

¹¹ *syre*] I do not see any trace of the first letter having ever been *f* ‖ *f* in
*þeofes* only partially freshened up ‖ *sie* AB ; now *e* gone.

¹² only *ð* in *ðiod* freshened up ‖ what looks like an *i* over the line between
*folc* and *beorna* seems accidental ‖ *a* in *beorna* not freshened up ‖ *he* clumsily
freshened up (not *hæ*).

¹³ *n* in *bolgen* faded.

¹⁴ *midge* not freshened up ‖ *weoldum* the later hand instead of *wealdum*,
the *a* being still recognisable ‖ nothing after *horda* (only part of *r* in *cræftum*
in the back page shows through).

¹⁵ *sa* in *sare* not freshened up ‖ *ge* (with another ink A) AB ; now gone.

¹⁶ the traces of three letters between *þ* and *nat* justify us in reading *egn*
(*þegn* R).

¹⁷ *hwylces* not freshened up ‖ *swengeas* (altered from *sweangeas* B) AB ; now
*eas* gone.

¹⁸ *fleah* first hand ‖ to judge from what is left, the second word of this line
was *ærnes* (*æ* and *n* are almost certain, cf. FS.) ‖ *rfa* in *þearfa* not freshened
up ‖ *weall* (with . . . . after it A) AB ; now only *weal* left, but *w* stands on an
original *f*, which is still recognisable ; and what seemed to be another *l* in
Thorkelin's time may have been the remnant of an original *h*.

¹⁹ *by* in *bysig* not freshened up ‖ *n̄watide*, no doubt, the second hand
‖ nothing in AB after *þæt*.

²⁰ the indistinct letter after *gyst* seems to have been *e* (*gyste* Gt K) ‖ the
traces of the third word allow us to read *gryre* ‖ *broga* certain, although *o* and
*a* not freshened up ‖ *hwæðre* as good as certain, although *ðre* is not freshened
up, and *e* not entire (*hræ* AB).

²¹ according to the traces left, the first word may have been *earm* (so K)
‖ *ea* in *sceapen* not freshened up.

p. 102, ll. 1—10 = fol. 179ᵛ, ll. 1—10 = ll. 2230—2239.

..................... sceapen

...... :: :::: se fæs begeat sinc-fæt

...... þær wæs swylcra fela in ðam eorð-

[hu]se ær-ge-streona swa hy on gearda-

5   gum gumena nathwylc eormen-lafe

    æþelan cynnes \*þanc-hycgende þær|ge-         2235

    hydde. deore maðmas ealle hie deað

    for-nam ærran mælum. ond si an ða gen

    leoda duguðe se|ðær lengest hwearf

10   wearð wine-geomor rihde þæs yldan

---

¹⁻³ AB do not help here.      ¹ part of *en* covered.

² *þa hyne* before *se*? ‖ *fæs* freshened up, but *s* seems to stand on an original *r*.

⁴ *ge streona* after a blank A, *se .. er ge streona* B ; now nothing discernible before *ær*.

⁵ *gum* A, *gum* B ; now gone.

⁶ *æþelan* A, *æðelan* altered from *ædelan* with another ink B ; now *æþ* and the greatest part of *e* gone.

⁷ *hyððe* (altered from *hydde* with another ink B) AB ; now *hy* gone, and part of the first *d* covered.

⁸ *for* AB ; now *fo* gone, and a small part of *r* covered ‖ *si* the later hand, but *i* seems to stand on an original *e*.

⁹ *leoda* (with another ink A) AB ; now *leo* gone, and part of *d* covered ‖ *ær* in *ðær* not freshened up.

¹⁰ *weard* B, *feard* A ; now *w* and the upper part of *e* gone, the rest of *e* and a small part of *a* covered ; the last letter of the first word was originally *ð*, although the later hand has not freshened up the stroke through the *d* ‖ *rihde* the later hand, but *wende* the first.

... bsnrde ...

... læge hrold tela ... þa
þrod cyning eald eþel ... o...
on ongan ... ... draca
sæde on hea... ... hord... þæt
fran brønh ... ... urdm...
edū un... þæh on uman ...
... ... ... hædull ...
hond ... ... þmer þær ...
fyddan ... ... ... ...
rynr ... þeowes ... ...
ð ... þole bioun ...

bolgr þæs. XXXII

N eallef ... þwldū ...
... cpuþer þylfes þillū ...
rcæod ac þon þrtta ...
... ... hal eda br...
þloh. ... þra... ... inne
fæg fyn ... hz iona ...
dū gyfr ... ... þra...
... þc þptn ...

...ne...nfa þæh began sire þæt
þæh þæs þylena fela unða kynd
...an ge fentona · spa hy on gtapda
...lena nathpylc kopmen tafe
...un cynnes þanc hy cefinde þaþge
...oþpe mad mas ealle hue dend
...chman mælū · ⁊ fian daȝm ·
...ȝuðe fed · ⁊ lanȝeft hpanṗ
...ȝw mon pihde þaþ yldan
...pet lonȝ gefentona bpuean
...beoph eal · ȝrapto puwode on poriȝe
...ydu nah mṗe bencſṗe nwapo
...cū paſt þæh on annon bæþ iþyl
...na hpiriȝa hynde hapo · ṗydne
...ȝoldeſ fir · onða epad · hmð
...nu hæled ne maftun ẟryla
...hit · aſ onða ȝode beȝeaton
...ponnam · pæpli beule ṗṗæne
...ȝel · ṗylene liwda minna þærn
...rapȝ fapon pele ẟpeamer

p. 102, ll. 11—21 = fol. 179ᵛ, ll. 11—21 = ll. 2240—2252.

\*þæt he lytel fæc long-gestreona brucan     2240
moste beorh eall gearo wunode on wonge
wæter-yðum neah niwe be næsse nearo-
cræftum fæst þær on innon bær eorl-

15 ge-streona \*hringa hyrde hard-wyrðne     2245
dæl fættan goldes fec worda cwæð. heald
þu nu hruse. nu hæleð ne mæstan eorla-
æhte hwæt hyt ær on|ðe gode begeaton
guð-deað for-nam. \*reorh-bealc frecne     2250

20 fyrena gehwylcne. leoda minra þana
ðe þis ofgeaf gesawon sele-dream : :

¹¹ þ (þæt B) he AB; now only e and the second half of h left.

¹² moste AB; now the first stroke of m gone, and the rest of m covered || the second l in eall not freshened up || a small part of e in wonge covered.

¹³ wæter B, weter A; now w and the greatest part of æ gone, the rest of æ covered, r not freshened up.

¹⁴ cræftum A, cræftum B; now c gone, and the first stroke of r covered || innon the later hand, but o stands on an original a.

¹⁵ ge streona AB; now g gone, and the first e covered || w (or f?) and the stroke through d in wyrðne not freshened up.

¹⁶ dæl AB; now the greatest part of d gone, the rest of it and part of æ covered || fec later hand, but originally fea || w in worda not freshened up || only h in heald (not heold!) freshened up.

¹⁷ þ in þu covered || nu hruse (neither hrucæ nor hrusæ!) not freshened up; no letter effaced after it || mæstan later hand, but I think I see an original o under the æ; a also seems to stand on another vowel (u or o?).

¹⁸ part of æ in æhte covered || only part of y in hyt freshened up.

¹⁹ part of g in guð covered || reorh bealc later hand, but the first r stands on an original f, and c on an original o.

²⁰ part of f in fyrena covered || the second stroke of h and the whole of w in gehwylcne not freshened up || þana later hand, no doubt; nor do I see any sign of the third letter having originally been r.

²¹ part of ð in ðe covered.

p. 103 = fol. 180ʳ = ll. 2252—2274.

nah hwa sweord wege oᷟᷟe fe[o]r[mie]
fæted wæge. drync-fæt deore dug[uᷟ]
ellor seoc * sceal|se hearda helm [hyr]-                    2255
sted golde fœtum befeallen feormynd
5   swefaᷟ. þaᷟe beado-griman bywan
sceoldon. ge swylce seo here-pâd sio
æt|hilde gebâd ofer borda gebræc
bite irena * brosnaᷟ æfter beorne             2260
ne|mæg byrnan hring æfter wig-fru-
10   man wide feran hæleᷟum be healfe
næs hear-pan wyn. gomen gleo-beames
ne|gôd hafoc geond sæl swingeᷟ ne se
swifta mearh * burh-stede beateᷟ bealo-               2265
cwealm hafaᷟ fela feorh-cynna forᷟ
15   on-sended.  Swa|giomor-mod giohᷟo
mænde. an æfter eallum unbliᷟe hwo[op]
dæges *ond* nihtes oᷟᷟæt deaᷟes wylm * hrân          2270
ræt heortan hord-wynne fond eald uht-
sceaᷟa opene standan seᷟe|byrnende
20   biorgas seceᷟ. nacod niᷟ-draca nihtes
fleogeᷟ fyre be-fangen hyne fold-buend

¹ *nah hwa* B, *nah lwa* A ; now the top of *nah h* gone ‖ *feormie*] *f* with
another ink and a blank A, *fe* . . . B ; now only *f* entire, after it part of a
letter which may have been *e* and further on a stroke which may have belonged
to *r* (by no means to *g*): between *f* and that stroke there was not room enough
for more than two letters.
² *dug* with another ink and a blank A, *dug* . . (with another ink?) B ; now
the upper part of *g* gone (*duguᷟe* K, but *dug*[*uᷟe*] Th, *dug* Gt).
³ *hyr*] a blank A, . . B (*hyr* K, but [*hyr*] Gt Th.).
⁴ *feor mynd* (*mynd* altered from a single stroke with another ink? B) AB ;
now the greater part of *y* and the whole of *nd* gone.
⁵ *bywan* AB ; now *n* not quite distinct.     ⁶ *sio* AB ; now *io* gone.
⁹ *wig fru* B, *wig fwu* A ; now only *wi* and a small part of *g* left.
¹¹ *beames* AB ; now the top of *s* gone.
¹² *se* AB ; now *s* torn.          ¹³ *bealo* AB ; now *lo* gone.
¹⁴ *feorᷟ* AB ; now *f* torn asunder, and *rᷟ* gone ; there is a dot under *e*,
which is besides very indistinct.
¹⁶ *hweop*] *hweir* with another ink A (from *an*—*dæges* l. 16 omitted, but
afterwards *and* altered to *dages* B) ; now *p* and the second half of *o* gone
(*hweop* K, but *hwe*[*op*] Gt, *hwæ* Th).
¹⁷ *hran* AB ; now *n* and the second part of *a* gone.
¹⁸ *uht* B, *nht* A ; now *t* and the lowest part of *h* gone.
¹⁹ *byrnende* B (*opene*—*biorgas* l. 20 omitted A).
²⁰ *nihtes* AB ; now *es* gone, and *h* torn (Prof Kölbing. disregarding that.
mistakes the second stroke of *h* for *t* and *t* for *e*).     ²¹ *buend* AB ; now *d* gone.

...pat ...wicta pigr odde
...pæced pitze. dpying pat dnope
ellon sto rcaise heanda he...
stæd golde pætu be paull ...i pro...
spepad. þade baido guman by...
sceoldon. ze spylce sto hisie p...
æthilde zebad optu bosran ...
bite qiena bprosnad ætcui b...
nemeg bypnian hpinz ætcui in
man pide psuan huleda be ha...
nas heap pan pyn. zom ... zla...
nzod hapoc zond pæl spliyzed ...
spizta meanli buph stede b...
cptulin hupad pelu po...
on psided. spazio ma...
mænde. an ætcui tillepui b...
diges inihtes oddæ ...
æt hæontan bopd pyiui...
scanda optue ...
inou zæ pæd ...
pledzed ...be panzou livne po...

p. 104 = fol 180ᵛ = ll. 2275—2296.

<pre>
   * [swiðe ondræ]da[ð] he|ge-secean sceall [ho]r[d]        2275
   [on] hrusan þær he hæðen gold warað
   wintrum frod ne|byð him wihte ðy sel.
   swa se ðeod-sceaða þreo hund wintra.
 5 heold on hrusam hord-ærna|sum * eacen-                    2280
   cræftig oððæt hyne ân abealch mon
   on|mode man-dryhtne bær. fæted
   wæge frioðo-wære bæd hlaford sinne
   ða wæs hord rasod onboren beaga
10 hord bene getiðad * feasceaftum men                       2285
   frea sceawode. fira fyrn-geweorc
   forman siðe. þa|se wyrm onwôc wroht
   wæs geniwad. stonc|ða æfter stane
   stearc-heort onfand feondes fot-
15 last he|to forð gestop. * dyrnan cræfte                   2290
   dracan heafde neah. swa mæg unfæge
   eaðe gedigan wean *ond* wræc-sið seðe wal-
   dendes hyldo gehealdeþ hord-weard
   sohte georne æfter grunde wolde
20 guman findan. * þone þe him on sweo-                      2295
   fote sare geteode. hat *ond* hreoh-mod
</pre>

¹ a blank A, . . . *he ge* . . . . . . *sceall bearn* B ; the beginning of the line is torn off, the *d* is not perfect, the letter after *a* may have been ð as well as *n*, *hege* is quite clear, *secean* pretty certain, *sccall* certain ; at the end of the line there are traces of some four letters, the last but one of which was, no doubt, *r*.

² *on hrusan*] *hrusan* Gt Th K, *rusan* B and MS. now (*r* covered), a blank A.

³ a blank A, as above B, only omitting ðy sel, which words, however, are tolerably distinct (ðy certainly, not ðe) ; now *win* gone.

⁴ *swa* AB ; now *sw* gone, and part of *a* covered.

⁵ *heold* AB ; now *h* gone. and *e* and part of *o* covered (*e* not quite distinct).

⁶ *cræftig* AB ; now *c* and the first part of *r* gone, and the rest of *r* covered.

⁷ *o* and part of *n* in *on* covered.

⁸ part of *w* in *wæge* gone, and part of what is left of *w* as well as a little of the lower part of *g* covered ‖ *sin"e* : the correction in the same hand.

⁹ ða (altered from *da* with another ink B) *wæs* AB ; now ða *w* gone, and part of *æ* covered.

¹⁰ *hord* AB ; now *h* gone.

¹¹ *fr* (especially *f*) in *frea* partially covered.

¹² *forman* AB ; now *f* gone, and part of *o* covered.

¹³ *w* in *wæs* all but entirely covered.

¹⁴ *stearc* AB ; now *a* not quite entire, and part of *ste* covered.

¹⁵ *last* AB ; *l* gone, and part of *a* covered ‖ part of *e* in *cræfte* covered.

¹⁶ *d* in *dracan* all but entirely covered.

¹⁷ part of the first *e* in *eaðe* covered.

¹⁸ part of the first *e* in *dendes* covered ‖ þ in *gehealdeþ* altered from *w*.

¹⁹ *s* in *sohte* all but entirely covered.

²⁰ *guman* AB ; now part of *g* gone, and part of what is left of it covered.

p. 105 = fol. 181' = ll. 2296—2315.

hlæwum oft ymbe-hwearf ealne utan-
weardne ne|ðær ænig mon on þære
westenne hwæðre hilde gefeh bea[du]
weorces hwilum on|beorh æt-hwearf

5  *sinc-fæt sohte he|þæt sona on-fand                    2300
ðæt hæfde gumena sum góldes g3-
fandod heah-gestreona hord-weard
onbâd earfoð-lice oððæt æfen cwom
wæs|ða|gebolgen beorges hyrde.

10  * wolde fela ða lige for-gyldan drinc-               2305
fæt dyre. þa|wæs dæg sceacen wyr-
me on willan no on wealle læg bi-
dan wolde ac mid bæle fôr fyre
gefysed wæs|se fruma egeslic

15  *leodum on lande swa|hyt lungre                      2310
wearð on hyra sinc-gifan sare
ge-endod :—            XXXIII.

Đ A se gæst ongan gledum spiwan
   beorht hofu bærnan bryne-

20  leoma stod eldum on andan no|ðær
aht cwices. * lað lyft-floga læfan                        2315

---

¹ *hlæwum* A, *hlæwum* (*hlæ* added with another ink) B; now the upper
part of *hlæw* gone || *ealne utan* (*uean* A) AB; now *e utan* and part of *l* gone.
² *þære* B, a blank A ; now nothing but the lower part of the perpendicular
stroke of þ left.
³ *bea* (added with another ink A) AB; now part of *a* gone.
⁴ *hwearf* AB ; now *rf* and part of *a* gone.
⁵ *fand* (altered to *fanð* with another ink B) AB; now *and* gone.
⁷ *weard* AB ; now *rd* gone.
⁸ *cwom* A, *cwom* B; now only the greater part of *c* left, the rest of the
word gone.
¹⁰ *drinc* AB ; now *c* gone.       ¹¹ *wyr* AB ; now *yr* gone.
¹² *bi* AB ; now *i* and the greater part of *b* gone.
¹⁴ an erasure of several letters (*leod ?*) after *egeslic.*
¹⁹ *bryne* AB ; now *e* and the second stroke of *n* gone.
²⁰ *noðær* A, *neðer* altered from *neder* with another ink B ; now *r* and
part of *æ* gone.

p. 106 = fol. 181ᵛ = ll. 2315—2339.

wolde. wæs þæs wyrmes wig wide gesyne
nearo-fages niᵹ nean *ond* feorran hu
se guᵹ-scea ᵹa geata leode hatode *ond* hyn-
de hord eft gesceat. * dryht-sele dyrn-                      2320
5  ne ær dæges hwile. hæfde land-wara
lige befangen bæle *ond* bronde beorges
getruwode wiges *ond* wealles *him* seo wen
geleah þa|wæs bio-wulfe broga gecy-
ᵹed * snude to soᵹe *þæt* his sylfes *him*                  2325
10 bolda selest bryne-wylmu*m* mealt.
gif-stol geata *þæt* ᵹam godan wæs. hreow
on hreᵹre hyge-sorga mæst wende
se wisa *þæt* he wealdende * ofer ealde                     2330
riht ecean dryhtne bitre gebulge
15 breost innan weoll þeostru*m* geþoncum
swa *him* geþywe ne wæs. hæfde lig-draca
leoda fæsten. ealond utan corᵹ-weard
ᵹone * gledum forgrundon *him* ᵹæs guᵹ-                     2335
kyning wedera þioden wræce leornode
20 heht *him* þa|ge-wyrcean wigendra hleo eall-
irenne eorla dryhten wig-bord wrætlic

¹ *wolde.* AB; now gone ‖ *wig* AB; now *i* and the upper part of *g* nearly
faded ‖ *gesyne* AB; now *ne* gone, and part of *gesy* covered.
² *nearo* AB; now *ne* gone.
³ *se* AB; now *s* gone, and *e* all but entirely covered ‖ part of *g* in *guᵹ*
covered ‖ the second stroke of *n* in *hyn* covered.
⁴ *de hord* AB; now *de* and the upper part of the first stroke of *h* gone.
⁵ *ne* AB; now gone ‖ only very little of *æ* in *ær* covered.
⁶ *lige* AB; now *li* and part of *g* gone, and part of what is left of *g* covered.
⁷ *getruwode* AB; now part of *g* gone, and what is left of it as well as
part of the first *e* covered; *t* altered from *g* and *u*, it seems, from the begin-
ning of *e*.
⁸ *geleah* AB; now *g* and part of the first *e* gone, and part of what is left
of that *e* covered.
⁹ *ᵹed* (ᵹ altered from *d* with another ink B) AB; now ᵹ gone, and *e* and
part of *d* covered ‖ *s* in *snude* torn.
¹⁰ *b* in *bolda* entirely covered.
¹¹ *gif* AB; now *g* gone, and *i* and part of *f* covered.
¹² *on* AB; now *o* gone, and the first stroke of *n* covered.
¹³ *se* AB; now *s* gone, and part of *e* covered.
¹⁴ *riht* B, *ruht* A; now *riht* still left, although *ri* and *h* are torn, and *r*
and part of *i* covered.
¹⁵ *breost* AB; now the top of *b* covered, and the rest of *b* gone.
¹⁶ part of *s* in *swa* covered.      ¹⁷ part of *d* in *weard* covered.
¹⁸ only very little of ᵹ in ᵹone covered.
¹⁹ *cyning* AB; but there is no doubt that the reading of the MS. was
*kyning*, although now part of *k* is gone (*kyning* K, *cy.* Gt Th).
²⁰ part of the first *h* in *heht* covered ‖ the second *l* in *eall* covered.
²¹ part of *i* in *irenne* and part of *c* in *wrætlic* covered.

p. 107 = fol. 182ʳ = ll. 2339—2361.

wisse he|gearwe \* þæt him holt-wudu he[lpan]        2340

ne meahte lind wið lige sceolde

þend-daga æþeling ær-gôd ende ge-

bidan worulde lifes *ond* se wyrm so-

5   mod þeah ðe hord-welan heolde lange

\* oferhogode ða hringa fengel þæt he        2345

þone wîd-flogan weorode gesohte

sidan herge no he him þam sæcce on-

dred. ne|him þæs wyrmes wig for

10   wiht dyde. eafoð *ond* ellen forðon he

ær fela \* nearo neðende niða gedigde        2350

hilde-hlemma syððan he|hroð-gares

sigor-eadig secg sele fælsode. *ond* æt|guðe

for-grap grendeles mægum laðan

15   cynnes no þæt læsest wæs \* hond-gemot        2355

þær mon hygelac sloh. syððan geata

cyning guðe-ræsum freawine folca

fres-londum on hreðles eafora

hioro-dryncum swealt bille gebeaten

20   þonan bio-wulf com \* sylfes cræfte        2360

sund-nytte dreah hæfde him on earme

---

[1] *wisse he* AB; now the tops of *ss* and of *h* gone ‖ *he* (at the end of the line) with another ink A, *he* . . B ; *he* still left.

[2] *sceolde* AB ; now part of the second *e* gone.

[3] *þend* MS., no doubt ; not *þead* ‖ *ge* A, *ge*. B ; now *e* entirely gone, and only the very lowest part of *g* preserved.

[5] *lange* AB ; now *ge* gone.

[7] *gesohte* AB ; now the last *e* no longer entire.

[11] *gedigde* AB ; now the last *e* and part of the preceding *d* gone.

[12] *gares* AB ; now only *ga* and the upper part of the first stroke of *r* left.

[13] *guðe* (ð altered from *d* with another ink B) AB ; now only *g* left.

[15] *gemot* AB ; now only *ge* and the first stroke of *m* left.

[17] *folca* AB ; now part of *a* gone (what is left of the letter after *c* is enough to decide that it was *a*, not *e*).

[19] *gebeaten* A, *gebaten* B ; now *n* gone, and the preceding *e* not quite distinct.

[21] *earme* AB ; now part of the last *e* gone.

ne meahte. lind wið · lige · gesta[ld]
þland daga æþeling æt god arn
brodan worulde lifes ⁊ se wyrm
mod þah · de hord welan heolde[a]
of · þi hygode · ða hwinga gængel · þ
þone · wið flogan wið wode gesoht
siðan h[en]ge · no he hī þa [rec]ce · g
oned · ne him þæs wyrmes wig
wiht dyde · æt god ⁊ ellen wordon
æt wela narwo ne wiðe nida ge
hilde hlæn ma wyðwan helnod
hgon · æt dig sæt wele wælwode · ⁊ [ne]
ron gnaw gna wdeles · · · · · ·
cynnes · no þat læfest was hora
þah mon hygelac floh · wyðwang
cyning gude wesum · ⁊ wua wue
wæs londum · on hwæ[ð]er . . . . . . . . .
hwow drincum sweat bille . . . . . . . .
þonan bi . . . . . com wyltes . . . . .
wund nytte drwalchug . . . . . . . .

. . . . . . . . . . . .

...mede ꝼæꞇ þu þaꞎeꞇo hꞷꞇ.

ꝺnꝛilles hæꞇ paꝛe hꝛꝛan ꝫe þoꝛꝼ
ꝺe pꝛꝛes þelꞇ ꝛoꝛan onꝫan,
be baꞇꞇon lꝛꞇ ꝼꝛꞇ becꝛoꞇ ꝼꝛꞇ þꝛꝛ þꝛ
ꞇo ꝛꝛꞇean hꝛnes moꝛun oꝼꝛꝛ
ꝫꝛꝺa Ꞇꞇoleꝺa bꝛꝫonꝫ ꝛunu æꝫ ꝺꞎꝛ pꝛꝛ
ꝺn an hꝛꝫa ꝼꝛꞇ ꞇo lꝛꝛꝺu þꝛꞎꝛ ꞎꝛꝛ
ꝫꝛꝫebaꝛꝺ hoꝛꞇo Ɥꞃꞇe baꝛꝫꝛꞎ ꞇ bꝛꝛꝫꝛ
baꝛꝛꞇꞇe neꝛꞷꝛoꝺe ꞇ he pꝛꝺ æꝛꝼꝛ
eꝛꝛel ꞎꞇoꞎuꞎ hꝛꝛꝺan cuꝺꞒ. ꝺa pꝛꞎ
ꞆꞒꞎuꞒ ꝺꝛꝛꝺ . noꝺꝛꞇꝛꝛꝛ pꝛꝛ ꞎeꞎꝛꝛꞇꝛ
nꝺꝛn mꝛꝛlꝛꞇon æꞇꝺꝛ æꝺelꝛnꝫꝛ
ꞇꝫꝛꝺꝛnꝫꝛ ꞇ he hꝛꝛꝛꝺꝛꝛeꝺꝛ hꞎꝛꝛoꝛꝺ
hꝛ oꝺꝺꞒ þꝛoꝛꝛe cꝛꝛneꝺoꝛꞇ cꞷꞎꝛn poꞎ
hꝛꝛꝺꝛꝛꝛe hꝛꝛꝛꝛ onꝛoꞎcꞒ ꝼꝛꞎꝛꝛꝺ lꝛꞎꝛ
ꞇo . ꝫꝛꝛꝛꝛ mꝛꝺ aꝛꝛꝛ oꝺꝺꝛꞇ hꝛ ꝛꝺꝛꝛꝛ
ꝛꝛꝛ꞊꞊ pꝛꝺꝛꞎꝛ ꝫꝛꝛꝛꝛ pꝛꝺꞎo hꝛꝛꝛꞒ pꝛꝛꝛꞒ
ꝛꝛꝫꝛꞎ oꝼꝛꝛ ꝛꝛꞇ ꝛoꞎꝛꝛn ꝛunꝛ oꞎꝛꝛhꝛꞎ
ꝼꝺꝛon hꝛ ꝛoꝛꞎꞒꝛuꞎꝺꝛn hꝛꞎꝛꝛ ꞎꝛꞎꝛꞏꞎpꝛnꝫꝛ
ꝛe ꝛeleꝛꞇꝛn ꝛꝛꞎꝛꝛnꝛnꝫꝛ þꝛꝛa ꝺꞒ
Ɥꝛꝛꝛpꝛo ꞍꞃꞒ ꝛꝛꞎꝛ bꝛꝛꞇ nꝛꝺꞒ . mꝛꞎꝛꞎ

p. 108 = fol. 182ᵛ = ll. 2361—2384.

```
  . . . XXX. hilde-geat-wa þa|he|to holme
  [st]ag nealles het-ware hremge|þorf-
  [t]on feðe-wiges þe|him foran on-gean.
 * linde bæron lyt eft becwom fram þam                   2365
 5 hild-frecan hames niosan ofer-
   swam ða siole ða bigong sunu ecg-ðeowes
   earm an-haga eft to leodum þær him
   hygd gebead hord ond|rice * beagas ond brego-         2370
   stol bearne ne|truwode þæt he wið ælfyl-
10 cum eþel-stolas healdan cuðe. ða wæs
   hygelac dead. no|ðy ær fea-sceafte
   findan meahton æt|ðam æðelinge
   ænige|ðinga * þæt he heardrede hlaford               2375
   wære oððe þone cyne-dóm ciosan wol-
15 do. hwæðre he|him on folce freondlarum
   heold. estum mid are oððæt he yldra
   wearð. weder-geatum weold hyne wræc-
   mæcgas * ofer sæ sohtan suna ohteres                 2380
   hæfdon hy forhealden helm scylfinga
20 þone selestan sæcyninga þara ðe
   ðe in swio-rice sinc brytnade. mærne
```

¹ a blank (. . . . B) before XXX AB; now the first *X* (which may not be entire) almost totally covered ‖ the tops of *h* and *l* in *hilde* covered ‖ *holme* AB; now *e* and the top of *l* gone, and all the letters except *o* partially covered. ² . . . . *g* B, a blank A; now before *g* the second part of *a* still visible, but that as well as part of *g* covered (*ig* Gt, [*st*]*âg* Th).
³ . *on* B, a blank A; now only the last stroke of *n* left, and that covered.
⁴ *linde* AB; now the upper part of *l* gone, and the rest of *l* as well as *i* and a very small part of *n* covered.     ⁵ *hild* B (the whole line omitted in A); now the top of *h* gone, and the rest of it covered.
⁶ *swam* AB; now the greatest part of *s* gone, and what is left of it as well as almost the whole of *w* covered.
⁷ *earm* AB; now *ea* gone, and part of *r* covered.
⁸ *hygd* AB; now the upper half of the first stroke of *h* gone, and the rest of it as well as part of *y* covered.
⁹ *stol* AB; now *s* and a small part of *t* gone, and the rest of *t* covered.
¹⁰ part of *c* in *cum* covered.     ¹¹ *hygelac* A, *Hygelac* B; now *h* gone (or, at least, not discernible under the paper), and part of *yg* covered.
¹² *findan* AB; now part of *f* gone, and the rest of it as well as *i* covered.
¹³ *ænige* AB; now *æ* gone, and part of *n* covered.
¹⁴ *wære* AB; now *w* and part of *æ* gone, and nearly all that is left of *æ* covered.     ¹⁵ *de* AB; now *d* and part of *e* gone, and the rest of *e* covered.
¹⁶ a very small part of *h* in *heold* covered ‖ a long perpendicular stroke erased before *yldra*.     ¹⁷ *w* in *wearð* all but entirely covered.
¹⁸ *mæcgas* A, *mægas* B; now the lower part of the first stroke of *m* gone, and the rest of the first stroke as well as the second covered.
¹⁹ *h* in *hæfdon* covered ‖ *forhealden* altered from *forgolden* (*h* added over the line, *go* altered to *ea*).
²⁰ *þ* in *þone* almost entirely covered.     ²¹ part of *ð* in *ðe* covered.

p. 109 = fol. 183ʳ = ll. 2384—2404.

þeoden him þæt to mearce wearð *he þær                    2385
orfeorme feorh-wunde hleat sweor-
des swengum sunu hygelaces. *ond* him
eft gewat ongen-ðioes bearn hames
5 niosan syððan heardred læg. let
ðone brego-stol bio-wulf healdan
*geatum wealdan þæt wæs god cyning.                      2390

### XXXIIII.

SE ðæs leod-hryres lean gemunde
10   uferan dogrum ead-gilse wearð fea-
sceaftum freond folce gestepte. ofer
sæ side sunu ohteres *wigum *ond* wæpnum            2395
he|ge-wræc syððan cealdum cear-siðum
cyning ealdre bineat. swa he niða ge-
15 hwane genesen hæfde sliðra geslyhta
sunu ecgðiowes. ellen-weorca oð|ðone
anne dæg *þe he wið þam wyrme gewegan               2400
sceolde. ge-wat þa .xii. *sum* torne ge-
bolgen dryhten geata dracan sceawian
20 hæfde þa ge-frunen hwanan sio fæhð
aras. bealo-nið biorna him to|bearme

---

¹ *þeoden* AB; now the upper part of þ gone, part of *d* faded, and the
two *e*s not quite distinct ‖ *þær* A, *bær* B; now the greater part of þ and the
whole of *ær* gone.
² *sweor* B, *sweore* A; now only *sw* and part of *e* left.
³ *him* B, *hum* A; now only part of *h* left.
⁴ *hames* AB; now only *ha* and the first stroke of *m* left.
⁵ *let* AB; now *l* torn, and *e* and *t* not quite entire.
¹¹ *ofer* AB; now the second half of *r* gone.
¹³ this line as well as l. 19 begins a little more to the left than usual,
because there was not room enough for *h* and *b* under the *s* of the preceding
lines (cf. 175ʳ l. 12).
¹⁴ *ge* AB; now torn, and *e* not quite entire.
¹⁵ *geslyhta* A, *geslyh* . . B; now *a* and a small part of *t* gone.
¹⁷ *r* in *wyrme* altered from some other letter.
¹⁹ cf. note to l. 13 ‖ *sceawian* AB; now the second stroke of *n* gone.
²⁰ *h* and ð in *fæhð* torn.

.XXVIIII.

... þrym le ...

...ond gefæc[?]on ... dhuarte þrudtta
... sedch onlzef on unscmlde haft
e ʒwmon scwlde haun donon. ponʒ
... he ofcr pillan ʒionʒ. co dæsde
... ʒele unne pisse. hliep undch
lufan. holin pylme neh ꝥ dʒepinne
e pæs innan full pnætta ꝥpnna pꝺnd
... ʒeapo ʒud fnuca ʒold mad
maf hdbld. euld undch ...dan næꝥ
de ...p toʒeʒunʒdine ʒumdru dhʒu
...dd on nusne n... hamd cnninʒ
... hulo abdd hdꝺd ʒenurtu ʒold
e ʒerta hm pæs ʒdmon sepa
...aluf pynd unʒe mete nuh. sedone
omelan ʒnstan scwlde secdan saple
...pd rundun ʒedelan ...pd ...
on lanʒe ...  ...  ...lmʒef plæsce
e pundtn. bio puly maheladebnmn
ʒ dwpes pela ... onʒioʒode ʒud nusu
enuy onltʒ hpila icꝥ call ꝥmon.

p. 110 = fol. 183ʳ = ll. 2404—2427.

cwom *maðþum-fæt mære þurh ðæs mel-    2405
dan hond se|wæs on ðam ðreatc þreottco-
ða secg se|ðæs orleges or on-stealde hæft
hyge-giomor sceolde heau ðonon. wong

5  wisian he ofer willan giong. *to|ðæsðs    2410
he eorð-sele anne wisse. hlæw under
hrusan holm-wylme neh. yðgewinne
se|wæs innan full wrætta *ond* wira weard
un-hiore gearo guð-freca gold-mað-

10  mas heold. *eald under eorðan næs þæt    2415
yðe ceap to|gegangenne gumena ænjgum
gesæt|ða on næsse nið-heard cyning.
þenden hælo abead heorð-geneatum gold-
wine geata him wæs geomor sefa *wæfre    2420

15  *ond* wælfus wyrd unge-mete neah. se|ðone
gomelan gretan sceolde secean sawle
hord sundur gedælan lif wið lice no
þon lange wæs. feorh æþelinges flæsce
bewunden. *bio-wulf maþelade bearn    2425

20  ecg-ðeowes fela ic on|giogoðe guðræsa
genæs orleg-hwila ic þæt eall ge-mon.

¹ *cwom* AB ; now only the lowest part of the last stroke of *m* left, and that covered ‖ *madþum* A, *madþum* B ; now part of the abbreviation for *m* gone, and the rest of it as well as the tops of ð and þ covered (there is no doubt that the third letter in this word was ð, not *d*) ‖ *s* in ðæs torn ‖ *mel* AB ; now part of *e* and a very great part of *l* gone.
² *dan* AB ; now *d* and the first half of *a* gone, and the rest of *a* and the first stroke of *n* covered.
³ ða AB ; now gone.
⁴ *hyge* AB ; now *hy* and part of *g* gone, and part of what is left of *g* covered.
⁵ *wisian* AB ; now *w* gone, and part of the first *i* and of *s* covered.
⁶ the first stroke of *h* in *he* covered.
⁷ *hrusan* AB ; now *h* and the lowest part of the first stroke of *r* gone, and the rest of that stroke covered.
⁸ *s* in *se* all but entirely covered.
¹¹ yðe (ð altered from *d* with another ink B) AB ; now only a very small part of *y* gone, but it is almost entirely covered.
¹² part of *g* in *gesæt* covered.    ¹³ part of þ in *þenden* covered.
¹⁴ *wine* AB ; now *w* and part of *i* gone, the rest of *i* covered, and *n* torn.
¹⁵ the horizontal part of the abbreviation for *ond* covered.
¹⁶ a small part of *g* in *gomelan* covered.
¹⁷ the first stroke of *h* in *hord* almost entirely covered.
¹⁸ the perpendicular stroke of þ in þon covered.
¹⁹ part of *b* in *bewunden* covered.

p. 111 = fol. 184ʳ = ll. 2428—2450.

ic wæs syfan-wintre þa mec sinca bal-
dor frea-wine folca æt minu*m* fæder
genam \*heold mec *ond* hæfde hreðel cyning                    2430
geaf me sinc *ond* symbel sibbe gemunde
5  næs ic hi*m* to|life laðra owihte beorn in
burgu*m* þonne his bearna hwylc. here-beald
*ond* hæð-cyn. oððe hygelac min \*wæs þam          2435
yldestan ungedefelice mæges dædu*m*
morþor-bed stred syððan hyne hæðcyn
10  of horn-bogan. his frea-wine flane ge-
swencte miste mercelses *ond* his mæg of-
scet \*broðor oðerne blodigan gare þæt wæs          2440
feoh-leas gefeoht fyrenu*m* gesyngad. hreðre
hyge-meðe sceolde hwæðre swa þeah æðe-
15  ling un-wrecen ealdres linnan swa bið
geomor-lic gomelu*m* ceorle \*to|gebidanne          2445
þæt his byre ride giong on|galgan þon*ne* he
gyd wrece sarigne sang þonne his|sunu
hangað hrefne to|hroðre *ond* he hi*m* helpan
20  ne|mæg eald *ond* infrod ænige gefremman
\* symble bið gemyndgad morna gehwylce          2450

---

¹ *ic* AB; now *i* no longer entire ‖ *syfan* AB; now part of *s* gone ‖ *sinca
bal* (*ca bal* on dots with another ink) B, *sinta bal* A; now only *sin* left.
² *fæder* A, *fæd* . . . with *or* added on the first two dots with another ink B;
now *fæ* still entire, but the upper part of *d* and nearly the whole of *er* gone.
³ *cyning* AB; now only *cy* and the greater part of the first *n* left.
⁴ *gemunde* AB; now the last *e* gone.      ⁵ in B, *m* A; now gone.
⁶ *beald* AB; now *ld* and the second half of the preceding *a* gone.
⁸ between the first *e* and *d* in *ungedefelice* the perpendicular stroke of *f*
erased.
¹¹ *of* AB; now only *o* and the upper part of *f* left.
¹² *wæs* AB; now *s* and the greater part of *æ* gone.
¹³ *hreðre* A, *hredre* B; now ð torn, and *re* gone.
¹⁴ *æðe* (ð altered from *d* with another ink B) AB; now *e* gone, and
*æð* torn.
¹⁷ *he* AB; now the upper part of *e* gone.
¹⁹ ð in *hroðre* added over the line ‖ *helpan* B, *helwan* A; now the second
stroke of *n* gone.
²⁰ *gefremman* AB; now the second stroke of *n* and the tops of *a* and of
the first stroke of *n* gone, *an* besides separated from *gefremm* by a tear.

don ꝼꝛa ꝼ ꝼƿne ꝼolca · ꞇ miꞇ ꝼ
ᵹenam hƿolð mec ⁊hæꝼðe hƿeðel̄
ᵹeaꝼme ꝼinc ⁊ſymbel ſibbe ᵹemiꞇ
mæꝼ iclū ꞇolꝛꝼ laðꝛu opinꞇe bæᵽꝛn
bunᵹū þon hiſ baꝛnu hꝛꝛle · hꝛꝗueꞇ
⁊hƿæð cꝛn · oððe hꝛᵹelac min pæꝛ þꝛꝛ
ȝ·lðeſꞇan unᵹe deꝼelice mæᵹeſ ðꝛ
moꝛþon beð ſqueð ꝛꝛððan hꝛne hꝛeðꝛ
oꝛhoꝛn boᵹan · hꝛꝛ ꝼꝛaꝛ ꝼine ꝼlanꝛᵹꝛ
ſpꝛnꞇe miſꞇe mꝛꝛcelꝛꝛ ꝼluꝛ mꝛᵹ oꝛ
ſcæꞇ bꝛoðon oðꝗune blodꝛan ᵹaꝛe þ
ꝼꝛohi læſ ᵹeꝛꝛblꞇ ꝛꝛꝛꞇhū ᵹeſꝛnᵹað hꝛ
hꝛᵹe meðe ſcꝛlðe hꝛꝛðꝛꝛe ꝛꝛaꝛꝛahꝛ
linᵹ un ꝼꝛꝛcen ꝛꝛꝛꝛꝛeſ lꝛꝛꝛan ſꝛaꝛꝛꝛ
ᵹꝛ̄ mið ꝛꝛ lic ᵹomelū cꝛꝛle ꞇoᵹebiðꝛ
þꝛꝛiſ bꝛꝛꝛe ꝛꝛðe ᵹiꝛꝛᵹ ouᵹꝛꝛᵹan þꝛꝛ
ᵹꝛð ꝼꝛꝛꝛe· ſcꝛꝛꝛne ꝛꝛꝛᵹ· þꝛꝛ huſſuꝛꝛꝛ
hunᵹꝛð hꝛꝼꝛꝛꝛe ꞇꝛꝛꝛꝛne ⁊hel̄ heꝼꝛ
ꝛꝛꝛꝛ aƿo ⁊ꝛꝛꝛꝛꝛꝛ ꝛꝛꝛᵹe ᵹe ꝼꝛꝛꝛꝛꝛꝛ
ꝛꝛmbiꝛ beð ᵹe mꝛꝛꝛðᵹað moꝛꝛꝛ ᵹehꝛꝛꝛ

... ...

... burgū inninan ... ...
... þōn ... hafað. ...
... dæda gefondad. gefyld ...
... on his suna byre ... ...
... þind geneste. ... ...
... spread. hæled in hlod man ...
... hanþan sp... ... ...
... in ... . ✝ xxv.

... þōn on sealman ... ...
... an ... ... him eall
... ponzay ... stede spa ...
... balde. ... ponze ...
... ... ...
... ... ... he þone
... ... ... ladum
... ... . heda ...
... ... belampzū
... ... godes luht ...
... ... spa deð ... mon ...
... bynnz þahs ... gepit ...

p. 112 = fol. 184ᵛ = 2451—2472.

eaforan ellor-siᵹ oᵹres ne|gymeᵹ
to gebidanne burgum ininnan yrfe-
weardas þonne se an hafaᵹ þurh dea-
ᵹes nyd dæda gefondad.  * gesyhᵹ sorh-            2455
5  cearig on his suna bure winscle west-
ne wind-gereste. reote be-rofene
ridend swefaᵹ hæleᵹ in|hoᵹman nis
þær hearpan sweg gomen in|geardum
swylce ᵹær iu|wæron.        XXXV.
10 * G E-witeᵹ þonne on|sealman sorh-leoᵹ       2460
      gæleᵹ an æfter anum þuhte him eall
to|rum wongas ond|wic-stede swa wedra helm
æfter here-bealde heortan sorge weal-
linde wæg wihte ne|meahte.  *on ᵹam feorh-       2465
15 bonan fæghᵹe gebetan no|ᵹy ær he þone
heaᵹo-rinc hatian ne|meahte laᵹum
dædum þeah him leof ne|wæs. he|ᵹa mid
þære sorhge þe|him sio sâr be-lamp gum-
dream ofgeaf godes leoht geceas * ea-            2470
20  ferum læfde swa deᵹ eadig mon lond
ond leod-byrig þa|he of|life gewat þa

---

¹ eaforan A, Eaforan (Eafor with another ink) B ; now only an and the
lower part of r left, the latter covered ‖ the tops of the two is and of the
first two ᵹs and the upper part of the last ᵹ covered.
² to A, To (with another ink?) B ; now only the greatest part of o left,
but that almost entirely covered ‖ part of g in gebidanne covered.
³ part of w in weardas covered.
⁴ ᵹes (ᵹ altered from d with another ink B) AB ; now part of ᵹ covered,
and there is no ascertaining whether it is entire.
¹⁰ GE A, Ge B ; now part of the big G gone, and part of what is left of it
covered.
¹⁴ linde AB ; now the lower part of l, almost the whole of i, and a small
part of n gone ; and part of what is left of li covered.
¹⁵ the top of the b in bonan covered.
¹⁶ ri,ᵒc : the correction with a lighter ink.
²⁰ f in ferum torn, and a small part of it covered.

I 2

p. 113 = fol. 185ʳ = ll. 2472—2495.

wæs synn *ond* sacu sweona *ond* geata ofer [w]id

wæter wroht gemæne.  here-niðhearda

syððan hreðel sweolt *oððe him ongen-      2475

ðeowes eaferan wæran frome fyrd-

5  hwate freode ne|woldon ofer heafo

healdan ac ymb hreosna beorh eatolne

inwit-scear oft ge ge-fremedon.  þæt mæg-

wine mine ge-wræcan *fæhðe *ond|fyrene      2480

swa|hyt gefræge wæs þeahðe oðer his

10  ealdre ge-bohte heardan ceape hæð-

cynne wearð geata dryhtne guð onsæge

þa ic on morgne gefrægn mæg oðerne

*billes ecgum on|bonan stælan.  þær ongen-      2485

þeow eofores niosað.  guð-helm toglad

15  gomela scylfing hreas blac hond ge-

munde : fæhðo genoge feorh-sweng ne|of-

teah. *ic him þa maðmas þe|he|me sealde      2490

geald æt guðe swa|me gifeðe wæs.  leohtan

sweorde he|me lond for-geaf eard eðel-wyn

20  næs him ænig þearf þæt he|to gifðum oððe

to gar-denum *oððe in swio-rice secean þurfe      2495

---

¹ *wæs* AB ; now nothing left but the very bottom of *w* ‖ *synn* AB ; now the upper part of *s* gone ‖ *sacu sweona* (*Sweona* B) AB ; now the tops of the two *ss* gone ‖ *ofer* *rid* A, *ofer* . . B ; now only *o* and the greatest part of *f* left.

² *hearda* AB ; now *da* and the second stroke of *r* gone.

⁶ *eatolne* AB ; now only *eat* and the first half of *o* left.

⁷ *mæg* AB ; now only *m* and the beginning of *æ* left.

¹¹ *onsæge* AB ; now *e* and a small part of *g* gone, besides *æg* torn (cf. FS.).

¹³ *ongen* AB ; now the second stroke of the second *n* gone.

¹⁶ *of* AB ; now the second half of *f* no longer entire.

¹⁹ *wyn* AB ; now *n* and the right portion of the upper part of *y* gone.

ynn ⁊ sacu sƿeona ⁊ geata

ƿæter ƿroht gemæne. here nið h[illegible]

syððan hreðel sƿealt oððe hī ong[illegible]

ðeoƿes eaferan ƿæran frome fyrd

hƿate freode ne ƿoldon ofer heafo

healdan ac ymb hreosna beorh eato

inƿit scear oft ge gefremedon. þæt

ƿine mine ge ƿræcan fæhðe ⁊ fyrene

sƿa hyt gefræge ƿæs. þeah ðe oðer his

ealdre gebohte heardan ceape hæð

cynne ƿearð geata dryhtne guð on

sæge þa ic on morgne gefrægn mæg oðerne

billes ecgū on bonan stælan. þær ongen

þeoƿ eofores niosað. guð helm toglad

gomela scilfing hreas blac hond ge

munde: fæhðo genoge feorh sƿeng ne of

teah: ic hī þa maðmas þe he me sealde

geald æt guðe sƿa me gifeðe ƿæs. leohtan

sƿeorde he me lond forgeaf eard eðel

næs him ænig þearf þ he to gifðū oððe

to gar denū oððe in sƿio rice secean þurfe

...redan bepopian ...lde an on ...
...de 7 spa to atdne scull. hæce ...
...an pindin his spbpid polad þ mæc æt
... op se lærte ryddan ie pon du ...
... þ hi ... hand bonan ...
... pan walles hedu pnærpe pn ...
en lost ptopdunge bpungan mofte ac
... pan gepong cumblef hipde
...þeling on elne nepes æz bonu achi
...ilde gnap hbopitan pylmaf bun hus
...bnate nu scull billep æz hond 7 hand
pbond ymb hond pigan . bbopulp ...
...elode bært pondu spnæte melistan side
ge nedde þela gidu enzbgode gir ic
polle pnod polces ... pælide secun
mæidu pnshuman ... sé man secun
op lbpd pete ut ge pæced ... da
ginndu gehpylcur ... helm be
hand lundsman ... ppæse gefidus
notæ ic spbpid ... pndin to pp pnæ

p. 114 = fol. 185ᵛ = ll. 2496—2519.

wyrsan wig-frecan weorðe gecypan symle
ic him on feðan beforan wolde ana on
orde *ond* swa to aldre sceall sæcce frem-
man þenden þis sweord þolað \*þæt mec ær      2500
5   *ond* sið oft|gelæste syððan ic for dugeðum
dæg-hrefne wearð to hand-bonan huga
cempan nalles he|ða frætwe fres-cyning
breost-weorðunge bringan moste \*ac      2505
in|cempan gecrong cumbles hyrde
10   æþeling on elne ne|wæs ecg bona ac|him
hilde-grap heortan wylmas ban-hus
gebræc nu sceall billes ecg hond·*ond* heard
sweord ymb hord wigan. \*beowulf ma-      2510
ðelode beot-wordum spræc nichstan siðe
15   ic|ge-neðde fela guða on|geogoðe gyt ic
wylle frod folces weard fæhðe secan
mærðum fremman gif|mec se mân-sceaða
\*of eorð-sele ut ge-seceð gegrette ða      2515
gumena ge-hwylcne hwate helm-be-
20   rend hindeman siðe swæse gesiðas
nolde ic sweord beran wæpen to wyrme

---

[1] *wyrsan* A, . . . . . B; now only *an* and the bottom of *s* left ‖ *gecypan* AB; now *n* gone, and the tops of *p* and *a* covered ‖ *symle* A, *symle* B; now nothing left but the bottom of *s*.

[2] *ic* AB; now gone ‖ part of *h* in *him* covered ‖ *an*,ᵉ: correction in the same hand.

[5] only an inconsiderable part of the abbreviation for *ond* covered.

[6] *dæg* AB; now *d* gone, and a small part of *æ* covered.

[7] *cempan* AB; now *c* and the greater part of *e* gone, and what is left of *e* as well as the top of the first stroke of *m* covered.

[8] *breost* AB (nothing before it); now the top of *b* gone, and part of what is left of it covered.

[9] *in* AB; now the top of *i* rubbed off.

[11] *hilde* AB; now part of the first stroke of *h* gone.

[12] *gebræc* AB; now a small part of *g* gone, and part of what is left of it covered.

[13] part of *s* in *sweord* covered.

[14] *ðelode* A, *ðeloþe* (ð altered from *d* with another ink) B; now a great part of ð gone (but, to judge from what is left, the first letter was, doubtless, ð, not þ).

[15] *ic* AB; now the greater part of *i* gone, and the rest of it as well as part of *c* covered.

p. 115 = fol. 186ʳ = ll. 2519—2542.

gif ic wiste hu *wið|ðam aglæcean elles                2520
mœahtc. gylpe wiðgripan swa|ic gio wið
grendle dyde ac ic ðær heaðu-fyres hates
wene reðes *ond* hattres forðon ic me on
5   hafu bord *ond* byrnan nelle ic beorges
weard *ofer-fleon fotes trem ac unc sceal       2525
weorðan æt wealle swa|unc wyrd geteoð
metod manna gehwæs ic eom on mode
from. þæt ic wið þone guð-flogan gylp ofer-
10  sitte gebidege on beorge byrnum werede
*secgas on scarwum hwæðer sel mæge æfter      2530
wælræse wunde ge-dygan. uncer twega
nis þæt eower sið ne|ge-met mannes nefu[e]
min anes wat he wið aglæcean eofoðo
15  dæle *eorl-scype efne ic mid elne sceall       2535
gold gegangan oððe guð nimeð feorh-
bealu frecne frean eowerne. aras|ða
bi|ronde rof oretta heard under helme
hioro-sercean bær *under stan-cleofu      2540
20  strengo ge-truwode anes mannes ne|bið
swylc earges sið geseah. ða be wealle

---

¹ *gif* AB ; now part of *g* and the top of *i* gone ‖ *elles* A, *ellas* B ; now *es* gone.

² *wið* A, *wid* B ; now ð gone.

³ *ac : :* the correction in the same hand ‖ *hates* AB ; now only *ha* legible.

⁶ *sceal* AB ; now only *sc* legible ; there is room enough left for another letter after *sc*, but I cannot make out anything except that a *b* in the back page shows through.

⁸ *mode* AB ; now only *mod* left, and even part of *d* faded (what might seem to be part of *e* after *d* in the FS. has been caused by some paste).

⁹ *ofer* AB ; now the top of *e* and the upper part of *r* gone.

¹¹ *æfter* A, *æft* B ; now the bottom of *f* gone.

¹² *twega* AB ; now *a* not quite distinct.

¹³ *nefne*] *nefu* A, *nef* . . . altered with another ink to *nefn*, and that with another ink again to *nef* B ; now only *ne* and the perpendicular stroke of *f* left (*e* besides torn).

¹⁵ the second *l* in *sceall* torn and a little faded.

¹⁸ *helme* AB ; now the last *e* gone.

p. 116 = fol. 186ᵛ = ll. 2542—2565.

seðe worna fela gum-cystum god guða ge-
digde hilde-hlem-ma þonne hnitan feðan.
*stodan stan-bogan stream ut þonan. brecan      2545
of|beorge wæs þære burnan wælm heaðo-
5 fyrum hat. ne|meahte horde neah un-
byrnende ænige hwile deop ge-dygan
for dracan lege. *let|ða of|breostum ða|he      2550
gebolgen wæs weder-geata leod word ut
faran stearc-heort styrmde stefn in
10 be-com heaðo-torht hlynnan under
hârne stân hete wæs on-hrered hord-
weard oncniow *mannes reorde næs      2555
ðær mara fyrst freode to friclan
from ærest cwom oruð aglæcean ut
15 of|stane hat hilde-swât hruse dynede
biorn under beorge bord-rand on-swâf
*wið|ðam gryre-gieste geata dryhten      2560
ða wæs hring-bogan heorte gefysed
swecce to seceanne sweord ær gebræd
20 god guð-cyning gomele lafe. ecgum un-
glaw æghwæðrum wæs *bealo-hycgendra      2565

¹ seðe A, sede (with another ink?) B; now se and the upper part of ð
gone, and the rest of ð as well as part of the second e covered || the tops of ð
and a in guða covered || ge AB; now partially gone, and part of what is left
covered.
² digde AB; now the first d gone, and the greatest part of i covered || part
of the second stroke of n in feðan covered.
³ stodan AB; now s no longer entire and almost totally covered.
⁴ part of o in of covered.      ⁵ a very small part of f in fyrum covered.
⁶ part of b in byrnende covered.      ⁷ part of f in for covered.
⁸ gebolgen AB; now the greatest part of g gone, and what is left of it as
well as a very small part of e covered.
⁹ only a very small part of f in faran covered || the right half of the
horizontal stroke of t in styrmde faded.
¹¹ part of h in hârne covered.      ¹² part of w in weard covered.
¹³ ðær A, der B; now a small portion of the upper part of ð gone.
¹⁴ fr in from torn, f almost entirely covered.
¹⁶ b in biorn torn and partially covered.
²¹ a letter erased between l and a in glaw: that it was e is not quite
certain (glaw A, gleap B).

p. 117 = fol. 187ʳ = ll. 2565—2590.

broga fram oðrum stið-mod gestod wið
steapne rond winia bealdor ða|se|wyrm
gebeah snude tosomne he|on searwum
bûd ge-wat ða byrnende ge-bogen scriðan
5  \*to|ge-scipe scyndan scyld wel ge-bearg life          2570
*ond*|lice læssan hwile mærum þeodne þonne
his myne sohte ðær he þy fyrste for-
man dogore wealdan moste swa him
wyrd ne|ge-scraf \*hreð æt|hilde hond up          2575
10  abræd. geata dryhten gryre-fahne sloh
incgelafe *þæt* sio ecg gewâc. brun on|bane
bat unswiðor. þon*ne* his ðiod-cyning þearfe
hæfde \*bysigu*m* gebæded þa|wæs beorges          2580
weard æfter heaðu-swenge on|hreoum
15  mode wearp wæl-fyre wide sprungon
hilde-leoman hreð-sigora ne|gealp gold-
wine geata guð-bill ge-swâc \*nacod æt niðe          2585
swa hyt no sceolde iren ærgôd ne|wæs
þæt eðe sið. þæt se mæra maga ecgðeowes
20  grund-wong þone ofgyfan wolde sceolde
willan wic eardian. \*elles hwergen swa          2590

---

¹ *broga* AB; now *bro* and the top of *a* gone ‖ the abbreviation for *m* in oðrum torn ‖ *wid* AB ( *wið* Gt Th K); now only the greatest part of *w* left.

² *myrm* A, *vyrm* altered from *vyren* with another ink B; now the last stroke of *m* gone.

³ *sea.ʾwum*: the correction in the same hand.

⁴ *scriðan* A, *scridan* (*i* altered to *y*) B; now *n* gone.

⁵ *life* AB; now nothing left but the lower part of *l.*

⁶ *þonne* A, *þaune* B; now the second stroke of the second *n* and *e* gone.

⁷ *for* AB; now the second stroke of *r* gone.

⁹ *up* AB; now *p* gone.

¹⁰ *sluh* B, *floh* A; now *h* gone.

¹² *þearfe* AB; now only *þe* and the first part of *a* left.

¹³ *æ* in *hæfde* altered from *e* in the same hand ‖ *b* in *bysigum* on an erasure (of *f*?).

¹⁴ *d* in *weard* altered from *ð* by erasure ‖ *hreoum* (altered from *hreooum* B) AB; now the last stroke of *m* gone.

¹⁷ *niðe* A, *nide* B; now part of *e* gone.

¹⁹ *s* in *ecgðeowes* torn.

²⁰ *wong* altered from *wang* ‖ the first *e* in *sceolde* torn.

… ꝼꞇ… uðꞇu ꞇꞇð mod ꟑꝺ·
ꞇꞇꝛꝛ·ꞇꞇ· ꞇꞇoꞇꝺ· ꝓꞃꞇꞇꞇ baꞇꝺoꞇꞇ ꝺaꞇꞇ
ꟑbaꞇꞇ ꞃꞇꞇꝺe ꞇoꞃꞇꞇꞇꞇe heoꞇꞇ ꞇꞇꞇ·
baꝺ ꟑꝑꞇꞇꝺa bꞃꞇꞇꞇꞇꝺe ꟑboꟑꞇꞇ ꞃꞇꞃ·
ꞇoꞇ ꞇꞇꞇꝑe ꞇꞃꞇꝺaꞇꞇ ꞇeꞃꞇꝺ ꝑeꞇ ꟑbeꞇꞇꞇꞇ ꞇ
ꞇꞇꞇꞇe ꞇꞇꞇꞃaꞇꞇ ꞇꞇꝑꞇꞇe mꟑꞇꞇ ꝓꞇꞇꝺꞇꞇe ꝓꞇꞇꞇ
ꞇꞇꞇ mꞇꞇꞇꞇe ꞇoꞇꞇꞇe ꝺꞇꞇꞇ he ꞇꞃ ꞇꞇꞇꞇꞇe ꝑꞇꞇ
ꞇꞇꞇꞇ ꝺoꟑoꞃꞇe ꝑaꞇꝺaꞇꞇ ꞇꞇoꞇꞇe ꞇꝑaꝺꞇꞇꞇꞇ
ꝓꞇꞇꞇꝺ ꞇꞇꟑe ꞃeꞇꞇꞇꞇ ꞇꞇꞇꞇ æꞇꞇꝺe hoꞇꞇ
abꞇꞇꝑ· ꟑaꞇꞇꞇ ꝺꞇꞇꞇꞇꞇꞇ ꟑꞇꞇꞇe ꝑꞇꞇꞇe
ꞇꞇe ꟑeꞇaꝑꞇ ꞇ ꞇꞇꞇ ꞇꞇ ꟑeꝑꞇꞇ bꞃꞇꞇꞇ oꞇbaꞇꞇ
baꞇ ꞇꞇꞇꝑꞇꝺoꞇꞇ· ꝓoꞇꞇ ꞇꞇꞇ ꝺꞇoꝺ cꞃꞇꞇꞇꟑ ꝓꞇꞇ
hꞇꞇꞃꝺe ꝓꞃꞇꞇꟑꞇ ꟑeꞇꞇꝺeꝺ ꝓaꝑꞇꞇ bꞃꞇꞇꟑeꞇ
ꝑꞇꞇꞇꝺ ꞇꞇꞇꞇ ꞇꞇꞇꝺꞇꞇ ꞇꞇꞇꞇꟑe oꞃꞇꞇꞇꞇ ꞇꞇ
ꞇꞇoꝺe ꝑꞇꞇꞇꞃ ꝑeꞇ ꞇꞇꞇꞇe ꞃꞇꝺe ꞇꞃꞇꞇꞇꟑeꞇ
ꞇꞇꝺe ꞇꞇꝺꞇꞇaꞇꞇ ꞇꞇꞇꞇꞇ ꞃꞇꞇꞇa ꞇeꟑꞇꞇꝑ ꟑꞇꞇ
ꝓꞇꞇꞇ ꟑaꞇꞇa ꟑꞇꝺ bꞇꞇ ꟑeꞇꝑꞇꞇ ꞇꞇꞇꞇꝺ æꞇꞇ
ꞇꝑa hꞇꞇꞇ ꞇꞇ ꞇeꞇꞇꝺe ꞃꞇꞇꞇꞇ ꞇꞇꟑeꞇ ꞇeꝓꞇ
ꞇ eꝺe ꞇꞇꝺ· ꝓꞇe ꞇꞇꞇꞇ a ꞇꞇꞇꟑa ꞇꟑꝺꞇꞇꝑꞇ
ꟑꞇꞇꞇꞇ ꝑoꞇꞇꟑ ꝓoꞇe oꞃꟑꞃꝑaꞇꞇ ꝑoꞇꝺe ꞇꞇ
ꝑꞇꞇꞇaꞇꞇ ꝑꞇe ꞇꞇꞇꝺꞇaꞇꞇ· eꞇꞇeꞇ hꞇꞃꞇꞇꟑeꞇ ꞇꞇꞇ

... te ncon ...
... long todon. sda agla ...
... gemæt ton hynde hyne hynd pe...
...sti æd me ptoll in pan sisrne næð...
pode syne beponzth rede asi polce
...ald. nauller hi on heape hand gesealt.
...del inza banin ymbe gestodon hildu...
...stu achy on holt buzon ealdne bunj...
...lnonia inanu ptoll sepa pid ronzu...
...æpne nsm æg pibe on ptidan þa...
...pel þstced.                    xxxvi.
...is lup psst hæædpsblx scan essunu lsdp
... luid piza lsd scylpinza . mæz ielp...
...es gesæhlns ntoidus litth undstu...
...se suran hysehpæpian gemunde
...da apebielahus depin zaip. pic
...de palt;un pazmunanza polciuhta
...sta his pædstu ulæte nemihtæ
...ddbin hond noid ge psti;
...pmel spynd gæaih þæt
...elahri sii uniundes lup

p. 118 = fol. 187ᵛ = ll. 2590—2611.

sceal æghwylc mon. alætan læn-dagas
næs ꝺa long to|ꝺon þæt ꝺa aglæcean hy
eft gemetton hyrte hyne hord-weard
hreꝺer æꝺme weoll niwan stefne nearo
5  ꝺrowode *fyre befongen scꝺe ær folce          2595
weold. nealles him on heape heand-gesteallan
æꝺelinga bearn ymbe gestodon hilde-
cystum ac|hy on holt bugon ealdre bur-
gan hiora in|anum weoll *sefa wiꝺ sorgum    2600
10  sibb æfre ne|mæg wiht onwendan þam
ꝺe wel þenceꝺ :~     XXXVI.
   Ig-laf wæs haten weoxstanes sunu leof-
W  lic lind-wiga leod scylfinga. mæg ælf-
heres geseah his mondryhten *under          2605
15  here-griman hat þrowian. gemunde
ꝺa|ꝺa are þe|he|him ær for-geaf. wíc-
stede weligne wæg-mundinga folcrihta
gehwylc swa his fæder ahte ne|mihte
ꝺa forhabban hond rond gefeng
20  *geolwe linde gomel swyrd geteah þæt    2310
wæs mid eldum ean-mundes laf.

¹ *sceal* AB; now nothing left but the bottom of *l*, and that covered ‖ *æ*, *h*, and *l* in *æghwylc* partially covered (cf. FS.) ‖ *l* in *alætan* torn, and partially covered ‖ the upper part of *l* in *læn* covered ‖ *dagas* AB; now *as* and the upper part of *g* gone, and part of *d* and almost the whole of the first *a* covered.
² only a small part of *n* in *næs* covered ‖ originally *aglægcean*, but the second *g* erased (cf. FS.).
⁴ part of *hr* in *hreꝺer* covered.
⁵ *ꝺrowode* (ꝺ altered from *d* with another ink B) AB; now *ꝺr* gone, and part of *o* covered.
⁶ *w* in *weold* covered ‖ the second half of the second *a* and the whole of *n* in *gesteallan* covered.
⁷ *æꝺelinga* (ꝺ altered from *d* with another ink? B) AB; now the first half of *æ* gone, and part of the second covered.
⁸ *c* in *cystum* covered.     ⁹ only a little of *g* in *gan* covered.
¹¹ part of ꝺ in *ꝺe* covered.
¹² *Wig* AB; now the perpendicular stroke of the big *W* and the right half of the horizontal one gone, and the left half of the latter covered.
¹³ *lic* AB; now *l* gone, and *i* covered.
¹⁴ *heres* AB; now the first stroke of *h* gone, and the second partially covered.     ¹⁵ part of *h* in *here* covered.
¹⁶ only a small part of ꝺ in the first *ꝺa* covered.
¹⁸ only a small part of *g* in *gehwylc* covered.
¹⁹ *ꝺa* AB; now part of ꝺ gone, and part of what is left of it covered.
²⁰ only a very small part of *g* in *geolwe* gone.

p. 119 = fol. 188ʳ = ll. 2612—2633.

suna ohtere þam æt sæcce wearð wræcca[n]

winc-leasum weohstanes bana meces ecgum

*ond* his magum ætbær \*brun-fagne helm                    2615

hringde byrnan eald sweord etonisc *þæt*

5  him onela for-geaf his gædelinges guð-

gewædu fyrd-searo fuslic no ymbe

ða fæhðe spræc þeahðe he his broðor

bearn abredwade. \*he|frætwe geheold                       2620

fela missera bill *ond*|byrnan oððæt

10  his byre mihte eorl-scipe efnan swa

his ær-fæder geaf him ða mid geatum guð-

ge-wæda æghwæs unrim þa|he of

ealdre gewat \*frod on forð-weg þa                         2625

wæs forma sið geongan cempan þæt

15  he guðe-ræs mid his freo-dryhtne

fremman sceolde ne|gemealt him|se

mod-sefa ne|his mægenes laf gewac

æt wige þa|se wyrm onfand \*syððan                         2630

hie togædre ge-gan hæfdon wig-lâf

20  maðelode word-rihta fela sægde

gesiðum him wæs sefa geomor. ic ðæt

---

¹ *suna* AB ; now *s* (except its very bottom) and the first stroke of *u* and the top of the second gone ‖ *wrœcca* A, *wr* . . . B ; now only *w* and the first stroke of *r* left.

² *ecgum* A, *ecgum* B ; now *um* and part of the top of *g* gone.

⁸ *geheold* AB ; now the top of *l* gone.

¹³ *þa* AB ; now the second half of *a* faded.

¹⁴ *þæt* AB ; now *t* and the greater part of *æ* gone.

²¹ *f* in *sefa* altered from *w*.

... us ... hl.pode ... in þ... ...

... barus gaþ þ... ... godþ...

... god...an poldon gip... ...

...pez lange hel nuy Ᵹ hawid split...

...ic on henge Ᵹ ceas. þod yssū sid

...te ...bes pillū on munde usic ma...

...þar maðmas gaþ þehe usic gin

... þode cadde bpate helm bꝺ...

... blipond us þis ellen peone an...

... ꝟepulhmune polces hyf...

...ða hemanan inasst mahida Ᵹ þne

... ...lhena naiss cumb þ une

... diu...lumcꝺ fues behupad · þoðpa

... pætun ꝽunꝽayto helpan

...ða ꝟunman þorða hyt fy Ᵹled Ᵹesa

...un Ᵹupac on me þ me is micle

... þunume lichaman mid minne

... Ᵹled ...dinᵹ neþunce mps

... ...lur baruu ept to ande

... nusli pune Ᵹepyllan·

p. 120 = fol. 188ᵛ = ll. 2633—2655.

    mæl geman þær we medu þegun þonne

    we|geheton ussum hlaforde \*in bior-sele         2635

    ðe us ðas beagas geaf þæt we him ða guð-ge-

    tawa gyldan woldon gif him þyslicu

5   þearf gelumpe helmas ond heard sweord

    ðe he usic on herge ge-ceas. to|ðyssum sið-

    fate sylfes willum \*on-munde usic mærða      2640

    ond me þas maðmas geaf þe he usic gâr-

    wigend gode tealde hwate helm-berend

10   þeahðe hlaford us þis ellen-weorc ana

    aðohte to|gefremmanne folces hyrde

    \*forðan he manna mæst mærða ge-fre-       2645

    mede dæda dollicra nu|is|se dæg cumen þæt ure

    man-dryhten mægenes be-hofað godra

15   guð-rinca wutun gongan to helpan

    hild-fruman þenden hyt sy \*gled-egesa       2650

    grim god wat on mec þæt me is micle

    leofre þæt minne lic-haman mid minne

    gold-gyfan gled fæðmię ne|þynceð me

20   ge-rysne þæt we rondas beren eft to earde

    nemne we æror mægen \*fâne gefyllan.       2655

---

¹ *mæl* A, . . . . B; now gone ‖ *geman* AB; now there is no telling whether the *g*, part of which is covered, is still entirely preserved ‖ certainly *þegun*, not *þegon* ‖ *þonne* AB; now only *þon* left, and that partially covered.

² *we geheton*] *wegeton* A, *vigheton* B; now *we* and a small part of *g* gone, and part of *g* covered.

³ *ðe* AB; now *ð* gone, and part of *e* covered.

⁵ part of þ in *þearf* covered.

⁷ *fate* AB; now a small part of *f* gone, and besides a little of it covered.

⁸ only a small part of the abbreviation for *ond* covered.

¹¹ only a small part of *a* in *aðohte* covered.

¹² the greatest part of *f* in *forðan* covered.

¹³ *mede* AB; now there is no ascertaining whether the first stroke of *m* is still entire under the paper ‖ *dæg* (with a dot after it) added over the line in which by a colon with a comma under it the place is indicated where it is to be inserted.

¹⁴ *man* AB; now the first stroke of *m* gone.

¹⁵ *gongan*, not *gangan*.

¹⁸ *leo* in *leofre* not quite distinct, but certain.

¹⁹ *fæðmię*, not *fæðmie* (but cf. note to fol. 173ᵛ l. 4).

p. 121 = fol. 197ʳ = ll. 2655—2681.

feorh ealgian wedra ðeodnes ic wat geare
þæt næron eald ge-wyrht þæt he ana scyle geata
duguðe gnorn þrowian gesigan æt sæcce
urum sceal sweord *ond* helm \*byrne *ond* byrdu-scrud bam 2660
5 gemæne. wod þa þurh þone wælréc wig-hea-
folan bær frean on fultum fea worda cwæð
leofa bio-wulf læst eall tela swa|ðu on geo-
guð-feore geara gecwæde \*þæt ðu ne alæte                    2665
be|ðe lifigendum. dóm ge-dreosan scealt nu
10 dædum rof æðeling an-hydig ealle mægene
feorh ealgian ic|ðe fullæstu. æfter ðam
wordum wyrm yrre cwom \*atol inwit-gæst             2670
oðre siðe fyr-wylmum fah fionda nios[i]an
laðra manna lig-yðum for-born bord wið
15 rond byrne. ne|meahte geongum gár-wigan
geoce ge-fremman \*ac|se maga geonga under          2675
his mæges scyld elne ge-eode þa his agen w[æs]
gledum for-grunden þa gen guð-cyning m[ærða]
gemunde mægen-strengo sloh hilde-bille þæt
20 hyt on heafolan stôd \*niþe genyded nægling        2680
for-bærst geswâc æt sæcce sweord biowulfes

The old number of this leaf is 197, but now it stands between 188 and
189, and the old number has been changed to 189 in pencil (cf. FS.).
    ¹ *feorh* AB ; now the greatest part of *f* and the top of *h* gone ‖ *ðeodnes*
certainly, not *ðiodnes* ‖ *t* in *wat* torn ‖ *geare* A, *gear* B ; now *r* torn, and *e* gone.
    ² *geata* B, *geaca* A ; now only *g* and part of *e* left.
    ⁴ *sceal* within dots and with a ð (which, however, is almost entirely gone)
before it added in the left margin, whereas a ð over a colon with a comma
under it marks the place in the line where it is to be inserted ‖ *scrud bam*
(*bam* B) AB ; now part of *d* and the whole of *bam* gone.
    ⁵ originally *wælræc*, but the second *æ* by erasure altered to *e*, and a stroke
added to the preceding *r* in order to connect it with the *e* (cf. the FS.) ‖ *hea*
AB ; now only quite uncertain traces of *h* left, and *ea* entirely gone (*æ* of
*sæcce* in the back page shows through the parchment).
    ⁶ *cwæð* A, *cræd* B ; now entirely gone (I suppose Prof. Kölbing who thinks
that *c* is still left has suffered himself to be misled by *i* of *wihte* in the back
page showing through).    ⁷ *geo* AB ; now part of *g* and the whole of *eo* gone.
    ⁸ *alæte* AB ; now *e* not quite distinct.    ⁹ *l* in *scealt* torn.
    ¹² *gæst* AB ; now only *g* and the first half of *æ* left.    ¹³ *l* in *wylmum*
altered from *r* ‖ *niosnan* (*nan* underdotted) B, *mosnn* A ; now only *nio* left.
    ¹⁴ *rd* in *bord* torn ‖ *wið* (altered from *vid* with another ink B) AB ; now
ð entirely gone, and only the lower part of *w* and the bottom of *i* left (one
must beware here of being misled by the back page).
    ¹⁶ *under* with a different ink B, *und* A ; now only *un* and part of *d* left.
    ¹⁷ *agen wæs*] *age* and a blank A, *agen* B ; *agen* is quite distinct in the MS.
and after it the top of a letter is left which, although it might have been *f, r,*
or *s* equally well, in all likelihood was *w*.    ¹⁸ *mærða*] a blank A, . . . B ;
now only *m* left (*m* is entire although not quite distinct).
    ¹⁹ *d* in *hilde* torn ‖ *bille þæt* B, *bill* . . . . *þ* with a different ink A ; now
*þæt* gone.    ²⁰ *nægling* (with a different ink A) AB ; now the second
stroke of the second *n* and the last *g* gone.

þurhde gehofu
unu; spiþro [gap] hebm bþins [gap]
gemæne. þod þa þunh þone pelpe
polan beþ fþam on pulcū [gap]
leopa bio pulf hæet yllæete[gap]
gud þone gauia gecpæde þdu
bede liþizindū. þom æ dþeþ[gap]
dædū nop æðeling [gap]
þoþh eulzian iede þelle [gap]
popdū fþum sþyue epote. azo[gap]
oðue siðe fþn py[gap]lmū þah [gap]
ladþu manna liz rðu þon[gap]
nono bþfþe nemu [gap]
þoer ge fþdn man uese meþu[gap]
lup maʒes scild elne ge [gap] þa [gap]
dedū þon ʒiunden þaʒth ʒud [gap]
gemunde muʒth fþlþizo ploh hiþ[gap]
hþt on heuþolan tod inþe ʒe[gap]
þon biþn se ʒespþe æt saxte sþþn[gap]

...llað mæl nis þ̄ gipeðe ne pr...
...ihtnu. æge mihton helpan æt hilde
...o hond toscnon̄z seðe mæca gehpane
...e ze pnaze spanze ofer solate þon hebo
...ce beh pæþ̄ri puirdū hand næs hun
...te ðe sel. þa þæs hpað scað a þuddan
...e praene pyn draca pæþdū zemyndiz
...ðe ondone popan þa hū nū azald
...mæc. ⁊ headdo znim hanle anlne ymbe fanz
...han banū liȝe blodȝod þamð sanul
...ne sput ⁊ dū pæll.          xxvii.
...dic æt þanpe hpað cyninȝes andlonȝm
...mil ellen cūdan enæft ⁊ cūdu spa hur
...nte pær neheðde he þæg hanxolan ac
...o hand zebapn modiȝes mannes þæg he
...hir maȝþes healp þ he þone nid ȝæst modon
...hane ⁊ loh. pæz on sanpū þ dæg spand ȝe
...anp nah ⁊ pæred þ dæg pyn onȝon spedman
...yddan hazþi sylf cyninȝ zepald hir h...
...ze þræz pæll raxe zebnæd bæþ ⁊ bandū
...cauṛ. þ he on hpurian þæz pon ppat pedm

p. 122 = fol. 197ᵛ = ll. 2682—2705.

gomol *ond* græg-mæl hi*m* *þæt* gife·ðe ne wæs *þæt*
hi*m* irenna ecge mihton helpan æt hilde
wæs|sio hond to|strong *se·ðe meca ge-hwane          2685
mine ge-fræge swenge ofer-sohte *þonne* he|to
5   sæcce bær wæpen wundu*m* heard næs hi*m*
wihte ðe sel. *þa*|wæs þeod-scea·ða þriddan
si·ðe frecne fȳr-draca fæh·ða gemyndig
*ræsde on|ðone rofan *þa*|hi*m* ru*m* ageald          2690
hat *ond* hea·ðo-grim heals ealne ymbe-feng
10  bitera*n* banu*m* he|ge-blodegod wear·ð sawul-
driore swat y·ðu*m* weoll.        XXXVII.

Ð A ic æt þearfe þeod-cyninges *andlongne      2695
    eorl ellen cy·ðan cræft *ond* cen·ðu swa hi*m*
gecynde wæs ne|hedde he þæs heafolan ac
15  sio hand gebarn modiges mannes þær|he
his mægenes healp *þæt* he þone ni·ð-gæst nio·ðor
hwene sloh. *secg on searwu*m* *þæt* ðæt sweord ge-      2700
deaf fah *ond* fæted *þæt* ðæt fȳr on-gon swo·ðrian
sy·ð·ðan þa|gen sylf cyning. ge-weold his
20  gewitte wæll-seaxe gebræd biter *ond* beadu-
scearp *þæt* he on byrnan wæg *for-wrat wedra       2705

<hr/>

¹ *gomol* AB; now *g* and *l* no longer entire, and part of what is left of *g* covered; the first *o* shrunk together ‖ *him—wæs* partially covered (cf. FS.) ‖ *þ* A, *þæt* B; now only the bottom of the abbreviation left.
   ² part of *h* in *him* covered.        ³ *w* in *wæs* entirely covered.
   ⁴ *mine* AB; now the first two strokes of *m* gone, and the third and almost the whole of *i* covered.
   ⁵ *sæcce* AB; now *s* gone, and *æ* as well as part of the first *c* covered.
   ⁶ *wihte* AB; now *w* gone, and *i* and the upper part of *h* covered.
   ⁷ *si·ðe* altered from *side* with another ink B, *side* A; now part of *s* gone, and all that is left of it as well as part of *i* covered.
   ⁸ *r* and part of *æ* in *ræsde* covered.
   ⁹ the top of *h* in *hat* covered.        ¹¹ part of *d* in *driore* covered.
   ¹² Ð A A, Ða B; now part of the big ð gone, and part of what is left of it covered ‖ only very little of the *e* in *andlongne* covered.
   ¹⁴ *gecynde* AB; now part of *gec* gone, and part of what is left of *ge* covered
   ¹⁷ only very little of *h* in *hwene* covered.
   ¹⁸ *deaf* AB; now only little of *d* gone, but all that is left of it covered.
   ¹⁹ very little of *s* in *syððan* covered ‖ another *his* erased after *his*.
   ²⁰ the second *e* in *gewitte* toru.        ²¹ a small part of *p* in *scearp* covered.

p. 123 = fol. 189ʳ = ll. 2705—2731.

helm wyrm on middan feond gefyldan
ferh ellen wræc *ond* hi hyne þa begen abro-
ten hæfdon sib-æ̆ðelingas swylc sceolde
secg wesan. þegn æt ðearfe *þæt* ðam þeodne

5   wæs *siðas sige-hwile sylfes dædu*m* worlde       2710
    ge-weorces. ða sio wund ongon þe|him se eorð-
    draca ær|geworhte swelan *ond*|swellan he
    þæt sona onfand þæt hi*m* on breostum bealo-nið
    weoll *attor on innan ða se æðeling giong       2715

10  þæt he bi wealle wis-hycgende gesæt on sesse
    seah on enta geweorc hu|ða stan-bogan
    stapulu*m* fæste ece eorð-reced innan healde
    *hyne þa|mid handa heoro-dreorigne þeo-       2720
    den mærne þegn ungemete till wine-dryhte*n*

15  his wætere gelafede hilde-sædne *ond* his hel[m]
    onspeon. bio-wulf maþelode he ofer benne
    spræc *wunde wæl-bleate wisse he gearwe       2725
    þæt he|dæg-hwila *ge*-drogen hæfde eorðan wynn[e]
    ða|wæs eall sceacen dogor-gerimes deað unge-

20  mete neah nu|ic suna minum syllan wolde
    *guð-gewædu þær me gifeðe swa ænig yrfe-       2730

¹ *helm* AB; now the upper part of *h* and of *l* gone ‖ *i* in *middan* torn.
⁴ *n* in *þeodne* torn.
⁵ *worlde* AB; now only *wo* and the first stroke of of *r* left.
⁶ *eorð* A, *eord* B; now only the greatest part of *e* and a small piece of *o* left.
⁷ *swellan he* AB; now *n* and *he* gone.
⁸ *bealomð* A, *bealo niði* (ð altered from *d* with another ink) B; now only *beal* left.
⁹ *giong* AB; now the last *g* and part of the preceding *n* gone.
¹⁰ *w* in *wis* altered from *s*.
¹² *healde* A, *heald* B; now part of *d* and the whole of the last *e* gone.
¹³ *rigne* in *dreorigne* torn ‖ *þeo* AB; now only part of the perpendicular stroke of *þ* left, and that torn.
¹⁴ there is a sort of angle above the *t* of *till*, the meaning of which I do not know: the same sign occurs fol. 189ʳ, l. 6, above the *n* in *un*, and 192ʳ, l. 9, above the *u* in *up* ‖ *dryhten* A, *dryht* B; now only *dr* and the greatest part of *y* left.
¹⁵ *helo* A, *heb* B; now only *h* and almost the whole of *e* left.
¹⁶ *benne* AB; now only the greater part of *b* and a very small piece of *e* left.
¹⁷ *gearwe* AB; now a small part of the last *e* gone (the last five lines of this page do not end so soon in the MS. as they do in the FS.).
¹⁸ *wynne*] *wym* A, *wyni* B; now still *wyn* and the first stroke of the second *n* left (*wynn* Gt, *wyn*[*ne*] K).
¹⁹ originally *gerime*, *s* added afterwards, perhaps in a different hand.

...ȝeſum on nwðdan ...
...elleſn pþ.ate ⁊lu hyne þ...
...ſn hæfdon ſib æðelingaſ ſþ.le ſewl
reg þeſan þ.ſn æt ðam þ.e þ.ða þ.eðr.
peſ ſdaſ rige hpile ſyl peſ dædū p.
ȝepeoſnceſ. ða ſio þund onȝon þeli ...
ðnaca ænȝepon lſce ſpelan ⁊ſpella
þ.ſona on þund þlu on hſeſ ſcū bal
pell attoſn on innan ða ſe æðeliⱥȝ
þ.helu paule þiſ hſeȝende ȝeſcæ
ſeah on ænta ȝeþone hudū ſcan boȝſn
ſtapulū pæſte æce þ.ſð þ.æð innaſn
hyne þ.ſmð handa hæþo oſpaſſⱥ
oſn maſþ.ſne þ.ſn unȝſn æce æll piſſ
luſ pæſþ.e ȝelæſede hulde ſædne ..
on ſpeoſn. bio þulſ maþelode hieoſpⱥ.
ſpſuæ þuſnde pæl blaſce þiſſe liſ
þ.ſ heðſⱥ hpila ȝ dſnoȝſn hæſde th..
ða pæſ eull ſcaueſn doȝoſn ȝeþ.imeſ
mæe ſneah nuſc ſuſna minū ſyllaſn
ȝſd ȝeþædu þæſıme ȝſþ.ede ſpa

...parrune ece gecynge ic eac ...

...az þincua naȝȝre role cꝛnuȝ
...cuuzdana þan ce zud þmu
...ȝesan den icon aunde bud
...ȝe sceopta heold min tela ne sohte
...ur neme spop ꝼela gða on ...
...callcȝ mæȝ ꝼæoꝑli behnu ꝼæoe ȝe
...ban ꝼonda me ꝑrun uedauꝑ
Nostro ꝑina mondon builo maȝu þonus
...m scaiced liꝑ oꝑlice nudu lunȝne ȝibnȝ
...pro sceopiau undan hay ne fan pȝ lap
...nu se pynu liȝed sꝑeked ꝼane pund
...benempod bio nu on oꝑostre t ic iþi peau
...liz onȝite ȝauno sceapiȝe sꝑeȝle sauꝑ
...hual ꝼiedy ꝑꝼet mæȝe aꝑthi madðu pelan
...uliezau liꝑ 7 læd seiꝑe þone ic lonȝe hæld:
Þic ꝛuude ȝeꝑuȝn ꝛunu pili    uruꝑ
stunes aꝑꝛ poꝛd cꝑidu ꝛundu dꝑihtne
...an hæðo siocu hꝑinȝ nꝛt biꝑtan bꝛodne
...u ꝼeuctan undau bꝛonȝes hꝑuoꝑ ȝe ꝼeuhda
...hueðiȝ þahe biꝼesse ȝibnȝ maȝo þeȝn

p. 124 = fol. 189ʳ = ll. 2731—2757.

weard æfter wurde lice gelenge ic ðas leode
heold. fiftig wintra næs|se folc-cyning
ymbe-sittendra ænig ðara *þe|mec guð-winu*m*            2735
gretan dorste egesan ðeon ic on earde bâd
5  mæl-ge-sceafta heold min tela ne sohte
searo-niðas ne|me swor fela aða on un-
riht ic|ðæs ealles mæg *feorh-bennu*m* seoc ge-          2740
fean habban forða*n* me wita*n* ne|ðearf
waldend fira morðor-bealo maga þonne
10  min sceaceð lîf of lice nu|ðu lungre geong
hord sceawian under harne stan. *wig-laf              2745
leofa nu se wyrm ligeð swefeð sare wund
since bereafod bio nu on ofoste þæt ic ær-welan
gold-æht ongite gearo sceawige swegle searo-
15  gimmas þæt ic|ðy seft mæge *æfter maððum-welan    2750
min alætan lîf *ond* leod-scipe þone ic longe heold :—
Ð A ic snude gefrægn sunu wih-      XXXVIII.
stanes æfter word-cwydum wundu*m* dryhtne.
hyran heaðo-siocum hring-net beran *brogdne          2755
20  beadu-sercean urder beorges hrof. geseah|ða
sige-hreðig þa|he bi|sesse geong. mago-þegn

It is not the fault of the MS. that some letters or parts of letters in fol.
189ʳ and 190ʳ look so pale in the FS.
¹ *weard* AB; now a small part of *w* gone, and the rest of it as well as *e*
and part of *a* covered || the tops of the *ls* in *lice* and *gelenge* covered || part
of ð and the top of *s* in *ðas* covered || *leode* AB; now the upper part of the
word gone.
² *heold* AB; now the upper part of *he* gone, and the lower covered,
*e* rubbed.
³ *ymbe* AB; now *y* and the first stroke of *m* and the lower part of the
second covered (there is no ascertaining whether *y* is entirely preserved).
⁴ *gretan* AB; now *g* and the bottom of the first stroke of *r* and part of *e*
gone, and what is left of *re* covered.
⁵ *mæl* AB; now nothing left (or, at any rate, legible) but *l*, and that torn.
⁶ *searo* AB; now only the second half of *a* and *ro* legible (*se* and the rest
of *a* may be preserved, too, but I cannot make out anything under the paper)
|| for *un* cf. note on 189ʳ, l. 14.
⁷ *riht* AB; now *ri* gone, and part of *h* covered.
⁸ *fean* AB; now *fe* and the first half of *a* gone, the rest of *a* covered.
⁹ *w* in *waldend* all but entirely covered.
¹² the bottom of *le* in *leofa* covered.
¹³ *since* AB; now *sin* gone, and *ce* torn and partially covered || *be* in
*bereafod* torn.
¹⁴ a small part of *g* in *gold* covered.
¹⁵ *gimmas* AB; now the bottom of *g* gone.
¹⁶ *min* AB; now *mi* gone || a stroke over the *n* in *þone* erased.
¹⁷ the big Ð (AB) nearly entire, but partially covered.
²⁰ the first *e* in *sercean* altered from *æ* || *urder* MS., not *under* (cf. FS.).

p. 125 = fol. 190ʳ = ll. 2757—2782.

modig ma·ðð·um-sigla fealo gold glitinian

grunde ge-tenge wundur on wealle *ond*

þæs wyrmes denn *ealdes uht-flogan                    2760

orcas stondan fyrn-manna fatu feor-

5  mend-lease hyrstum behrorene þær wæs

helm monig eald *ond* omig earm-beaga fela

searwum gesæled sinc eaðe mæg *gold on|grund[e]      2765

gum-cynnes gehwone ofer-higian hyde seðe

wylle swylce he|siomian geseah segn eall-

10  gylden heah ofer horde hond-wundra

mæst gelocen leoðo-cræftum of|ðam leoman

stôd *þæt he þone grund-wong ongitan meahte          2770

wræce giond-wlitan næs ðæs wyrmes þær

onsyn ænig ac|hyne ecg for-nam ða ic on

15  hlæwe gefrægn hord reafian eald enta

geweorc anne mannan *him on bearm hlodon             2775

bunan *ond* discas sylfes dome segn eac genom

beacna beorhtost bill ærge-scod ecg wæs iren

eald hlafordes þam ðara maðma mund-bora

20  wæs *longe hwile lig-egesan wæg hatne for          2780

horde hioro-weallende middel-nihtum

---

¹ *modig* AB ; now the upper part of *d* gone ‖ the *g* in *sigla* torn ‖ *glitinian* MS., not *glitmian*.

⁶ the abbreviation for *ond* seems altered from some letter or from the beginning of some letter.

⁷ *grund* AB ; now only *gr* and the first stroke of *u* left.

¹¹ *leoman* AB ; now the last stroke of *n* no longer entire.

¹² *wong* MS., I cannot account for the form of the *g* in the FS. ‖ *meahte* AB ; now only *mea* and the first stroke of *h* left, and even that torn.

¹³ *þær* AB ; now only *þ*, which, however, is torn, and a small part of *æ* left.

¹⁴ *on* AB ; now only the very beginning of *o* left.

¹⁵ *enta* AB ; now the second half of *a* gone.

¹⁶ *hlodon* B, *holdon* A ; now *on* and a small part of *d* gone ; the vowel after *l* is *o*, not *a*.      ¹⁷ *genom* AB ; now *m* gone.

¹⁸ the second *l* in *bill* is a later insertion ‖ *iren* left (the FS. does not do justice to the ends of the last lines of this page).      ¹⁹ *bora* preserved in MS.

²¹ *horde*] originally *hogode*, but *g* erased and the second *o* altered to *r*.

...ægdne sealt · an uær on ... ...
...ðes gæun cnæpm gepynð ned hyne
...t bruæ hpædsi collen ... cpicue
... indū ponz sæde pedpu ...
...soene þuslhe lune ... pou læt · heda
...mad mū mesune modsi dpylisi
...e diuðiuzne puud aildpes æt sirde
...æt onzon pæshes psonpan od ...
...e opd hpursc hopd þunh bruæ · zomel
...zodir zold scupode · ledupu pnacpu
...ailles danc puldur cuunze poudū
... acū dpylicur perchu onscique þupde
...cæ nimū læodū cuspylc daze spyle ze
...cnan nuic on madma hopd minnebe
...punode psopli læze puisi mad zuia
...puupc nemæz ic ligu luz pesan · haud
...masu hlcp zepynean · bæupliczne
...bæle æt bunnes nosan · sescel zoze
...minū læodū haih hlupan on hpu
...pælidais syddan hurzan
...opsi

p. 126 = fol. 190ᵛ = ll. 2782—2808.

o༖ þæt he mor༖re swealt ar wæs on ofoste
eft-si༖es georn frætwum gefyr༖red hyne
fyrwet bræc *hwæ༖er collen-fer༖ cwicne                     2785
gemette in|༖am wong-stede wedra þeoden
5 ellen-siocne þær he hine ær for-let. he|༖a
mid þam ma༖-mum mærne þioden dryhten
sinne driorigne fand *ealdres æt ende                      2790
he hine eft ongon wæteres weorpan o༖ þæt
wordes ord breost-hord þurh-bræc. gomel
10 on giogo༖e gold sceawode.   Ic|༖ara frætwa
frean ealles ༖anc *wuldur-cyninge wordum               2795
secge. ecum dryhtne þe|ic|her on starie þæs༖e
ic moste minum leodum ær swylt-dæge swylc ge-
strynan nu|ic on ma༖ma hord minne|be-
15 bohte *frode feorh-lege frem-ma༖ gena                   2800
leoda þearfe ne|mæg ic her leng wesan. hata༖
hea༖o-mære hlæw gewyrcean. beorhtne
æfter bæle æt brimes nosan. se|scel to|ge-
myndum minum leodum *heah hlifian on hro-            2805
20 nes næsse þæt hit sæli༖end sy༖༖an hatan
biowulfes biorh|༖a༖e brentingas ofer

<hr />

¹ *ofoste* AB ; now *of* partially gone, and a very small portion of *s* covered.
⁴ the second *t* in *gemette* seems to be altered from *e*.
⁶ *mid* AB ; now there is no ascertaining how much more of *m* is preserved than the upper part of its last stroke, the paper employed here by the binder being too thick for us to make out anything under it.
⁷ *s* and the upper part of *i* in *sinne* covered.
⁹ *wordes* AB ; now the lower part of *w* gone.
¹⁰ *w* in *sceawode* altered from *p*.
¹¹ *f* and the bottom of the first stroke of *r* in *frean* covered.
¹² *secge* (with a stroke over *ge* instead of over the *u* of the next word B) AB ; now *sec* and the lower part of *g* gone.
¹³ *ic* AB ; now gone ‖ the first stroke of *m* in *moste* as well as the top and the bottom of the second and the bottom of the third covered.
¹⁴ *strynan* AB ; now *st* and the first stroke of *r* gone, and the second covered.
¹⁵ *bohte* AB ; now *bo* gone, and the upper half of the first stroke of *h* partially gone and partially covered.
¹⁶ *leoda* AB ; now the lower part of *le* gone, and all that is left of *l*, and nearly all that is left of *e* covered.
¹⁷ *hea༖o* (༖ altered from *d* with a different ink B) AB ; now *h* gone, and *e* and part of *a* covered.     ¹⁸ only very little of *æ* in *æfter* covered.
²⁰ part of *ne* in *nes* covered.     ²¹ a small part of *b* in *biowulfes* covered.

BEOWULF.                                                              K

p. 127 = fol. 191ʳ = ll. 2808—2832.

floda genipu feorran drifað dyde him

of healse hring gyldenne *þioden þrist-                          2810

hydig þegne ge-sealde geongum garwigan

gold-fahne helm beah *ond* byrnan het|hyne

5  brucan well. þu eart endelaf usses

cynnes wæg-mundinga ealle wyrd|for-

speof *mine magas to metod-sceafte                             2815

eorlas on elne ic|him æfter sceal

þæt wæs þam gomelan gin-gæste word.                            -

10  breost-gehygdum ær he bæl cure hate

heaðo-wylmas him of hwæðre gewat *sa-                          2820

wol secean soð-fæstra dôm.

Đa wæs ge-gongen gumum unfrodum ear-
foð-lice *þæt* he on eorðan geseah þone

15  leofestan lifes æt ende bleate gebæran

bona swylce læg *egeslic eorð-draca ealdre                     2825

bereafod bealwe gebæded beah-hordum leng

wyrm woh-bogen wealdan ne|moste ac him

irenna ecga for-namon hearde heaðo-scear-

20  de homera lafe *þæt se wid-floga wundum stille                2830

hreas on hrusan hord-ærne neah nalles

---

¹ *floda* B, *fulda* A; now the perpendicular stroke of *f* gone ‖ *feo* separated from *rran* by a tear ‖ ð in *drifað* still entire, although part of its horizontal stroke is very faint ‖ *h* separated from *im* by a tear.

⁷ a hole in the parchment after *speof* (cf. FS.).

⁸ *l* in *sceal* torn.

¹⁰ this line begins a little more to the right than usual as there was not room enough for the *b* under the þ ‖ *gehygdum* MS., not *gehygðum*.

¹¹ the dot under the second stroke of *r* in *hræðre* seems to be accidental ‖ what in the FS. looks like an accent over *a* in *gewat* is owing to a small hole in the parchment.

¹² no number in MS. (but XXXXVIII AB, with a different ink? B).

¹⁴ *þone* AB; now an inconsiderable part of *e* gone in consequence of a hole.

¹⁵ a worm-hole after *eorð* ‖ *ealdre* AB; now the last *e* gone, and the bottom of the first stroke of *r* almost entirely faded.

¹⁷ *leng* AB; now the tops of the second stroke of *n* and of *g* gone.

¹⁹ this line begins unnecessarily a little further to the left than usual.

...ða geunpu fre...num...
...hialse hring gyldan ne... f...
hidig þegne ge paulde gon gū gup...
gold falne helm bealt ꝥ brynian h...
bpucan fell. þu aure ðrdelap...
cynne... ꝥg mundinga aille...
... une magus to metc...
... claf on elne reht ðst...
ꝥ pær þū gamelan gin garst pou...
bpuost gehygdū aplhe bel cupe...
haðo pylmay hī op hpædlie gepæ...
pol spam. soð pæstpa dom.

Da pær ge gongen gumū un fpuðū...
soð lice ꝥ he on cyldan ge peah þe...
læpestan lipes æt ðrde blaca gebahe...
bona sprlice læg geslie cplðdpacan...
benaifod bailþe gebæded baih houðū...
prun poh bogth paldan nemosce ach...
manna ægg pon namon haipde haðo...
oe homtqra laxe ꝥse prapleoza pau...
hpæaf on hpapfan hopp...ene adih...

p. 128 = fol. 191ᵛ = ll. 2832—2858.

æfter lyfte lacende. hwearf middel-nihtum
maðm-æhta wlonc ansyn ywde ac he eorðan
gefeoll * for|ðæs hild-fruman hond-geweorce                2835
huru þæt on|lande lyt manna ðah mægen-
5 agendra mine ge-fræge þeahðc he dæda ge-
hwæs dyrstig wære þæt he wið attor-sceaðan
oreðe geræsde *oððe hring-sele                             2840
hondum styrede gif|he wæccende
weard on-funde buon on beorge bio-wulfe
10 wearð dryht-maðma dæl deaðe forgolden
hæfde æg-hwæðre ende ge-fered *lænan lifes               2845
næs ða lang to|ðon þæt ða hild-latan holt of-
gefan tydre treow-logan tyne æt-somne
ða|ne dorston ær dareðum lacan on hyra
15 man-dryhtnes miclan þearfe *ac|hy scami-               2850
ende scyldas bæran guð-gewædu þær se|go-
mela læg wlitan on wilaf he|ge-wergad sæt
feðe-cempa frean eaxlum neah wehte hyne
wætre him wiht ne speop *ne|meahte he on eorðan          2855
20 ðeah he uðe wel ou|ðam frum-gare feorh ge-healdan
ne|ðæs wealdendes wiht oncirran wolde dóm

---

¹ *hwearf* B, *hfearf* A; now *h* torn, and the upper part of the first
stroke of it gone ‖ *nihtum* A, *nihtum* B; now *tum* gone, and part of *h*
covered.
³ *eorðan*] a small part of ð and the last stroke of *n* covered.
⁷·⁸ blanks at the end of these lines on account of the hole (cf. note to
l. 11 of the front page).
¹¹ the lower part of the first stroke of *h* in *hæfde* covered.
¹² *næs* B, *mæs* A; now a very small part of *æ* gone.
¹³ *gefan*] the greatest part of *g* and the bottom of *f* covered.
¹⁴ *ða*] part of ð covered.
¹⁵ the greatest part of the first stroke of *m* in *man* covered.
¹⁶ part of *en* in *ende* covered.
¹⁷ *mela* AB; now part of *m* covered, and the top of its first stroke
gone.
²⁰ the second stroke of *n* in *gehealdan* covered.

K 2

p. 129 = fol. 192ʳ = ll. 2858—2883.

godes dædum rædan gumena gehwylcum swa

he nu gen deð \*þa|wæs æt|ðam geongum grim *and*swaru    2860

eð-begete þam·ðe ær his elne for-leas. wiglaf

ma·ðelode weohstanes sunu sec|sarigferð

5   seah on unleofe *þæt* la|mæg secgan scðe wyle

soð specan \**þæt* se mon-dryhten se eow|ða    2865

ma·ðmas geaf eored-geatwe þe|ge þær on

standað. þon*ne* he on ealu-bence oft gesealde

heal-sittendum helm *ond* byrnan þeoden his

10   þegn*um* swylce he þrydlicost \*ower feor    2870

o·ð·ðe neah findan meahte *þæt* he genunga

guð-gewædu wra·ðe for-wurpe. ða hyne

wig beget nealles folc-cyning fyrd-gesteallum

gylpan þorfte hwæðre him god uðe \*sigora    2875

15   waldend *þæt* he hyne sylfne gewræc ana mid

ecge þa|him wæs elnes þearf.  Ic him lif-wraðe lytle

meahte æt-gifan æt guðe *ond* oṅgan swa þeah

ofer min ge-met mæges helpan.  \*Symle wæs    2880

þy sæmra þon*ne* ic sweorde drep ferhð-geni·ð·

20   lan fyr|un-swiðor weoll of|ge-witte fergen-

dra to lyt þrong ymbe þeoden þa|hyne sio

---

¹ *godes* AB; now *go* all but entirely gone ‖ *gumena*] *g* torn ‖ *gehwylc*um (*-cum* B) *swa* AB; now *a* and part of *l* (which is separated from *y* by a tear) gone.

² ·ɟswaru A, *andswaru* B; now the second stroke of *u* gone.

¹³ *gesteallum* (*-um* B) AB; now only *geste* and the beginning of *a* loft.

¹⁴ *sigora* AB; now *a* gone and *s* torn.

¹⁶ the dot under *c* in *ecge* seems accidental ‖ *e* in *lytle* torn.

²⁰ *fyrun*] *u* altered from *a*.        ²¹ *hyne*, not *hym* (cf. the FS.).

... capitan̄ ... pıſta
... ſe̅ ... re papuıg ...
n luıp̄ ... ſagan ſadaqı ...
n þe mon apılızth ſe wpda
ghp wped gaɪc pe pıze þuh on
· þon he on culu bſnce oþc geſuı
hṁ helm ꝸ bıȝunan þwdch lʒ
ſtce hʒ pɪydlıcoſt opſṁ pþpıs
h pɪndan maıhte þhe gaunı
du puade pɪı punpe · ſa hunı
halleſ pole cynıng ꝼynd ꝝ
onꝼce lıpadlıe hñ g ...
þ he hyne ꝼılpne ze puue amı ...
paꝼ elnꝝ þuıpe qohñ hɪp puıde ...
tꝝapen aꝝude ꝸ uɪꝛuı ſɪa þa ...
e ...

... lupꟛciu licȝꟛ ...
... moꝺ þꜳꝺe mꜳȝ bunȝe monnꜳ
... iꝺel hpꟛꝼꟛn syꝺꝺꜳn æꝺelinȝꜳꝼ
... ȝe ... plꜳm tꝩpꟛune tꝺ
lꜳ ... ꝺæꝺ ... biꝺ ꝼellꜳ tꝩplꜳ ȝehꝩꝛleū
onne eꝩꝛꞇ liꝼ                        xl͞ ·
ehꞇ ꝺꜳ þ hꜳꝺo pꜳꝛuꞇ to hꜳȝꜳn bioꝺꜳn
up oꝛꟛꞇ æȝ cliꝼ þꜳꝛ þ tꝩl pꜳꝛioꝺ m͞n
þꜳꞇ lonȝne ꝺæȝ moꝺ ȝionien ꝛæꞇ boꝛ
ꝺbbꜳꝛꝺe biȝꜳ onꝛ pꞁū Anꝺe ꝺoȝoꝛ ...
ꝺꞇ omes læꝝ ꝛꞇ· monnes lyꞇ ꝼpꟛȝꜳ ...
ꝺu ꝼpellꜳ ꝼeꝺe nꜳꝛȝenꜳꝺ ꜳchesuꝺ
... oꝛꟛꞇ ꜳille nu iꝼ pilȝæ pꜳ peꝺu ...
ꝼꝩliꞇꜳ ȝꜳꞇꜳ ꝺꜳiꝺ beꝺꝺe ꝛꜳꞇ pu
ꝺæl ...          ꝛeꞇe pꝛ pꝛinꝩes ꝺæꝺū hun
hu liȝeꝺ ꜳlꝺo ȝeꝛꞇꟛnꜳ ꝼieꝝ bꜳꝛiū
... ꝼpꜳꝺe neꝝ ꝼliꞇe onꝺ͞ꜳ ꜳȝlꜳcꜳin
lꞇȝe þinȝꜳ pꝩꝺe ȝepꝩꝛꞇꜳn piꝛlꜳꝛꝼiꞇ ...
ꝺubio pulceꝛbūꝛne pꜳꝛ ... es ꜳꝝ ꝺpꝝ ...
... ꜳn liȝ ... ꝺū hꜳ ... hiȝe ... eꝺiūn

p. 130 = fol. 192ᵛ = ll. 2883—2909.

þrag becwom. hu sceal sinc-þego *ond* swyrdgifu
\*eall eðel-wyn eowru*m* cynne. lufena licgean                     2885
lond-rihtes mot þære|mæg-burge monna
æghwylc idel hweorfan syðða*n* æðelingas
5 feorran ge-fricgean fleam eowerne \*do*m*-                        2890
leasan dæd deað bið sella eorla gehwylcu*m*
þonne edwit-lif.    XL :—

**H**eht ða þ*æt* heaðo-weorc to hagan biodan
up ofer ecg-clif þ*er* þ*æt* eorl-weorod mor-
10    gen-longne dæg mod-giomor sæt \*bord-            2895
hæbbende bega on wenu*m* ende-dogores
*ond* eft-cymes leofes. monnes lyt swigode
niwra spella seðe næs geråd ac he soð-
lice sægde ofer ealle \*nu is wil-geofa wedra        2900
15 leoda dryhten geata deað-bedde fæst wu-
naðð wæl-reste wyrmes dædum him
on efn ligeð ealdor-gewinna siex bennu*m*
seoc sweorde ne|meahte \*on|ðam aglæccan            2905
ænige þinga wunde gewyrcean wiglaf siteð
20 ofer bio-wulfe byre wih-stanes eorl ofer
oðru*m* un-lifigendum healdeð hige-mæðum

¹ *þrag* AB ; now the greater part of þ gone, and what is left of it as
well as a small part of r covered ‖ *becwom* AB ; now the right portion of
the lower part of *b* gone, and the upper part of the first stroke of it as
well as the whole of *e* and part of *c* and the top of *w* covered ; *b* is,
besides, separated from *e* by a tear ‖ *sceal* AB ; now part of *s*, *e* and *a*
covered, and *a* besides torn ‖ the tops of *s* and of þ in *sinc-þego* covered
‖ *swyrdgifu* AB ; now *gifu* gone, and r and d partially covered.

² *e* in *eall* all but entirely covered ‖ *eowrum cynne* with a dot after it over
an erasure in the same hand (to judge from the traces, *eowrum cynne* was
written in the line, too, but erased on account of being even more indis-
tinct than þ*ære*, *hweorfun*, *fricgean*, *deað bið* in the following lines : cf. FS.).

⁶ *dæd*] originally *dæl*, but *l* deleted by dots, and *d* added in the same
hand.

⁷ *eᵈ⁴wit :* the correction in the same hand ‖ originally XLI, but I
erased.                    ⁸ part of the big H covered.

⁹ an angle over *up*, cf. note to fol. 189ʳ l. 14.

¹¹ a small part of *s* in *dogores* covered.

¹³ *niwra*] part of the first stroke of *n* and the bottom of *w* covered.

¹⁴ *lice*] part of *li* covered, *l* besides torn.

¹⁵ *leoda*] a very small part of *l* covered.

¹⁶ between *wæl* and *reste* about five letters (to judge from the traces
left, *bennu*m) erased ‖ *reste*] r altered from some other letter.

¹⁸ *aglæcean*] c altered from g.       ²⁰ *ofer*] the bottom of *f* covered.

²¹ *oðrum*] a small part of ð covered.

p. 131 = fol. 193ʳ = ll. 2909—2937.

heafod-wearde *leofes *ond* laðes nu ys|sleodum        2910

  wen. orleg-hwile syððan under froncu*m*

  *ond* frysu*m* fyll cyninges wide weorðeð wræs|sio

  wroht scepen heard wið hugas syððan

5 hige-lac cwom *faran flot-herge on fresna        2915

  land þær hyne het-ware hilde ge-hnægdon

  elne ge-eodon mid ofer-mægene *þæt* se byrn-

  wiga bugan sceolde feoll on feðan nalles

  frætwe geaf *ealdor dugoðe us wæs a syððan        2920

10 mere-wio-ingas|milts ungyfeðe.  Ne ic te|sweo-

  ðeode sibbe oððe treowe wihte ne|wene ac wæs wide

  cuð *þætte* ongenðio ealdre be-snyðede *hæðcen        2925

  hreþling wið hrefna wudu þa for on-med-

  lan ærest gesohton geata leode guð-scil-

15 fingas.  Sona hi*m* se|froda fæder oht-heres

  eald *ond* eges-full hond-slyht ageaf *abreot        2930

  bri*m*-wisan bryda heorde gomela io-meowlan

  golde berofene onelan modor *ond*|oht-heres

  *ond*|ða folgode feorh-geniðlan oððæt hi oð-eodon

20 earfoð-lice *in hrefnes holt hlaford-lease        2935

  besæt ða sin-herge sweorda lafe wundu*m* werge

[1] *heafod wearde* AB; now *heafo* and the upper part of the following *d* and the top of the second *a* gone ǁ *leofes* A, *leowes* B; now the upper part of *l* gone, and *e* separated from *s* by a tear ǁ *laðes* (ð altered from *d* with another ink B) AB; now the cross stroke of ð gone ǁ *ysleodum* (*-um* B) AB; now all gone except the greater part of *y*.
[2] *froncum* A, *Froncum* B; now the abbreviation for *m* gone.
[4] *syððan*] the dot over *n* is accidental, and what appears as a dot under *n* in the FS. is a hole in the MS.   [5] *fresna* A, *Fresna* B; now *a* gone.
[6] the first stroke of *r* in *ware* altered from a longer one.
[10] originally *ingannilts*, but the first stroke after *a* altered to *s* ǁ *sweo* A, *Sweo* B; now the greater part of *o* gone.
[11] *newene* in the same hand over the line, a comma indicating where it is to be inserted.   [12] *hæðcen* AB; now the last stroke of *n* gone.
[13] *on med* AB; now the bottoms of the first two strokes of *m* and the whole of the last and *ed* gone, besides *on* torn.
[14] *scil* A, *Scil* B; now *l* gone.
[15] *oht heres* A, *Otheres* B; now *s* no longer entire.
[17] *meowlan* B, *meowla* and a blank A; now *n* and the greater part of *a* gone.   [19] *eodon* AB; now the last stroke of *n* gone.
[21] this line ends too soon in the FS.

[illegible] te[illegible]

[illegible]wan orleg hwile syððan [illegible]
⁊ frysū fyll cyninges [illegible]
wroht scepen heard wið hugas [illegible]
hige lac cwom faran flot herge on [illegible]
land þær hyne het ware hilde genæg[illegible]
elne ge eodon mid ofer mægne þæt se by[illegible]
wiga bugan sceolde feoll on feðan nal[illegible]
frætwe geaf ealdor dugoðe us wæs a syð[illegible]
mere wio ingas milts ungyfeðe ne ic te[illegible]
ðeode sibbe oððe treowe wihte ne wene ac wæs wi[illegible]
cuð þætte ongenðio ealdre besnyðede hæð[illegible]
cen hreþling wið hrefna wudu þa for on[illegible]
medlan ærest gesohton geata leode guð [illegible]
fingas. Sona him se froda fæder [illegible]
eald ⁊ eges full hond slyht ageaf [illegible]
brim wisan bryd ahredde gomela io meo[illegible]
golde berofene onelan modor [illegible]
[illegible] folgode feorh geniðlan oððæt hi [illegible]
[illegible] eodon earfoð lice in hrefnes holt hla[illegible]
leas besæt ða [illegible]

[illegible]

...on galg treowu to gamene

...for eft gelamp sarig modū somod

ær dæge syððan hie hyge laces horn ⁊ byman

gealdor ongeaton þa se goda com leoda dugoðe

on last faran. xli.

Wæs sio swat swaðu sweona ⁊ geata wæl ræs

weora wide gesyne hu ða folc mid him fæhðe

towehton. gewat him ða se goda mid his gæ

delingū frod fela geomor fæsten secean

eorl ongen þio ufor oncirde hæfde higelaces

hilde gefrunen wlonces wig cræft wiðres

ne truwode þæt he sæ mannū onsacan mihte

heaðo liðendū hord forstandan bearn ⁊ bryde

beah eft þonan. eald under eorð weall.

þa wæs æht boden sweona leodū segn higelace.

freoðo wong þone forð ofer eodon syððan

hreð lingas to hagan þrungon þær wearð on

gen ðiow ecgū sweorda blonden fexa on bid wrec

en þæt se þeod cyning ðafian sceolde eafores

p. 132 = fol. 193ᵛ = ll. 2937—2964.

wean oft gehet earmre teoh-he ond-longe
niht cwæð he on mergenne meces ecgum
*getan wolde sum on galg-treowu to gamene      2940
frofor eft gelamp sarig-modum somod
5 ær-dæge syððan hie hyge-laces horn *ond* byman
gealdor ongeaton þa|se|goda côm *leoda dugoðe      2945
on last faran.          XLI.

Wæs|sio swat-swaðu swona *ond*|geata wælræs
weora wide gesyne hu|ða folc mid him fæhðe
10 to-wehton. gewat him ða se|goda mid his gæde-
lingum *frod felageomor fæsten seccan eorl      2950
ongenþio ufor oncirde hæfde hige-laces
hilde gefrunen wlonces wig-cræft wiðres
ne truwode *þæt* he sæmannum onsacan mihte
15 *heaðoliðendum hord for-standan bearn *ond* bry-      2955
de beah eft þonan. eald under eorð-weall.
þa wæs æht boden sweona leodum segn hige-lace.
freoðo-wong þone ford ofer-eodon *syððan      2960
hreð-lingas to hagan þrungon þær wearð on-
20 genðiow ecgum sweordum blonden-fexa on bid wre-
cen *þæt* se þeod-cyning ðafian sceolde eafores

¹ *wean oft* AB; now *wean* and the first half of *o* gone, the other half and the top of *ft* covered ‖ *gehet* AB; now the upper part of *h* gone ‖ *earmre* AB; now *m* torn, and a small part of the first stroke of it gone ‖ *teoh he* AB; now part of the top of *t* gone, the tops of the two *h*s covered, and the last *e* indistinct ‖ *ond longe* AB; now only the first *o* (so the MS., not *a*), the greatest part of *n* and very little of *d* left, the rest gone.
² *niht*] *ni* entirely covered ‖ *ecgum*] the top of *m* covered.
⁴ *frofor*] only a very small part of the first *f* covered.
⁶ there is nothing in the MS. to account for the stroke through the *e* of *se* in the FS. ‖ only a very small part of *e* in *dugoðe* covered.
⁸ the perpendicular stroke of the big *W* covered.
⁹ *fæⁱðe :* the correction in the same hand.
¹² part of the first *o* in *ongenþio* covered.
¹³ *hilde* AB; now the first stroke of *h* gone, and the second and almost the whole of *i* and part of *ld* and a very small part of *e* covered.
¹⁴ *ne* AB; now *n* gone.     ¹⁵ *heaðo*] part of *h* covered.
¹⁶ *de*] only very little of *d* covered.
¹⁷ *þa*] only very little of *þ* covered.
²⁰ *w* in *ongenðiow* added over the line; an inconsiderable part of *g* covered.

p. 133 = fol. 194ʳ = ll. 2964—2990.

anne dôm hyne yrringa *wulf won-reding        2965

wæpne geræhte *þæt* him for swenge swat ædru*m*

sprong forð under fexe næs he forht

swa ðeh gomela scilfing ac for-geald hraðe

5   wyrsan wrixle wæl-hlem þone *syððan ðeod-       2970

cyning þyder oncirde.   Ne meahte se snella

sunu won-redes ealdu*m* ceorle hond-slyht

giofan ac he him on heafde helm ær ge-scer

*þæt* he blode fah bugan sceolde *feoll on fol-       2975

10   dan næs he fæge þa|git ac he hyne ge-wyrp'e

þeahðe him wund hrine let se hearda hige-

laces þegn brade mece þa|his broðor læg

eald sweord eotonisc entiscne helm *brecan       2980

ofer bord-weal ða|gebeah cyning folces|hyrde

15   wæs in feorh dropen. ða wæron monige þe|his

mæg wriðon ricone arærdon ða him gerymed

wearð *þæt* hie wæl-stowe wealdan moston *þen-      2985

den reafode rinc oðerne nam|on ongenðio

iren-byrnan heard swyrd hilted *ond* his helm

20   somod hares hyrste hige-lace bær he ð[am]

frætwu*m* feng *ond* him fægre gehet *leana . . .       2990

---

² *ædru*m A, *ædrum* B; now *um* torn, and a small part of the second stroke of *u* gone.

¹² *læg* AB; now the lower part of *g* gone.

¹³ *brecan* AB; now the second half of *a* and the whole of *n* gone.

¹⁴ *folces*] *l* and *s* torn ‖ *hyrde* AB; now *e* no longer entire and very much shrunk together.

²⁰ *he ðam*] *he . d . .* B, a blank A; now only *h* and the tops of *e* and ð (or *d*) left.

²¹ *leana* with a blank (. . B) after it AB; now also a small part of the last *a* gone.

... hyne ...
... gewealdte þ lū ... spilde
... ford undit ... næs ...
spadeh gomela ... ac ...
pynfan ... pæl hilan þone ...
cyning hyden oneinde · He madte ...
runu þon nedes ... caple hiond ...
gwpan achebī on heapde helm ...
þ he blode ... bugan sceolde · ...
dan ... he ... þægt ache hyne ...
þrahdehū puno hvune lēt sehaydo ...
tacey þgn bnade mæe þahis bnodon
uilo spbond cotonisc cntsene helm ...
opbu bond pael dagebeah cyning ...
pæt in flonh dnopen · da ... mon ...
mæg pundon jucone anotudon da ...
peano þ lme pæl stope pældan ...
dch neapode june odstine ...
mti bynnan haypd spypa ...
somod hanes hyytte luge ...
puetpū petig ꝼ lū ...

p. 134 = fol. 194ᵛ = ll. 2990—3015.

leodu𝑚 *ond* gelæsta swa geald þone guð-ræs geata

dryhten hreð-les eafora þa|he to ha𝑚 becôm

iofore *ond* wulfe mid ofer-maðmum sealde

hiora ge-hwæðru𝑚 hund þusenda *landes *ond*          2995

5  locenra beaga ne|ðorfte hi𝑚 ða lean oð-

witan mon on middan-gearde syðða hie|ða

mærða ge-slogon. *ond* ða iofore for-geaf

angan dohtor ham-weorðunge hyldo to wedde

þ*æt* ys|sio fæhðo *ond* se feond-scipe *wæl-nið wera          3000

10  ðæsðe ic hafo þe|us seceað to sweona leoda

syððan hie gefriegeað frean userne ealdor-

leasne þone ðe ær geheold wið hettendu𝑚 hord

*ond* rice *æfter hæleða hyre hwate scildingas          3005

folcred fremede. oððe furður gen eorl-

15  scipe efnde me|is ofost betost þ*æt* we þeod-

cyning þær sceawian *ond* þone gebringan þe

us beagas geaf *on ád-fære ne|scel anes          3010

hwæt meltan mid þa𝑚 modigan ac þær is

maðma hord gold unrime grimme gecea-

20  [po]d *ond* nu æt siðestan sylfes feore beagas

[gebob]te þa sceall brond fretan *æled þeccean          3015

---

¹ *geata*] part of the second *a* covered.

² *dryhten* AB; now the upper part of the first stroke of *h* very much
faded.          ³ *u* in *maðmum* altered from *a* by erasure.

⁶ *syðða*] the upper part of the second stroke of *a* rubbed a little, but
I do not think there ever was the abbreviation for *n* over it.

¹² *leasne*] the bottom of *l* covered.

¹³ ⁊ A, *and* B; now gone ‖ *rice*] the lower part of the first stroke
of *r* and a small part of the second stroke and of *i* covered ‖ *æfter*] the
bottom of *æ* covered.          ¹⁵ *efnde*] *f* afterwards inserted.

¹⁹ *madma* (but ð quite distinct in MS.) AB; there is no telling how
much of the first *m* may be still preserved, only the top of the last
stroke of it not being covered.

²⁰ *pod*] a blank AB; . . . *d* Conybeare, . . *d* Grundtvig; now there is
no making out anything under the paper, but part of *d* may be still left.

²¹ *gebohte*] . . . . . *te* B, a blank A; now *te* still preserved, but a small
part of *t* covered.

p. 135 = fol. 195ʳ = ll. 3015—3041.

nalles eorl wegan maðð*um* to ge-myndu*m*

ne|mægð scyne habban on healse hring-weor-

ðunge ac sceal geomor-mod golde bereafod

oft nalles æne elland tredan *nu se here-                3020

5  wisa hleahtor alegde gamen *ond* gleo-dream

forðon sceall gar wesan monig morgen-

ceald mundu*m* bewunden hæfen on handa

nalles hearpan sweg wigend weccean ac se

wonna hrefn *fûs ofer fægu*m* fela reor-                  3025

10 dian earne secgan hu hi*m* æt æte speow þenden

he|wið wulf wæl reafode. swa se secg-hwata

secg-gende wæs laðra spella he|ne leag fela

*wyrda ne|worda. weorod eall aras eodon un         3030

bliðe under earna næs wollen-teare wundur

15 sceawian fundon ða on sande sawul-leasne

hlim-bed healdan þone þe hi*m* hringas geaf

*ærrun mælu*m* þa|wæs ende-dæg godu*m* gegongen     3035

þæt se|guð-cyning wedra þeoden wundor-deaðe

swealt ær hi þær ge-segan syllicran wiht

20 wyrm on wonge wiðer-ræhtes þær *laðne          3040

licgean wæs|se leg-draca grimlic gryr[e]

---

¹ there is nothing in the MS. to account for the blot over *to* in the FS.

² *mægð*] *g* afterwards inserted in the same hand.    ³ *ðunge*] *ge* torn.

¹⁴ *wundur* B, *wundu* A ; now the second stroke of *r* no longer entire, and what is left of the letter has much shrunk together.

¹⁷ *u* in *ærrun* altered from *a* by erasure.

²⁰ *laðne* C Gt K] now the lower part of *e* gone ; *laðm* and a blank A, *laðn . .* B.

²¹ *gryre*] only *gry* and the very beginning of the second *r* left ; *gry* and a blank A, *gry . . .* B (*gryre* Thorkelin, not corrected by C).

…………… hyne þrabban oð licet(?)e
…nge ac sceal geomor mod …
oft nalles þær ellaþ þne…
wisa hlahtor alegde gamen…
worldon. sceall zan wesan monig…
ceald mundu bewundeð huæt…
nalles hæwpan swæ wiðhð pæc…
þonna hwtþn rus ofer wæzu…
dian aġine sæzan hu hi æt se(?)…
heprð wulf wæl naiwode. hwa…
sæz-zehde wiþ ladiu swella…
wynda newonda. wð nod all …
blide undsw aiwna niwr wolleh …
scawian wundon ða onwande …
hlun bed haldun þone þe bi…
aġiwan mælu þawiþ …
þ sezuð cyning weðna …
spealt aðhi þawze sæzan …
wywm on wonze wiðhi wðet…
liġeun waiwe lez draca …

p. 136 = fol. 195ᵛ = ll. 3041—3066.

gledum be-swæled se wæs fiftiges fot-ge-mearces

lang on legere lyft-wynne heold nihtes

hwilum nyðer eft gewat \*dennes niosian                3045

wæs|ða deaðe fæst hæfde eorð-scrafa

5  ende genyttod him big stodan bunan *ond*

orcas discas lagon *ond* dyre swyrd omige

þurh-etone swa hie wið eorðan fæðm\* þu-             3050

send wintra þær eardodon. þonne wæs þæt yrſe

eacen-cræftig iu-monna gold galdre be-

10  wunden þæt ðam hring-scle hrinan ne|moste

gumena ænig nefne god sylfa \*sigora soð-            3055

cyning sealde þam ðe he wolde he is manna

gehyld hord openian efne swa hwylcum

manna swa him gemet ðuhte :∼   XLII.

15  Þa|wæs gesyne þæt se sið ne|ðah þam ðe unrihte

inne gehydde \*wræce under wealle weard            3060

ær of-sloh feara sum-ne þa sio fæhð ge-

wearð gewrecen wrað-lice wundur hwar

þonne eorl ellen-rôf ende ge-fere. lif-ge-

20  sceafta þonne leng ne mæg \*mon mid his          3065

[ma]gum medu-seld buan swa wæs bio-wulfe.

---

¹ *swæled*] the tops of *s* and of *l* covered ‖ *fiftiges*] the top of *s* covered ‖ *fot-ge-mearces*] the top of *s* gone, and the tops of *t* and *ge*, almost the whole of *c*, and the whole of the last *e* and of what is left of *s* covered.

³ *sia* in *niosian* torn; cf. FS.

¹³ *gehyld*] *g* torn, and the middle of it as well as the lower part of *ehy* covered.

¹⁵ the big þ rubbed a little in two places ‖ *unrihte*] *e* almost entirely covered.

²⁰ *sceafta* AB; now the bottom of *s* gone, and almost the whole of *sc* and a very small part of *e* covered.

²¹ . . . *gum* B, a blank A; now the lower part of *g* gone, and the upper covered (*megum* Thk, not corrected by C).

p. 137 = fol. 196ʳ = ll. 3066—3092.

þa|he biorges weard sohte searo-niðas scolfa

ne|cuðe þurh hwæt his worulde gedal weor-

ðan sceolde. swa hit oð domes dæg diope be-

nem-don *þeodnas mære þa ðæt þær dydon               3070

5    *þæt* se secg wære synnum scildig hergum geheaðe-

rod hell-bendum fæst wom-mum gewitnad se|ðone

wong strade næs|he gold-hwæte gearwor

hæfde *agendes est ær ge-sceawod. wig-lâf            3075

maðelode wihstanes sunu oft sceall eorl

10    monig anes willan wræc a-dreogeð swa us ge-

worden is ne meahton we|gelæran leofne

þeoden *rices hyrde ræd ænigne þæt he|ne|grette    3080

gold-weard þone lete hyne licgean þær he

longe wæs wicum wunian oð woruld-ende

15    heoldon heah ge-sceap hord ys ge-sceawod *grim-    3085

me ge-gongen wæs þæt gifeðe to swið þe|ðone

þyder ontyhte. Ic wæs þær inne *ond* þæt eall

geond-seh recedes geatwa þa|me gerymed

wæs nealles swæslice sið alyfed *inn under    3090

20    eorð-weall ic on ofoste ge-feng micle mid

mundum mægen-byrðenne hord-gestreona hider

⁴ *dydon*] a hole in *n*.          ²⁰ *mid*] *d* torn.

þe biorges præind sohte searo ...
nede þurh hwæt his populde gedal...
dan scolde. swa hit oð domes dæg dio...
nándon þeod nas menie þa ðæt þær þeh oð do...
þ se secg wesene synnū scildiz hēn gū geha...
wod hell bindū wæst rō mū gewitnad ...
... wunde næs he gold hwæte gayi posi
hæde agn dēr est ær ge scearwod. wiz læ...
... de pilistanes runu oft scill ...
... awes pillan wīræ a dyrwged spa ...
... s ne inseolton wegel ... ...
... hynde ... ...
gold wanr hone læte hynie ...
longe wes picū wunian oð ...
... doon healige scearp hord ...
me ... wæs þ gwede to ...
wyssi on tylice le pæs ... ...
gewod seli nædes gætpa þame ge...
... eallef swæslice sio aly wed ...
... wull it on oposce ge wanz ...
... mū magen byndine hord ...

… þat er niþ̄e mmū epīco pæs f…

… prttiʒ pọ̄in æill ʒe ịpnæc ʒoinol on…

… niʒtan hir bað þ ʒeʒeþorðiʒan cþ̄tʒ…

… þaðū inbiel fcede bịnli þone hian micel…

… te ịpalie man nu þæs þiʒðið þ̄hụ…

… ịpiðe ʒiloin lọnðan þaịðại belṇṛ…

… bịụicaṇ mofce · xi toṇ nu cịfcan ụ̄te

… nfecain fẩịno ʒe ịþiæc · pouoẏ̄ inðʒọ

… ịc ẇẏ prịʒe þ ʒe ʒenoʒe … fiạ…

… ʒaị ịbṇad ʒolð fieịio baịt ʒạịṝẏ̄ne ạ̄ị

… hoṇ ẏ̄ ut cr̄mṣ̄ ʒ ịþoṇ ʒe ịṇ̄e ịịṇ · þ̄aụ

… ịṇ̄e laịịṇ̄ maṇnan ịạ̄ḥ̄ịeḹ … fại

… ịpalðịṛðị ịpạịe ʒe ịpo lịan · hṣ̄…

… ịpịịicaịes lụ̄le bịlðe ðịoịị liieḹeð a mo

… ịụ̄bịịð aʒṣ̄ðịṛa þhịe bịel ịpiða þ̄oịịpịum

… ịpịe aʒṣ̄ ðe ʒoðụ̄co ʒạịes nu fcal ʒlịeð

… ịịṇ̄an ịṇ̄ịịẏ̄ịị þịʒṇạịʒebị þọịṇe

… ʒeḹaẏð ịịcṇịị fcụịṇe þoṇ fịịịelịạ fạịịụ

… ʒe bịịeð fcịc ọ̄ịịụ fcịd þ̄all · fcịịt ụtại

… þ̄oịịḥ̄eʒại ịṇ̄ụ̄ þịịịp̄lụịie þ̄ịịaịe · lạịụ

… ịịc ịịịịnu þịịp̄ịcaịịịịaịʒ ðe oịị ịpịðịpịe ·

p. 138 = fol. 196ᵛ = ll. 3092—3121.

ut ætbær cyninge minum cwico wæs þa|gena
wis *ond* ge-wittig worn eall ge-spræc *gomol on gehᵭo   3095
*ond* eow-ic gretan het bæd *þæt* ge|geworhton æfter
wines dædum in|bæl-stede beorh þone hean micelne
5   *ond* mærne swa he manna wæs wigend weorᵭ-
fullost wide geond eorᵭan *þenden he burh-   3100
welan brucan moste. Vton nu efstan oᵭre
seon *ond* secean searo-ge-þræc wundur under
wealle ic eow wisige *þæt* ge genoge neon sceawiaᵭ
10   *beagas *ond* brad gold sie sio bær gearo ædre ge-   3105
æfned þonne we ut cymen *ond* þonne geferian frean
userne leofne mannan þær he longe sceal
on|ᵭæs waldendes wære geþolian. *het|ᵭa|gebeodan   3110
byre wihstanes hæle hilde-dior hæleᵭa mo-
15   negum bold-agendra *þæt* hie bæl-wudu feorran
feredon folc-agende godum to-genes nu sceal gled
fretan *weaxan wonna leg wigena strengel þone   3115
ᵭe oft gebâd isern-scure þonne stræla storm
strengum gebæded scoc ofer scild-weall sceft nytte
20   heold fæder-gearwum fûs flane full-eode. *huru   3120
se snotra sunu wihstanes acigde of corᵭre

---

¹ *gena* still entire, but partially covered (especially *e* and *a*).
² *w* in *wis* certain, although not quite easy to be made out ‖ *gehᵭo*]
part of *hᵭ* and the whole of *o* covered.
³ the abbreviation for *ond* certain.
⁴ *micelne*] the second stroke of *n* and the whole of *e* covered.
⁵ *b* in *burh* altered from þ.
¹³ *n* in *gebeodan* covered.
¹⁴ *byre*] the top of *b* and the dot over *y* covered, *e* torn.
¹⁷ *þone*] only very little of *e* covered.
¹⁸ *ᵭe* (ᵭ altered from *d* with a different ink B) AB; now the top of ᵭ
gone.
¹⁹ *stren;* ᵘᵐ : the correction in the same hand; only very little of *s*
covered ‖ *nytte* AB; now part of *e* rubbed.
²⁰ *heold* AB; now *he* torn and all but entirely covered, *e* is not quite
to be made out ‖ I think *fæder* never was *fæᵭer*.

p. 139, ll. 1—11 = fol. 198ʳ, ll. 1—11 = ll. 3121—3136.

cyniges þegnas syfone [to]-somne þa|selestan eode

eahta sum under inwit-hrôf hilde-rinc sum on

handa bær *æled-leoman seðe on orde geong                    3125

næs|ða onhlytme hwa þæt hord strude syððan

5    orwearde ænigne dæl secgas gesegon on sele

wunian læne licgan lyt ænig mearn *þæt hi ofostlic[e]        3130

ut|geferedon dyre maðmas dracan ec scufun

wyrm ofer weall-clif let-on weg niman flod fæð-

mian frætwa hyrde þæt wæs wunden|gold

10   on wæn hladen *æghwæs unrim æþelinge boren               3135

bar hilde to hrones næsse :⁓        XLIII.

¹ *cyniges* AB; now the dot over *y* gone ‖ *syfone* (*fone* with a different
ink) B, a blank A; now torn: the *s*, although torn, and partially very
thin, is pretty perfect, then follow indistinct traces of *y*, a little more
is preserved of *f* below the tear, *o* is entire above the tear, *n* entire
below the tear, but only uncertain traces are left of *e* above the tear
‖ *to somne*] . . . *ne* B, a blank A; now *to* entirely gone but the upper
part of *s*, the top of *o* with the abbreviation for *m* over it, and *ne* (only
the bottom of the first stroke of *n* gone) still preserved.

² *hilde* AB; now the upper part of *h* gone.

⁴ *strude*] *str* torn (in the FS. a small portion of the first page of
Judith visible) ‖ *syððan*] *n* torn.

⁶ *on sele*] *n* and *s* torn.

⁶ *læn* in *læne* torn ‖ *ofostlic* B, *osostlic* A; now part of *c* gone.

⁷ *f* in *scufun* torn.

⁸ *weall* torn ‖ *weg* (*w* torn), not *wæg* (cf. FS.).

⁹ after *hyrde* another *hyrde* erased.

¹¹ I am unable to decide whether there is an erasure of one letter
after *hilde* or an original blank.

... pigum ...

hilt ... sũ ... dcũ ...

... handa ... alede ... ... on

næs da on hlytme ... ... ...

on ... ... dæl secgas gesegon

... ... ... hegan lyt ... ...

to gepitt on dyrne mad... ... ... ðrac

pyrm of ... ... ... let on ... ... ...

mman ... ... ... þ pe

on pæn hladen ... ... ...um ...

hyge ... ... to hrones næsse

Him ða gegiredan ... leode ...

... paclicne helm ... ...

beorhtũ byrnũ spa he bena pæs

middes mærne þeoden hæleð hi...

... ne ongunnon þa on be... ...

mæst . pigend peccan ...

of spiodole spogende ... ... bu...

blond ... ... þ he ... ... hus ge...

he ... ... higũ ... ... mod

... ... ...

p. 139, ll. 12—21 = fol. 198ʳ, ll. 12—21 = ll. 3137—3150.

H im ða gegiredan geata leode âd on eorðan

un-wac-licne helm behongen hilde-bordu*m*

\*beorhtu*m* byrnu*m* swa he|bena wæs alegdon ða|to          3140

15  middes mærne þeoden hæleð hiofende hlaford

leofne ongunnon þa on beorge bæl-fyra

mæst. wigend weccan wud[u]-rêc astah \*sweart          3145

ofer swicðole swogende let wope bewunden wind-

blond ge-læg oð þ*æt* he ða bân-hûs gebrocen hæfde

20  hat on hreðre higu*m* unrote mod-ceare mæn-

don mondryhtnes cw[e]alm \*swylce giomor-gyd          3150

---

¹² ð in *eorðan* torn.

¹³ *hilde*] the indistinctness of *h* in the FS. is caused by a hole in the parchment.

¹⁵ *hlaford* B, *hlafor* A; now the greatest part of *d* gone.

¹⁶ *þa*] þ torn ‖ *beorge* AB] now *b* torn, and part of *eo* gone in consequence of a hole.

¹⁷ *wud rec* (*rec* with a different ink) A, *wud . . . ec* B; now *w* torn in three pieces, and only the tops of the first *u* and of *d* and the second stroke of *r* left; the second *u* is entirely gone, but *ê* is all but entire (only the bottom gone), *c* is entire.

¹⁸ *let wope* AB] now after a distinct *l* traces of a torn *e*, then follows the bottom of a letter which may have been a *t* (or a *c*, but by no means a *g*); then after a small blank the bottom of *w* and after some space a very small part of *p* and a distinct *e* (cf. FS.) ‖ *wind* AB (nothing after it in this line)] now the lower part of *d* a little faded.

¹⁹ the accent over the *u* in *hus* doubtful ‖ *hæfde* (*e* added with a different ink) B, *hæfd* A; now *e* and a small part of *d* gone.

²⁰ *unrote* A, *unrotte* B; now part of *te* gone in consequence of a hole ‖ *mæn*] *mœ* torn.

²¹ *mondryhtnes*] *ht* torn ‖ *cwealm*] *cw aln* (*w* and *aln* with a different ink) A, *. . . lm* B; now only the upper part of *c* (torn), the top of *l* and the whole of *m* (the first stroke torn) left ‖ *swylce* AB; now the upper part of *sw* gone.

p. 140, ll. 1—5 = fol. 198ᵛ, ll. 1—5 = ll. 3150—3158.

:::::: meowle ............. unden heorde

... sorg-cearig sæl'ðe geneahhe þæt hio hyre

::::::: gas hearde ::::: de wæl-fylla wonn

::::des egesan hy'ðo : h :::::d heofonrece                3155

5  swe[a]lg geworhton 'ða wedra leode hl :: on li'ðe se

Almost all that is legible in this page freshened up in a late hand.

¹ nothing before *unden heorde* B; a blank before *unden hiord* A || I do not think that the first word is *lat*, although I do not deny that the late hand has freshened up *at*. But I think what the late scribe took to be *t* was originally the upper part of *g;* then follow traces of two letters which justify us I think in reading *eo*, so that we get *geo-meowle*. This reading is confirmed by the word written over *meowle*, which is neither *con* nor *on*, but, without any doubt, (the Latin) *anus*. Now supposing that the scribe made a mistake also in freshening up *a* instead of *o*, we may conjecture that the first word was *seo* or *sio* || the letter before *unden* cannot well have been *w*, the traces of it beginning too high over the line for that letter; rather *b* || *heorde*] now the tops of *h* and *r* covered, and there is no ascertaining whether *de* is preserved, too, under the paper.

² the beginning of this line faded (nothing AB) || I read *sorg*, not *serg* || *sæl'ðe*] *sælde* AB; now the upper part of *s* gone, *œ* torn, *ð* (not *d*) certain (no illegible passage after it!) || *geneahhe*] . . *neah l* . . B, a blank A; *ge* now not quite distinct, but I have no doubt that the *e* was not abbreviated.

³ the first two letters after *hearde* look like *on* or *an*, the letter before *de* may have been *e*, as the stroke that generally connects *e* with a following letter is preserved || *wœl*] the e-part of *œ* and *l* not freshened up || *fylla*] the first letter, which is not freshened up, doubtful || *wonn* (as in A), or *wona* (*vona* B).

⁴ *metodes ?* I thought I saw all those letters pretty distinctly (except the two first strokes of *m*) on the tenth of September 1880, but on no other day. On the 12th of Sept., 1882, I thought I was able to read [*w*]*igendes* || *egesan*] *an* torn; the FS. shows part of *bœl* in fol 196ᵛ.

⁵ *swealg*] *sealg* AB; the word is torn, and only small parts of the single letters left, and even those partially covered. I see the top of *s*, the bottom of *w* .(it is not likely, to judge from the space, that this bottom should have belonged to *s*), a pretty perfect *e*, no *a* (but room for it), a pretty perfect *l* and the top and bottom of *g* || *geworhton*] a great part of *g*, almost the whole of *e*, and a small part of *w* covered || I am unable to make out *hlœw* after *leode*: the two last letters seem to me to be rather *eo* || *li'ðe* originally, but only *lide* freshened up.

p. 140, ll. 6—21 = fol. 198ʳ, ll. 6—21 = ll. 3158—3183.

wæs heah *ond* brad [wæ]gliðendu*m* wide g[e]syne *ond* betim

bredon on tyn dagu*m* beadurofes becn bronda

lafe wealle beworhton swa hyt weorð-licost fore-

snotre *men* findan mihton hi on beorg dydon beg *ond*

10  siglu eall swylce hyrsta swylce on horde ær nið-

hedige m*en* ge-numen hæfdon forleton eorla ge-streon

eorðan healdan gold on greote þær hit nu|gen lifað

eldu*m* swa unnyt swa hi : : : : r wæs. þa y*m*be hlæw riodan

hilde-deore æþelinga bearn ealra twelfa woldon

15  : : : : cwiðan kyning mænan wordgyd wrecan *ond* ymb w : :

sprecan eahtodan eorl-scipe *ond* his ellen-weorc duguðu*m*

demdon swa hit gede[fe] bið þ*æt* mon his wine-dryh*t*en wordum

herge ferhðu*m* freoge þonne he forð scile of lachaman

: : : : weorðan swa begnornodon geata leode hlafordes

20  : : : re heorð-geneatas cwædon þ*æt* he wære wyruldcyning

manna mildust *ond* mon[ðw]ærust leodu*m* liðost *ond* lof-

geornost.

⁶ *wæs*] *þæs* B, a blank A; now *w* scarcely legible || *wæg*] *et* A, *.et* B
|| *betim* Gt K, *betr* A, *becn* B; now the two last strokes of *m* illegible.

⁷ *bredon*] *r* torn || -*rofes* MS., but part of *e* not freshened up, so that
at first sight it looks like *i.*

⁸ *lafe*] *afe* very faint || *fore*] *re* very faint (. . *o* B, a blank A).

⁹ *snotre* B, a blank A; now *s* very indistinct.

¹¹ I read *hedige*, not *hydige.*

¹² *eorðan*] *eo* partially covered.

¹³ *riodan*] the second stroke of *n* covered.     ¹⁵ *word.*

¹⁶ *sprecan* (except *n*) partially covered || *eorl* AB; now *eo* damaged.

¹⁷ *gedefe*] only indistinct traces of *de* left, *fe* gone (*gen.* B, a blank A)
|| *bið* B, a blank A; now only the upper portion of *b* and *ð*, and the top
of *i* left.

¹⁸ *herge*] the first stroke of *h* covered || *freoge*] now the upper part of
*g* and the abbreviation for *e* over it gone; *freogen* B, *freog* A (abbrevia-
tion disregarded in A, and wrongly expanded in B) || *þonne* A, *þonne* B;
now only the bottom of *þon* left || *lachaman* MS. (cf. FS.), but there can
be little doubt that *lac* instead of *lic* is owing only to the late hand.

¹⁹ *hlafordes* B, *hlafor* A; now *e* and part of *s* covered, the rest of *s*
gone.

²⁰ *geneatas*] part of *t* gone || *cyning*] *g* and the second stroke of the
preceding *n* covered.

²¹ *manna*] *m* so covered as not to be made out (the last letter *a*, not *u*)
|| *mondrœrust* A, *mond . . . rœrust* (the three dots afterwards struck out)
B; *monðw* entirely gone, and only the very tops of *œ* and of *r* left, but
*ust* entire || *l* in *leodum* torn.

L.